대 산 세 계 문 학 총 서 **0 0 7**

그들의 눈은 신을 보고 있었다

Their Eyes Were Watching God

Zora Neale Hurston

그들의 눈은 신을 보고 있었다

조라 닐 허스턴 지음
이시영 옮김

문학과지성사

2001

대산세계문학총서 007_소설
그들의 눈은 신을 보고 있었다

지은이 조라 닐 허스턴
옮긴이 이시영
펴낸이 이광호
펴낸곳 ㈜**문학과지성사**
등록번호 제1993-0000918호
주소 04034 서울 마포구 잔다리로7길 18(서교동 377-20)
전화 02)338-7224
팩스 02)323-4180(편집) 02)338-7221(영업)
전자우편 moonji@moonji.com
홈페이지 www.moonji.com

제1판 제1쇄 2001년 6월 5일
제1판 제4쇄 2021년 9월 3일

ISBN 89-320-1253-9
ISBN 89-320-1246-6(세트)

이 책은 대산문화재단의 외국문학 번역지원사업을 통해 발간되었습니다.
대산문화재단은 大山 愼鏞虎 선생의 뜻에 따라 교보생명의 출연으로 창립되어
우리 문학의 창달과 세계화를 위해 다양한 공익문화사업을 펼치고 있습니다.

그들의 눈은 신을 보고 있었다

그들의 눈은 신을 보고 있었다 | 차례

제1장

멀리에서 오가는 배들은 모든 사람의 소원을 싣고 있다. 어떤 사람에게는 그 배가 조수에 밀려들어온다. 그러나 어떤 사람에게, 그 배는 바라보는 이의 눈앞에서 결코 사라지는 법이 없으면서도 결코 육지에 와닿는 일 없이 하염없이 수평선을 떠다닌다. 그가 자기 꿈이 세월에 의해 철저히 조롱당했다고 체념하고 시선을 거둘 때까지. 그것이 남자들의 인생이다.

한편, 여자들은 기억하고 싶지 않은 것은 모두 잊어버리고, 잊고 싶지 않은 모든 것을 기억한다. 꿈은 곧 진리이며, 그들은 그에 따라서 행위하고 일한다.

그래서 이 글은 한 여자로부터 시작된다. 그녀는 죽은 자들을 묻고 돌아왔다. 병을 앓다 머리맡에서 발치까지 친구들에게 둘러싸여 죽은 자들이 아니다. 그것은 온몸이 물에 퉁퉁 불은 채 ─ 진실을 구하느라 두 눈을 부릅뜨고 간 사람들이었다.

마을 사람들 모두 그녀가 오는 것을 보았다. 저물녘이었다. 해는 지고 없었지만 하늘에 발자국을 남겨놓고 있었다. 지금은 그들이 큰길가 대문간에 나와 앉는 시간이며, 세상 돌아가는 일들을 듣고 말하는 시간이었다. 그들은 낮에는 눈도 없고 귀도 없고 입도 없는 편리한 도구들에 지나지 않았다. 그들의 거죽 속에는 노새나 아니면 다른 어떤 말 못 하는 짐승들이 들어앉아 있었다. 그러나 이젠 해도 지고 주인도 돌아갔으므로, 거죽뿐인 그들은 힘이 생기고 인간다워지는 것을 느꼈다. 그들은 소리와 자잘한 일상사들의 지배자가 되었다. 그리고 이런저런 세상사를 들먹거렸다. 그들은 재판석에 앉아 있는 것이다.

자기들 앞으로 지나가는 그 여자를 보고 있자니 그들은 전에 마음에 쌓아둔 질투가 꿈틀거리는 것을 느꼈다. 그들은 마음의 그 어두운 구석을 질겅질겅 씹어 게걸스럽게 삼켰다. 이런저런 확실치 않은 얘기들을 심각한 사건으로 만들고 칼끝 같은 웃음들을 토해내면서. 그것은 군중의 잔인성이었다. 술렁술렁 달아오른 분위기. 노래 화음처럼 하나가 되어, 지휘자 없이도 척척 박자가 맞아돌아가는 말들.

"저 여자가 어쩌겠다고 저런 작업복 차림으로 여길 온 걸까? 그렇게 입을 옷이 없나? ─떠날 때 입고 갔던 푸른 공단 옷은 어쩌고? ─제 서방이 벌어 남기고 간 돈은 다 뭐했대? ─나이가 마흔이나 된 늙은 여편네가 어린 계집처럼 머리를 치렁거리고 다닐 건 또 뭐래? ─같이 도망간 그 애송이는 어디다 두고 온 거야? ─결혼을 할 거라고 생각했을까? ─저 여자 어디서 차인 거지? ─그잔 저 여자 돈을 어디에다 썼을까? ─뻔하지 뭐, 솜털도 못 벗은 계집하고 딴 데로 내뺀 거야 ─저 여편넨 왜 자기 물에서 안 노는 거지? ─"

그녀는 그들이 있는 곳에 이르자 그 입방아꾼들 쪽으로 고개를 돌리고 인사를 했다. 그러자 그들은 이 사람 저 사람 "안녕하세요" 하고 거푸 인사를 한 뒤, 벌린 입도 다물지 않고 잔뜩 기대에 차 귀를 기울였다. 그녀는 분명 유쾌하게 인사를 던졌던 것이다. 그런데 그러고 나서는, 곧장 자기 집 쪽으로 걸어가버렸다. 대문간의 사람들은 그 모습을 바라보느라 말을 잊었다.

남자들은 바지 뒷주머니에 포도송이라도 쑤셔넣은 듯 탱탱한 그녀의 엉덩이와, 허리께서 치렁거리다 바람이 불면 깃털처럼 슬렁이는 검은 머리채, 그리고 셔츠를 뚫기라도 할 것 같은 도발적인 가슴을 눈여겨보았다. 그들, 남자들은, 눈앞에서 사라져가는 그 모습을 마음속에다 저장하는 중이었다. 한편 여자들은 빛 바랜 셔츠와 먼지투성이 작업복 바지만을 따로 떼어 기억하려 했다. 그것은 그녀의 힘에 대항하는 일종의 무기였고, 설령 그게 아무 효과가 없다고 판명된다 하더라도, 그들은 언젠가는 그녀가 자기들 수준으로 떨어지고 말리라 믿었다.

그러나 그녀의 등뒤로 그 집 대문이 탁, 닫히기까지는 아무도 움직이지 않았고, 아무도 말문을 열지 않았으며, 침조차 삼키지 못했다.

펀 스톤은 입을 떡 벌렸다가 갑자기 막상대소를 터뜨렸다. 달리 어떻게 해야 할지를 몰랐던 것이다. 그녀는 배를 잡고 웃으면서 섬킨스 부인 쪽으로 고꾸라지는 시늉을 했는데, 섬킨스 부인은 거세게 코방귀를 뀌며 혀를 찼다.

"흥! 다들 저 여자 때문에 편찮은 거야? 댁들은 나 같질 않구먼. 난 그 여자를 놓고 이런저런 생각 안 하네. 우리한테 와서 그새 어떻게 지냈는지 인사 차릴 줄도 모르는 여자라면, 그냥 깨끗이 무시해버리는 거야!"

"그 여잔…… 입에 올릴 가치두 없는 여자예요." 룰루 모스가 특유의 느린 말투로 코맹맹이 소리를 냈다. "아무리 거만하게 굴어두…… 그게 다 천해 보이니깐요. 난 그렇게 봐요. 낫살이나 먹어가지구선 젊으나 젊은 총각들 뒤꽁무니나 쫓아다니는 여자라면, 뭐 뻔할 뻔자 아니겠냐구요."

퍼비 웟슨이 흔들의자를 바짝 앞으로 당기며 말했다. "잠깐만, 그런데 걔한테 무슨 부끄러운 이야깃거리가 있는지 없는지는 아무도 모르는 거 아냐. 난, 난 걔 단짝 친군데, 전혀 아는 바 없네."

"어쩌면 우리가 자네만큼 깊이 알지 못할 수도 있지. 하지만 우린 그 여자가 여길 떠났던 걸 알고, 또 방금 돌아오는 걸 똑똑히 봤어. 재니 스탁스 같은 늙은 여잘 싸고도는 건 부질없는 짓이야, 퍼비, 친구고 나발이고간에."

"그것만 해도 그래, 걔는 여기 있는 몇 사람보다 나이도 어리잖아."

"내가 알기로 그 여자는 마흔을 훨씬 넘었어, 퍼비."

"아무리 많아도 마흔 안쪽이야."

"티 케이크 같은 코흘리개와 놀아나기엔 너무 늙은 나이지."

"티 케이크도 어른이 된 지 오래됐고. 그 사람도 서른은 됐다구."

"어쨌든, 우리한테 와서 몇 마디 건넬 수도 있었잖아. 그 여잔 마치 우리가 자기한테 어떻게 하기라도 한 것처럼 굴었어." 펄 스톤이 투덜거렸다. "잘못하고 있는 건 그쪽이지."

"옳아, 그러니까 걔가 가던 걸음을 멈추고 제 지난 일을 죄다 고해바치지 않았다고 지금 이 난리들인 거군. 그런데, 다들 말하는 것처럼 걔가 그렇게 나쁜 짓을 한 건 또 뭐야? 내가 알기로 걔가 제일 잘못한 일은 자기보다 몇 살 연하의 남잘 고른 건데, 그것도 누구한테 해를 입힌 건 아니잖아. 자네들 얘긴 듣기 싫어. 마치 이 동네 사람들은 이부자리 안에서도 경건하게 하느님만 찬양하고 지내는 것 같군 그래. 난 그만 가봐야겠어, 재니한테 저녁이라도 갖다 줘야겠으니." 퍼비는 벌떡 일어섰다.

"우린 상관하지 말구……" 룰루가 미소를 지으며 말했다. "그럼 어서 가보라구, 자네 올 때까지 집은 우리가 봐줄 테니까. 난…… 저녁 준비두 다 해놨거든. 그러니 자넨 가서 그 여자 사정이 어떤 건지 보구 오는 게 낫겠어. 그럼 우리들한테두 알려줄 수 있을 거구."

"그렇다마다." 펄도 맞장구를 쳤다. "난 아까 고기고 빵이고 다 태우고 앉아 있은 지 오래야. 그러니 기왕 이리 된 거 얼마든 더 앉아 있어도 되지. 우리 남편은 까탈스레 굴지도 않거든."

"아, 저, 퍼비, 지금 갈 거면 나도 같이 가줄 수 있겠는데," 섬킨스 부인이 나섰다. "날이 어둑해지잖았어. 밤길도 무서운데."

"고맙긴 한데, 괜찮네요. 엎어지면 코 닿을 덴데 뭐 어떨라구요. 게다가 우리 남편은 건달도 제대로 된 건달이라면 나 같은 사람은 건드리지 않을 거랍디다. 혹시 재니한테 할 말이 있다면, 내 전해줄게요."

덮개 씌운 접시를 두 손으로 들고 퍼비는 서둘러 떠났다. 대문간에 남은 사람들은 그녀의 등뒤로 소리 없는 질문을 퍼붓고 있었다. 그들은 그 대답이 자극적이고 별난 깃들이기를 바랐다. 재니의 집에 도착해서, 퍼비 윗슨은 정문을 지나 종려나무 길을 따라 현관으로 들어가는 길을 택하지 않았다. 대신 그녀는 울타리 모퉁이를 돌아 그녀의 그 그늘먹한 뮬라토라이스 접시를 들고 익숙한 샛문으로 들어갔다. 재니는 분명 그쪽에 있을 것이었다.

재니는 뒷문간 계단에 걸터앉아 있었다. 등잔들에는 모두 기름이 담뿍 채워지고 굴뚝들은 말끔히 청소되어 있었다.

"얘, 재니, 기분은 어때?"

"아, 좋아, 피곤도 풀 겸 발을 씻고 있는 중이야." 재니는 엷게 웃었다.

"그렇구나. 얘, 너 정말 무지 좋아 보인다. 너네 딸이라고 해도 믿겠어." 그들은 같이 웃었다. "그런 작업복을 입고도 어쩜 그리 여성스럽니."

"얘, 얘, 무슨 그런 소릴! 너한테 뭘 좀 가져왔어야 하는데. 몸뚱어리밖에 가져온 게 없으니."

"그거 하나로도 충분해. 네 친구라면 그보다 더 바랄 게 없을 거야."

"퍼비, 그 치사의 말은 받아둘게, 진심이란 걸 아니까." 재니가 손을 내밀었다. "이런 세상에, 퍼비! 그 밥은 손에 들고 있으려고 가져왔니? 난 오늘 온종일 손가락 빤 것말고는 속에 뭘 집어넣어보질 못했는데." 그들은 허물없이 웃었다. "그거 이리 주고 좀 앉아."

"배고플 줄 알았어. 어두워지면 땔나무 구할 새도 없을 거 아냐. 오늘 뮬라토라이스는 맛이 별로야. 베이컨 기름이 모자랐거든. 그래도 허기는 면할 수 있을 거야."

"어디 한번 먹어보고." 재니가 덮개를 들어올리며 말했다. "얘, 맛이 기가 막히다! 부엌에서 부산깨나 떨었겠는데."

"어머 아냐, 별로 먹잘 것 없는 거야, 재니. 하지만 내일은 정말 맛있는 요리를 할 수 있을 거야, 네가 왔으니."

재니는 허겁지겁 숟갈질을 하면서, 아무 말도 하지 않았다. 태양이 하늘에 흩어놓은 오색 노을이 서서히 짙어가고 있었다.

"옛다, 퍼비, 이 접시는 가져가라. 빈 접시는 천하에 쓸모가 없으니까. 거 식사 한번 편하게 했네."

친구의 거친 농담에 퍼비는 웃었다. "고약하긴 예나 지금이나."

"얘, 그 옆에 의자 위의 타월 좀 줄래. 발 좀 씻어야겠다." 그녀는 타월을 건네받고 발을 호기 있게 문질렀다. 큰길에서 웃음 소리가 들려왔다.

"아, 말은 천하무적인 저 입방아꾼들이 아직 그 자리에들 있었군. 아마 지금은 날 도마 위에 올려놨겠지."

"정말 그래. 너도 알잖아, 사람들 앞을 지날 땐 말 한 자리라도 붙이고 가야지, 그러잖으면 기어이 너한테 화살을 돌려서 무엇 하나 남김없이 까발리고 마는 거. 저 사람들이 너보다 너를 더 잘 안다니까. 질투심에 믿지 못할 것은 귀라고, 저 사람들은 너에 관해서 그랬으면 하고 자기들이 바란 대로 모두 '들었던' 거야."

"만약 하느님도 나만큼 저 사람들한테 무심하다면, 저네들은 풀숲에 굴러가 파묻힌 공 신세야."

"난 저 여편네들 하는 말을 다 듣게 돼. 우리집이 큰길가에 있어서 꼭 우리집 앞에 모여서 떠들거든. 우리 남편은 거기 너무 질려서 어떤 땐 다 내쫓아버리기도 한다니까."

"샘도 잘못한 건 없지. 그 사람들은 너희 집 의자만 닳게 할 뿐이니까."

"그러게 말야, 샘 말로는 저 사람들은 대부분 교회도 심판 날에 기이이 일어나기 위해서 산다는 거야. 그날엔 그야말로 모든 비밀이 밝혀진다고 하니까. 거기 가서 그걸 죄다 듣고 싶어서라고."

"정말 못 말리겠어, 샘은! 넌 샘 곁에 있으면 웃음 그칠 날이 없겠다."

"정말이야. 그 사람 또 뭐라는 줄 알아. 자기도 거기 갈 작정이래, 자기 곰방댈 훔쳐간 임자를 밝혀야겠다나."

"퍼비, 샘 그 사람 정말 못 말리겠구나! 괴짜야 정말!"

"저 사람들 말야, 너희 일에 어찌나 열들을 올리는지 조만간 뭐라도 알아내지 못하면 그걸 알아내기 위해 심판대로 달려가겠다고 나설 사람이 수두룩해. 그러니 너랑 티 케이크가 결혼한 얘길 빨리 해주는 게 나을 거야. 그리고 또 티 케이크가 네 돈을 챙겨서 다른 계집과 줄행랑을 친 건지, 그 사람은 지금 어딨고, 넌 그 옷을 다 어디 두고 그런 작업복 차림으로 여기 온 건지 말야."

"난 그 사람들한테 수고스럽게 무슨 얘기를 할 생각이 없어, 퍼비. 쓸데없는 짓이야. 네가 대신 얘기를 해주든지, 원한다면. 그럼 내가 말하는 거나 마찬가지잖아, 내 친구가 하는 말은 곧 내 말이니까."

"네 생각이 그렇다면, 난 저 사람들에게 네가 원하는 것만 말할게."

"무엇보다도, 자기들이 전혀 모르는 일에 대해 입방아를 찧느라 그 많은 시간을 다 허비하고 있느냐 말야. 그래, 내가 티 케이크를 사랑한 얘기를 알아내서 시비를 가려야겠다고! 그 사람들은 몰라, 인생은 한낱 짓찧은 옥수수로 만든 과자고, 사랑은 이부자리란 걸!"

"씹어댈 이름만 건지면 그게 누구건, 무슨 일이건 저 사람들은 상관 안 해. 특히 나쁜 이야기로 만들어 보일 수 있다 싶으면."

"정말 뭔가를 보고 알고 싶다면, 왜 직접 와서 마음을 열어 보일 생각은 안 하느냐 말야? 그러면 나도 앉아서 이야기해줄 수 있을 텐데. 난 삶의 거대한 집회에 대표로 파견된 거였어. 그래! 모두들 날 보지 못했던 요 일 년 반 동안 난 바로 그 삶의 거대한 집회, 삶의 대회합장에 나가 있었던 거야."

그들은 어둠이 가만가만 내리는 가운데 나란히 앉아 있었다. 퍼비는 재니 얘기를 듣고 싶어 애가 타면서도, 그것이 단순한 호기심으로 비칠까봐 조바심치는 기색을 삼갔다. 그리고 재니는 인간의 가장 오래된 열망인 자기 계시의 욕구로 충만해 있었다. 퍼비는 오랫동안 입을 다물고 기다렸다. 하지만 발가락이 꼼지락거리는 것은 어쩔 수 없었다. 그러자 재니가 말문을 열었다.

"내 돈 900달러가 은행에 그대로 들어 있는 한, 나건 내 작업복이건 그들이 걱정할 건 없어. 티 케이크가 내게 이 옷을 입게 했어 ─ 자길 따라서. 그 사람은 내 돈을 탕진한 적이 없고, 나이 어린 계집을 쫓아 날 떠나지도 않았어. 그 사람은 나한테 이 세상 모든 위로를 줬지. 그 사람도 여기 있기만 하다면 저네들에게 나와 꼭 마찬가지로 말했을 텐데. 죽지만 않았다면."

퍼비는 온 신경을 곤두세웠다. "티 케이크가 죽었다고?"

"그래 퍼비, 티 케이크는 죽었어. 그게 내가 여기 돌아온 단 하나의 이유야──이제 그곳엔 더 이상 날 행복하게 해줄 게 없다는 거. 그 습지, 에버글레이즈엔."

"이게 다 무슨 말이람, 무슨 말인지 통 알아듣질 못하겠네. 아무리 내가 말귀가 어둡다지만."

"그래, 그럴 거야. 이건 아마 네가 생각하고 있는 것과 너무 다른 얘길 테니까. 그러니 먼저 내 생각의 바탕을 이해시키지 못한다면, 이것 저것 몇 마디 말을 한다는 게 무슨 소용이 있겠어. 털을 알아보지 못하면 밍크나 너구리 가죽이 다를 게 없어 보이는 법인데. 얘, 퍼비, 샘이 저녁 식사를 기다리고 있는 건 아니니?"

"식사 준비는 다 돼 있어. 그거 찾아먹을 요량도 없으면, 그건 그 사람이 박복한 거지."

"그럼, 여기 이대로 앉아서 이야기나 하자. 바람을 좀 들이려고 집 안 문도 다 열어놨거든. 퍼비, 우린 이십 년을 사귀어온 친구잖아, 날 잘 이해해줄 거라고 믿어. 지금부터 하는 이야기는 그걸 믿고 하는 거고."

시간은 만물에 나이를 먹여서, 그녀가 이야기하는 사이에도 살며시 내리던 어둠이 칠흑으로 빼곡이 차갔다.

제 2 장

재니는 자신의 삶이 괴로움과 즐거움, 성취한 것과 또 그러지 못한 것들로 우거진 아름드리나무처럼 여겨졌다. 희망의 서광과 쇠락의 황혼이 가지마다 어려 있었다.

"무슨 말을 해야 할지는 분명한데, 어디서부터 얘길 시작해야 할지, 그걸 잘 모르겠어.

난 아버질 본 적이 없어. 봤다 해도 아버진 줄 몰랐겠지. 어머니도 마찬가지야. 어머닌 내가 당신을 알 만한 나이가 되기 훨씬 전에 마을을 떠나버렸거든. 할머니가 날 키우셨어. 할머니와, 할머니가 일하던 댁의 백인들이. 할머닌 뒤란에 난 바깥채를 얻어 사셨는데, 내가 태어난 곳도 거기였어. 그 댁은 그쪽 웨스트플로리다 지방의 지체 있는 백인 가문이었지. 워시번 가라고. 그 댁엔 손자들이 넷이 있어서 난 걔들과 한데 어울려 놀았어. 그래서 난 할머닐 내니[1]라고밖에 불러본 적이 없었어, 거기선 누구나 할머닐 그렇게 불렀으니까. 할머닌 우리 꼬맹이들이 난장판을 만들며 노는 걸 보면 그 자리에서 볼기짝을 때리셨고, 그건 워시번

---

1 Nanny: 구어에서 유모. 나이 많은 하녀를 지칭하여 자주 쓰였다.

부인도 마찬가지셨어. 그 매가 부당했던 적은 한 번도 없었던 것 같아. 우리 다섯 꼬맹이들은 남녀를 불문하고 정말이지 악동들이었으니까.

그렇게 백인 아이들과 늘 어울려 지냈기 때문에 난 여섯 살이 될 때까지 내가 백인이 아니란 걸 모르고 지냈어. 만약 어떤 사진사 아저씨가 마을에 흘러들어오지 않았다면, 그래서 셸비가, 그애가 우리 대장이었는데, 누구한테 물어보지도 않고 대뜸 그 아저씨에게 우리 사진을 찍어달라고 하지 않았다면, 난 그 뒤로도 아마 한참 동안 그 사실을 모르고 살았을지 몰라. 일주일쯤이 지나자 그 아저씨가 사진을 빼들고 와서 워시번 부인에게 대금을 청구했지. 부인은 돈을 치렀고, 우린 아주 톡톡히 혼이 나야 했어.

마침내 우린 사진을 받아들고 서 얼굴을 찾아내기 시작했는데, 엘리너 옆에 서 있는, 정말이지 새까맣고 작은 긴 머리의 계집아이 하나가 마지막까지 남았어. 그 자린 내가 있어야 할 자리긴 했는데, 난 설마 그 까만 아이가 나일 거라고는 생각을 못 한 거야. 그래서 난 물었지, '난 어딨어? 내가 안 보이네?'

모두들 웃어버렸지, 워시번 씨까지도. 그러자 넬리 아씨가, 아씬 그애들의 엄마야, 남편을 잃은 뒤로 친정에 와 있는 중이었지, 그 까만 아일 짚어 보이면서 말하는 거였어. '이게 너야, 알파벳, 네 얼굴도 모르니?'

그 집에선 다들 날 알파벳이라고 불렀거든, 너무 많은 사람들이 날 너무 많은 이름으로 부른다고. 난 오래 그 사진을 들여다봤어. 그랬더니 정말 내 옷과 내 머리채를 하고 있더라. 그래서 난 외쳤지.

'오, 오! 내가 흑인이네!'

모두들 배꼽을 잡고 웃었어. 하지만 난 그 사진을 보기 전까진 정말 내가 다른 아이들과 똑같은 줄만 알았어.

거기서 우린 즐겁게 살았어. 학교 친구들이 내가 백인 집 뒤채에 사는 것을 놀려대기 시작하기 전까지는. 학교엔 메이렐라라는 더벅머리 계집애가 하나 있었는데 갠 나만 보면 늘 못 잡아먹어 안달이었어. 워시번 부인이 당신 손녀딸들한테 필요 없게 된 옷을, 그래도 그건 다른 모든 흑인 애들이 입고 있는 옷보다 더 좋은 거였는데, 죄다 나한테 입히셨거든. 그리고 머리엔 리본까지 매주셨어. 그게 곧잘 메이렐라의 부아를 치밀게 했던 거야. 그래서 갠 늘 날 못살게 굴고 딴 애들한테까지 자길 따라 하게 했어. 고리 던지기 놀이에도 안 끼워주고. 백인 집에 딸려 사는 애하고는 함께 놀 수 없다는 거였지. 그러다간 또 예쁘게 하고 다닌다고 우쭐대지 마라, 네 아버진 사냥개한테 밤새 쫓겨다니는 신세였다고, 자기네 집에서 얻어들은 얘기들을 들이대며 으르렁거렸어. 워시번 씨와 경찰들이 블러드하운드를 풀어 우리 아버질 뒤쫓았다는 얘기였지. 아버지가 어머니에게 저지른 일 때문에. 그런데 걔들은 우리 아버지가 그 뒤에 어머니와 결혼을 하려고 어머닐 찾아다닌 얘기는 하지 않았어. 그래, 그건 절대 말하지 않았지. 내 깃털을 뽑아놓으려고 그 이야기를 아주 저급하게 꾸며댄 거야. 우리 아버지에 대해선 이름자 하나 아는 애가 없으면서도, 블러드하운드 사건은 다들 줄줄 꿰고 다녔지. 내니는 내가 풀이 죽어 다니는 모양을 못 참아하시더니, 결국 집을 따로 나와 사는 게 더 낫겠다고 생각하셨어. 할머닌 곧 땅이며 살림살이들을 장만하셨지. 워시번 부인이 큰 힘이 되어주셨고."

재니는 숨소리도 크게 내지 않고 자기 말을 듣는 퍼비의 모습을 보고, 이야기를 계속할 힘을 얻었다. 그래서 그녀는 어린 시절의 기억들을 계속 더듬어 쉽고 편한 말로 친구에게 설명해주었다. 그러는 사이 그녀의 집 주위로 밤은 두텁게 내려 쌓였다.

재니는 한동안 생각한 끝에 자신의 자각적인 삶은 내니의 사립문에

서 시작되었다고 결론을 내렸다. 어느 날 늦은 오후, 내니는 그녀를 집 안으로 불러들였다. 그녀가 사립문 너머 조니 테일러에게 입술을 내맡기고 있는 것을 보았던 것이다 .

웨스트플로리다에서의 어느 봄날 오후였다. 재니는 그날 거의 온종일 뒤뜰의 배나무꽃 그늘에서 보냈다. 벌써 그 사흘 전부터 그녀는 틈만 나면 집안일을 제쳐두고 그리로 달려가곤 했다. 그러니까 그 앳된 첫 꽃 봉오리가 벙근 이래로 줄곧 그래온 것이다. 꽃송이는 한 신비를 구경하라고 재니에게 손짓했다. 메마른 갈색 꽃자루에서 파릇파릇 잎이 트고, 그 속에서 눈같이 순결한 꽃송이가 피어나는 것이다. 그녀의 영혼은 아찔한 파문에 감싸였다. 어떻게? 왜? 그건 마치 존재 저 깊숙한 곳에 잠겨 있던 플무트 선율이 의식 속에 되살아오는 것과도 같았다. 이건 무엇이며 어떻게, 왜 이렇게 되는 것일까? 소리 없는 그 노래를 그녀는 들었다. 세상의 장미가 향기를 퍼뜨리고 있었다. 그것은 그녀가 깨어 있는 매순간 그녀를 따라다녔고, 잠든 그녀의 살을 어루만졌다. 그것은 자각되지 않은 채 그녀를 강타하며 살 속으로 파고들던 아련한 느낌들에 가 닿았고, 이제 그 느낌들이 살아나 그녀의 의식의 문을 두드렸다.

그 모든 소리 없는 음성이 밀물져온 것은 그녀가 배나무 그늘에 누워 벌들의 낮은 진동음과, 금빛 햇살, 그리고 미풍의 가쁜 숨결에 젖어들고 있을 때였다. 그녀는 보았다. 꽃가루를 몸에 바른 벌이 꽃송이의 깊숙한 방으로 내려가는 것과, 수천의 꽃받침들이 몸을 한껏 오므리며 이 사랑의 행위를 감싸는 것을. 그리고 저 깊은 뿌리에서 여린 가지까지 행복에 겨운 온몸의 떨림이 모든 꽃송이로 흘러들며 환희에 전율하는 것을. 그래 이게 결혼이야! 그녀는 계시의 순간에 부름받은 것이다. 재니는 가차없이 달콤한 고통에 온몸이 나른하고 몽롱해졌다.

얼마 뒤 재니는 자리에서 일어나 그 작은 뜨락을 샅샅이 헤집고 다

넜다. 받은 바 그 음성과 계시의 존재를 확인하고 싶었던 것이다. 그녀는 온 천지가 그에 감응하고 있음을 보고, 확인했다. 그녀를 제외한 다른 모든 피조물이 내밀하게 부름에 응하고 있었다. 그녀는 자기에게도 무언가가 그리움의 촉수를 뻗고 있을 것 같았다. 하지만 그것이 언제, 어디서, 어떻게 올지는 알 수 없었다. 자기도 모르는 사이에 부엌문 앞까지 온 그녀가 비틀거리며 안으로 들어갔을 때, 거기에서도 파리들은 윙윙 어지럽게 날며 서로 어울려 노래하며 짝을 짓고 있었다. 정처 없는 발길이 좁은 복도에 접어들어서야 그녀는 두통을 앓는 할머니가 안에 계시다는 생각이 났다. 할머니는 침대에 누워 주무시고 계셨다. 그래서 재니는 발뒤꿈치를 들고 살금살금 현관 밖으로 걸어나왔다. 아, 배나무가 될 수 있다면…… 어떤 나무로라도 꽃을 피울 수 있다면! 벌들이 신생의 아침을 노래하며 키스를 해주고! 그녀는 열여섯이었다. 이파리가 시리게 푸르고 꽃봉오리가 탐스럽게 터져오른. 그녀는 삶과 몸부림하고 싶었다. 그러나 삶이 그녀를 피해가는 것 같았다. 그녀를 위해 노래하는 벌들은 어디 있을까? 그곳에도, 할머니의 집 안에도 대답은 없었다. 그녀는 현관 계단 꼭대기에서 한껏 까치발을 하고 바깥 세상을 둘러보았다. 그리고 사립문으로 걸어나가 상체를 내민 채 길 이쪽과 저쪽을 아득히 바라보았다. 신생의 세상이 펼쳐지기를, 바라보고, 기다리고, 조바심을 쳤다.

꽃가루가 어지러운 대기 속에서, 그녀는 한 눈부신 존재가 길을 따라 걸어오는 것을 보았다. 그녀의 눈이 어두웠던 시절, 그는 단지 삐삐 마르고 껑충한, 볼품없는 조니 테일러에 불과했다. 그러나 그건 황금 꽃가루가 그의 누더기와 그녀의 눈에 마술을 걸기 전의 일이었다.

내니는 잠속에선지 깨어선지 모르게 누군가가 두런거리는 소리를 들었다. 아스라이 이어지다간 차츰 분명해져오는 소리. 재니의 목소리였다. 재니가, 누군지 잘 알 수 없는 목소리의 남자에게 숨죽여 소곤거리고 있었다. 순간 내니는 씻은 듯 잠이 달아났다. 그녀는 벌떡 일어나 창 밖을 살폈다. 그리고 조니 테일러가 그녀의 재니를 입술로 물어뜯고 있는 것을 보았다.

"재니!"

노인의 음성은 불호령이나 질책의 음성과는 너무도 거리가 먼, 무너져 내리는 신음 소리만 같아서, 재니는 내니가 자기를 보지 못했으리라고 반쯤 믿어버릴 정도였다. 그래서 그녀는 꿈에서 채 덜 깬 상태로 집 안으로 걸어갔다. 그것이 그녀의 유년기의 마지막이었다.

내니의 머리와 얼굴은 폭풍에 쓰러진 고목의 앙상하게 드러난 뿌리 바로 그것이었나. 이센 더 이상 아무런 의미도 없이 된 옛 권위의 뿌리. 그녀의 신열을 내리려고 재니가 흰 천 조각을 꼬아 머리에 동여매어준 아주까리 이파리들은 이제 시들어 노인의 신체 일부처럼 되어 있었다. 내니의 눈동자는 초점을 잃고 있었다. 재니며 그 방이며 온 세계가 다 한 덩어리로만 보였다.

"재니, 넌, 이제 여자다, 그러니……"

"아녜요, 내니. 아녜요. 난 아직 진짜 여자가 아니에요."

여자라니, 그건 너무 생경하고 벅찬 말이었다. 재니는 그 말을 머릿속에서 애써 뿌리쳤다.

내니는 눈을 감고 자기 말을 재확인하듯 천천히, 힘없이 고개를 끄덕이고는 입을 열었다.

"아니, 재니, 넌 이제 여자가 된 거야. 그러니 내 그동안 맘속에만 담아뒀던 걸 이젠 말하는 게 좋을 것 같구나. 당장 시집을 가거라."

"내가, 시집을요? 안 돼요, 내니, 제발요! 내가 뭘 안다고 결혼을 해요?"

"나한텐 방금 전에 목격한 거면 충분하다, 재니. 난 그 위아래로 헐떡이는, 허섭스레기 깜둥이 조니 테일러가 네 몸뚱어릴 지 발닦개로 쓰는 꼴 따윈 보고 싶지 않아."

이 말로써 사립문 너머 첫 키스의 추억은 비 맞은 두엄더미처럼 뭉그러지고 말았다.

"날 봐라, 재니. 그렇게 고개 수그리지 말고, 네 늙은 할미를 좀 보란 말이다!" 내니는 감정이 북받쳐 목이 잠겨들었다. "나도 너한테 이런 식의 말을 하고 싶진 않아. 사실 난 창조주께 제발 내 짐을 더 이상 무겁게 하지 말아주십사고 수없이 무릎꿇고 기도해왔지."

"내니, 난 그냥…… 난 나쁜 짓을 하려던 게 아니었어요."

"그게 바로 내가 두려워하는 점이야. 넌 위험한 장난을 하기로 맘먹고 하는 게 아냐. 넌 그게 얼마나 위험한 일인지조차 모른단 말이다. 난 이제 늙었다. 언제까지나 널 해악과 위험으로부터 지켜줄 수가 없어. 그러니 난 당장 네가 결혼하는 걸 봐야겠다."

"지금 당장 누구와 결혼을 해요? 난 아무도 모르는데."

"주님은 모든 걸 준비해두신다. 그분은 내가 한낮의 불볕 아래 짐을 져온 걸 알고 계시지. 벌써 오래 전에 너에 관해 말을 넣어온 사람이 있다. 그때는 그것이 내가 너한테 바라는 길이 아니었기 때문에 아무 말도 하지 않았지. 난 네가 학교를 마치고 더 물 좋은 밭에 가서 더 맛 좋은 딸기를 따게 되길 바랐어. 하지만 이젠 그게 나 혼자 생각일 뿐이라는 걸 알게 됐다."

"내니, 날 달라는 사람이, 그 사람이 누군데요?"

"로건 킬릭스 형제다. 그 사람도 좋은 사람이야."

"설마, 내니, 싫어요! 그 사람 그러려고 여길 얼쩡거린 거예요? 무덤 속의 해골바가지처럼 생겼으면서."

내니는 벌떡 일어나 땅을 딛고 서서 아주까리 띠를 이마에서 벗어 내던졌다.

"그래서 점잖게는 시집을 못 가겠다 이 말이냐? 그러니까, 그냥 처음엔 이 남자 다음엔 저 남자 품으로 나돌면서 입맞추고 더듬고만 싶다 그 말이야? 네 에미처럼 이 할미 애간장을 녹여놓겠단 거구나, 응? 내 머리가 아직 충분히 세질 않았나 보지. 네 성에 차려면 내 허리도 아직 한참은 더 꼬부라져야 되겠어!"

로건 킬릭스라니, 재니는 그 모습을 상상하는 것만도 그녀의 배나무를 모독하는 것 같았다. 그러나 그걸 할머니에게 어떻게 설명해야 할지 알 수가 없었다. 그녀는 다만 바닥에 쪼그리고 앉아 고개를 수그린 채 입을 샐쭉일 뿐이었다.

"재니."

"네, 할머니."

"내 말에 대답을 해. 널 위해 그 모든 걸 겪어온 내게 그렇게 입만 샐쭉이지 말고!"

내니는 손녀의 뺨을 후려치고, 버둥거리는 그녀의 머리채를 뒤로 잡아젖혀 맞바라보았다. 그리고 다시 뺨을 내려치려고 손을 치켜들었다가 손녀의 두 눈에서 가슴 깊숙이 고여오르는 눈물 방울을 보았다. 끔찍한 슬픔에 질린 그 눈과 울음을 삼키느라 앙다문 입술을 보는 순간, 내니는 그만 손을 거뒀다. 대신 재니의 그 치렁치렁한 머리를 쓸어넘기면서 지극한 고통과 지극한 사랑으로 두 사람의 운명을 생각하며 소리 없이 울었다.

"아가, 이리 할미에게 오렴. 옛날처럼 할미 무릎에 와 앉아봐. 할미가 네 머리카락 한 올이라도 상하게 할 성싶으냐. 할 수만 있다면 이 세상에서 네 손가락 하나 해칠 놈이 없게 하고 싶은 게 이 할미야. 아가,

이 할미가 알고 있는 한에는 백인이 이 세상의 지배자다. 어쩌면 저 먼 바다 어딘가에는 흑인이 다스리는 나라도 있을지 모르지. 하지만 우린 우리 눈으로 본 것밖에 알 수 없다. 백인은 자기 짐을 팽개치며 흑인에게 그걸 주워들라고 한다. 다른 수가 없는 흑인은 그걸 주워들지. 하지만 자기가 그걸 져나르진 않아. 자기 여자한테 넘겨버리지. 내가 아는 한 흑인 여자는 이 세상의 노새다. 네게는 사정이 달라지길 그렇게 기도 했는데. 주여, 주여, 주여!"

그녀는 움푹 꺼진 자신의 가슴에 손녀딸을 끌어안고 앉아서 오랫동안 상체를 앞뒤로 흔들었다. 재니의 기다란 다리와 머리채는 의자의 양쪽 팔걸이 너머로 낮게 드리워졌다. 눈물 흘리는 재니의 머리 위로는, 반은 노래고 반은 흐느낌인 내니의 기도문이 낮게 흘러내렸다.

"주는 은총을 베푸소서! 오랜 세월을 용케 피해왔지만 결국은 이렇게 될 수밖에 없었다는 걸 압니다. 오, 주여! 뜻대로 하소서, 주여! 저는 최선을 다했습니다."

마침내, 두 사람 모두 진정이 되었다.

"재니, 조니 테일러와는 언제부터 입맞추고 지냈느냐?"

"이번이 처음이에요, 내니. 난 결코 그앨 사랑하는 게 아니에요. 내가 아까 그렇게 했던 건, 오, 나도 모르겠어요."

"주여, 감사합니다."

"다시는 그런 짓 안 할게요, 내니. 제발 날 킬릭스 씨한테 보내지 말아요."

"로건 킬릭스가 중요한 게 아니다, 아가. 난 네게 바람벽을 구해주고 싶은 거란 말이야. 난 늙어가는 정도를 넘어 아주 막바지까지 와버린 늙은이야, 재니. 이제 며칠 뒤 아침이면, 그 검을 쥔 천사가 이곳을 찾아올 거야. 그 날짜와 시간은 알 수 없지만, 멀지 않았을 게다. 갓난 널

내 팔에 안고 난 주님께 기도했지. 네가 다 자랄 때까지만 여기 머물러 있게 해달라고. 정말이지 그분이 오늘까지 날 남게 해주셨구나. 이제 내가 매일 드리는 기도는 이 금쪽 같은 시간을 며칠만 더 연장해달라는 거야, 네가 안전하게 자리잡는 걸 볼 때까지만."

"조금만 더 시간을 주세요, 내니. 제발, 조금만요."

"내가 네 마음을 모른다고 생각진 마라, 재니. 다 알고 있으니까. 널 낳은 네 어미라도 이보다 더 널 사랑하진 않았을 거야. 사실을 말하자면, 내 몸으로 난 네 어미보다도 널 곱절이나 더 사랑한단 말이다. 하지만 넌 여느 평범한 애들하고는 다르다는 걸 알아야 해. 넌 아비가 없잖으냐. 너한테 한 걸로 치면 어미도 없다고 봐야겠지. 넌 나말고는 아무도 없이. 그런데 내 머리는 하얗게 세고 벌써 무덤 쪽으로 절반은 기울어 있지. 그렇다고 네가 혼자 힘으로 설 수 있는 것도 아니고. 네가 이 기둥에서 저 말뚝으로 발에 차여 뒹굴 걸 생각하면 난 마음이 찢어질 것 같아. 네 눈물 방울방울이 내 가슴에서는 피눈물을 자아낸단 말이다. 그러니 난 이 몸뚱어리가 차게 식어 굳어버리기 전에 너한테 해줄 수 있는 것은 다 해봐야겠어."

재니에게서 흐느낌 섞인 한숨이 터져나왔다. 늙은 할머니는 재니의 등을 토닥여주는 것으로 대답을 대신했다.

"아가, 너도 알잖느냐, 우리 흑인들은 뿌리뽑힌 나무들이고, 그것이 만사를 까다롭게 뒤틀어버린다는 걸. 넌 특히 더하지. 난 노예로 태어났고, 그래서 여자란 어때야 하고 뭘 해야 하는가 하는 따위의 꿈을 좇는 건 팔자 밖의 일이었다. 그런 게 노예의 발목을 묶는 쇠고랑 중의 하난 거야. 하지만 사람이 꿈꾸는 것마저 막을 수는 없는 법이다. 사람을 그 뜻까지 빼앗을 정도로 철저히 짓뭉갤 수는 없단 말이다. 난 한 마리의 일소나 씨돼지로 이용당하는 걸 원하지 않았다. 내 딸이 그렇게 되는 것도 원치 않았고. 지난 일들이 그같이 되어버린 건 정말 내 뜻이 아니었다. 난 네가 태어나게 된 걸 증오하기까지 할 정도였어. 하지만, 그래도 변함없이, 난 기도했지. 하느님 감사합니다, 제게 또 한 번의 기회를 주셨나이다 하고 말이다. 사실 난 높은 자리에 앉은 흑인 여자에 대한 위대한 설교를 하고 싶었어. 그런데 그땐 아무도 나한테 단상을 내주지 않았지. 그러다 자유의 몸이 되었을 땐 갓난 딸애가 내 품에 안겨 있었어. 그래서 난 말했다. 맨손 맨발로라도 이 황야에 그 아일 위한 대로를 열어주겠다고. 그럼 내 설교는 그 아이가 더 잘 전해줄 것이라고. 하지만 어찌 된 일인지 그앤 그 길에서 벗어났고 내가 다시 정신을 차렸을 땐 여기 네가 세상에 와 있었다. 그 뒤론, 널 돌보며 지새는 밤마다 이젠 네가 내 설교를 대신해주리라 믿고 다짐했어. 재니, 난 오랜 세월을 기다려온 거다. 하지만 이제껏 겪어온 것들이야 아무것도 아닌 거야, 네가 내 소원대로 높은 자리에만 올라준다면."

늙은 내니는 갓난아이를 어르듯 재니를 다독이며 옛날, 더 오랜 옛날로 기억을 더듬어갔다. 머릿속에 떠오르는 풍경마다에 감정이 살아났고, 그것들은 텅 빈 그녀의 가슴에서 드라마를 끌어냈다.

"그날 아침에 사바나 근처의 그 대농장에 웬 사내가 말을 급히 달려와서 셔먼[2]의 애틀랜타 침공 소식을 전했지. 마스 로버트의 아들이 치카모가에서 죽었단 소식도 함께 말이다. 그래서 마스 로버트는 총을 꺼내 들고 애마에 안장을 얹은 뒤에, 남아 있던 머리 희끗희끗한 남자들과 어린 소년들을 이끌고 양키 놈의 북군을 테네시로 쫓아버리겠다며 나간 거야.

---

2 William Tecumseh Sherman(1820~1891): 미국 남북전쟁 때의 장군.

사람들은 모두 출정하는 그들을 위해 아우성치며 환호하고 소리를 질렀지. 난 그 자리에 나가볼 수 없었어, 그때 네 엄마가 난 지 일주일도 안 되었고 난 누워 있었으니까. 그런데 얼마 되지 않아서 그 사람이 뭔가를 빠뜨리고 온 게 있다면서 내 숙소 안으로 뛰어들어왔고, 마지막으로 내게 머리를 풀게 했다. 그리고 늘 그랬던 것처럼, 내 머리카락을 손에 감아보고, 엄지발가락까지 잡아당겨보더니, 다른 사람들 뒤를 쫓아 번개처럼 뛰어나가는 거였지. 그 사람에게 보내는 갈채 소리가 마지막으로 났고, 그 뒤론 주인나리 댁이고 하인 숙소고 할 것 없이 모두 잠잠해졌어.

주인마님이 내 숙소에 들어온 것은 저녁 서늘해질 무렵이었다. 마님은 문을 벌럭 열어젖히고는 그 사이에 선 채 두 눈과 얼굴 전체로 날 쏘아보았지. 평생 봄볕은 구경도 못 하고 그늘에서만 살아온 것 같은 얼굴이었어. 그 양반은 침대로 걸어와 날 내려다보며 말했다.

'내니, 네 그 아이를 보러 왔다.'

난 그 얼굴에 서린 냉기를 무시하려 했지만 허사였다. 어찌나 몸이 싸늘해지던지 담요를 뒤덮고도 얼어죽을 것만 같았다. 그래서 마음먹은 것처럼 재빨리 움직일 수가 없었지. 하지만 난 서둘러야만 한다는 걸 알았고, 그래서 그렇게 했다.

'그 포대기 저리 젖혀봐, 어서!' 그 양반 목소리가 쩡쩡했지. '이봐 산모 나으리, 내 보기엔 지금 누가 이 농장 안주인인지 잘 모르는 것 같은데, 내가 그걸 확실히 가르쳐주지.'

마님의 말이 끝나는 것과 거의 동시에 난 가까스로 강보를 들춰낼 수 있었다. 아이의 얼굴과 머리가 드러나게.

'이 깜둥년아, 네 딸년이 노랑머리에 은빛 눈이라니 이게 어찌 돌아가는 판이지?' 그 양반은 내 뺨을 이쪽저쪽 마구 후려치기 시작했다.

난 처음엔 강보로 아기 얼굴을 다시 숨기느라 바빠서 아픔을 느낄 겨를
도 없었지. 하지만 마지막에 가선 꼭 몸에 불이 붙은 것 같았다. 난 너
무 많은 감정들이 뒤엉켜서, 어떻게 해야 할지 몰라 울지도 못하고 그냥
멍하니 서 있었다. 그런데 그쪽에서, 어떻게 내 아이 얼굴 색이 하얄 수
가 있냐고 재우쳐 묻는 거였어. 아마 거의 이삼십 번을 다그쳐 물었을
거다. 그렇게 묻지 않고는 못 배길 것처럼 말이다. 그래서 내 말했다,
'저는 시키시는 것말고는 아무것도 모릅니다, 전 깜둥이 노예일 뿐입
니다.'

난 그렇게 말하면 화를 누그러뜨릴 줄 알았는데, 되레 그 양반은 더
미쳐가는 것 같았다. 하지만 몸은 기진맥진했던지, 손찌검은 더 하지 않
더구나. 대신 침대께로 가서 자기 손수건에 손을 닦으며 이렇게 말했지.
'너 같은 걸로 내 손을 더럽히고 싶진 않아. 하지만 날이 새는 대로 감
독을 시켜 널 형틀로 끌어낼 거야. 거기다 무릎 꿇려 묶어놓고 그 누런
등 껍질을 벗겨내고 말겠어. 가죽 채찍으로 맨등을 백 번 후려칠 거야.
등짝에서 피가 나서 발꿈치까지 적시는 걸 보고 말 거라구! 숫자는 내
가 직접 셀 작정이야. 만약 그 때문에 네가 죽어 나자빠진다 해도 그 손
실은 감수하겠어. 그리고 저 요물은 달이 차는 대로 내 눈앞에서 팔아
치워버릴 거고.'

그리고 마님은 서릿발 같은 한기를 남기고 문을 박차고 나가버렸
다. 난 아직 몸이 다 풀리진 않았지만 그걸 따지고 있을 수가 없었지.
칠흑 같은 그 밤중에 아기를 강보에 꼭꼭 싸서는 강기슭 수풀로 도망쳤
다. 그곳엔 독사며 살무사들이 득실거린다는 걸 알고 있었지만, 그보단
등뒤에 있는 것이 훨씬 더 무서웠던 거야. 아이가 울라치면 젖을 물려
소리가 새지 않게 하면서 밤이건 낮이건 거기 숨어 있었지. 누구라도 아
이 우는 소리를 듣고 우릴 잡으러 올까봐 애끓으며 말이야. 그렇다고 그

때 내 걱정을 해준 친구가 전혀 없었을 거란 말을 하는 건 아니다. 게다가 자비로운 주님께서 내가 붙잡히지 않도록 보살펴주셨지. 도대체 한순간도 맘을 놓지 못하고 두려움에 떨었는데 네 엄만 어떻게 그런 내 젖을 먹고도 살아남을 수 있었는지, 참 알 수 없는 일이야. 올빼미 우는 소리에도 난 머리털이 곤두섰지. 삼나무는 해만 떨어지면 팔다리를 하느작거렸고, 표범이 주위를 어슬렁거리는 소리도 들렸다. 하지만 주님께서 굽어보고 계셨기 때문에 어떤 것도 날 해치진 못했어.

그러던 어느 날 저녁에 대포가 천둥처럼 울어댔다. 밤이 새도록 울어댔지. 그래서 그 다음날 아침에 봤더니 저 멀리 큰 배가 떠 있고 주변이 온통 소란스러운 거였어. 난 이끼를 뜯어서 리피의 몸에 발랐다. 그리고 그 아일 나무에 묶어 놓은 다음 선착장으로 내려가본 거야. 거기 남자들은 모두 푸른색 옷을 입고 있었는데, 사람들 이야기로는 셔먼 장군이 사바나까지 오고 있는 중이며, 우리 노예들은 모두 해방됐다는 거였지. 그래서 난 다시 뛰어가 네 엄마를 들쳐업고 와서 사람들과 함께 증명서를 제출하고 내가 지낼 수 있는 장소를 얻었다.

그렇지만 리치몬드에서 남군의 항복이 있은 건 그 뒤로도 한참이 지나서였다. 그때 애틀랜타엔 커다란 조종이 울렸고 회색 제복을 입은 남자들은 모두 물트리로 가서 다시는 노예 제도를 위해 싸우지 않겠다는 의미로 칼을 땅에 묻어야 했지. 그때서야 우린 마침내 해방이 된 걸 알 수 있었다.

난 누구하고도 결혼하지 않았지. 결혼할 맘만 있었으면 얼마든지 할 수 있었지만 말야. 그 누구라도 내 아일 학대하는 걸 원치 않아서였다. 그래서 난 어떤 선량한 백인들 틈에 끼여, 일감도 있고 어린 리피가 맘껏 뛰놀 수도 있는 양지바른 이 웨스트플로리다에 내려왔지.

주인 마님이 지금 너한테 해주시는 것처럼 네 엄마를 키우는 데도 많이 도와주셨단다. 난 그앨 보낼 만한 학교가 생기자 곧 입학을 시켰지. 그앨 학교 선생님으로 만들 생각이었어.

그런데 어느 날 네 엄마가 올 때가 지났는데도 안 오는 거였다. 기다리고 기다려도, 밤이 하얗게 새도록 네 엄만 오질 않았지. 손전등을 들고 온 동네를 수소문하며 돌아다녔지만 다 헛수고였다. 다음날 아침, 네 엄만 네 발로 기어서 돌아왔다. 볼 만한 광경이었지. 그 학교 선생이 밤새 그 아일 숲에 가둬뒀던 거야. 내 딸을 겁탈하고 새벽같이 도망친 거였단 말이다.

겨우 열일곱이었는데, 그런데 그런 일을 당했던 거야! 주여 자비를 베푸소서! 그때 일이 눈에 선하구나. 그애가 회복되기까지는 한참이 걸렸는데, 그때쯤에 우리는 그애 몸 속에 네가 들어서 있단 걸 알게 됐다. 그리고 네가 태어난 뒤 그앤 술에 취하고 외박하기를 일삼았지. 여기도, 다른 어디에도 그앨 붙잡아둘 수 없었다. 그애가 지금 어딨는지는 하느님만 아시지. 그앤 죽진 않았어, 그건 느낌으로 알 수 있다. 하지만 가끔은 편히 잠들었기를 바랄 때가 있지.

그리고 재니, 대단한 건 아니겠지만, 난 널 위해 할 수 있는 모든 걸 했다. 네가 백인 집에 딸려 사는 애라고 학교 동무들 앞에서 고개 떨구는 일이 없게 하려고, 난 정말 애면글면 돈을 모아 작으나마 이 집을 산 거야. 어렸을 때야 그런 건 큰 문제가 안 되지. 하지만 난 네가 세상을 알 만큼 자랐을 때 자부심을 갖게 해주고 싶었던 거야. 난 사람들이 늘 이런저런 트집을 잡아 네 깃털을 뽑아내게 하고 싶지 않아. 그리고 백인 남자건 흑인 남자건 그자들이 널 자기 타구(唾具)로 만들지도 모른다고 생각하면 난 편히 눈을 감을 수 없단 말이다. 날 조금이라도 불쌍히 여겨다오. 난 금이 간 접시야, 재니. 제발 조심스럽게 내려놓아다오.”

제 3 장

질문을 던지는 때가 있고 답을 얻는 때가 있다. 재니는 전에 인생을 알 만한 기회를 가져본 적이 없었고, 그래서 묻지 않을 수 없었다. 결혼을 하면 우구에 내버려신 듯한, 이 짝짓지 못한 외로움의 끝이 올까? 태양이 아침을 부르듯 결혼이 사랑을 불러올까?

60에이커의 소유주로 자주 거론되는 로건 킬릭스에게 시집가기까지의 그 며칠 안 되는 기간 동안, 재니는 자신의 내면을 이리저리 뒤집어보았다. 그녀는 끝없이 질문을 던지며 생각에 몰두한 채 배나무 주위를 맴돌았다. 그리고 마침내 할머니의 말에다 자신의 추측을 덧붙여 일종의 위안이 될 만한 결론을 내렸다. 그래, 결혼을 하고 나면 로건을 사랑하게 될 거야. 잘은 모르지만, 내니와 동네 어른들이 그렇게 말했으니까, 꼭 그렇게 될 거야. 누구나 남편과 아내는 서로 사랑하니까. 그런 게 결혼이니까. 그래 꼭 그런 거야. 재니는 기뻤다. 그리 생각하면 결혼이 그렇게 끔찍스럽고 암담하게 여겨지지는 않을 것 같았다. 이제 더 이상 외롭지 않을 것 같았다.

결혼식은 어느 토요일 저녁, 내니의 거실에서 치러졌다. 세 개의 결혼 케이크에 토끼와 닭튀김 요리가 큼직한 접시들에 담겨 나왔다. 먹을 것은 무엇 하나 부족할 게 없었다. 내니와 워시번 부인이 모두 신경을 써두었던 것이다. 그러나 신혼집까지의 화려한 행차를 위해 로건의 마차 좌석을 장식해놓은 사람은 아무도 없었다. 로건이 사는 곳은 마치 사람이라곤 찾아와본 적이 없는 숲속의 어느 덩그런 나무 밑동처럼 고적하기만 했다. 집 역시 운치라곤 찾아볼 수 없었다. 그러나 재니는 어떻게든 사랑이 시작되기를 기다리며 내처 안으로 들어갔다. 그리고 초승달이 세 번 뜨고 지자 그녀는 근심이 되기 시작했다. 그래서 워시번 댁의 어느 과자 굽는 날 그녀는 내니를 만나러 갔다.

내니는 기쁨으로 온 얼굴이 환해져서, 뽀뽀 좀 해보자며 반죽 빚는 상 앞으로 재니를 불러들였다.

"어서 오너라, 아가. 어서 와! 안에 들어가 워시번 마님께도 인사 여쭤야지. 흠! 흠! 흠! 그래 네 신랑은 어떻게 지내누?"

재니는 워시번 부인이 있다는 거실에 들어가지 않았다. 그리고 내니의 즐거운 탄성에도 아랑곳하지 않았다. 그녀는 다만 꺼지는 듯 털썩 자리에 주저앉을 뿐이었다. 처음 얼마 동안 내니는 번잡한 과자 굽기와 재니에 대한 솟구치는 자부심에 그만 아무 눈치도 채지 못하고 있었다. 그러나 잠시 뒤 그녀는 문득 자기 혼자 지껄이고 있다는 걸 깨닫고 재니를 돌아보았다.

"아가, 무슨 일이 있는 게냐? 오늘 아침은 어째 기운이 없어 보인다."

"별일은 아니고요. 그냥 상의를 좀 해볼까 해서요."

내니는 잠시 어리둥절한 표정을 짓다가 화들짝 웃음을 터뜨렸다. "벌써 애가 들어섰단 말이냐, 어디 보자…… 요번 토요일이면 두 달 반이 되는 거로구나."

"아녜요, 할머니. 그렇지는 않을 거예요." 재니의 얼굴이 조금 상기되었다.

"얘, 부끄러워할 거 하나도 없다. 넌 결혼한 여자야. 워시번 부인이나 다른 여느 여자와 마찬가지로 정식으로 남편이 있는 여자란 말이야!"

"그쪽 방면으로는 아무 일도 없어요. 장담해요."

"그럼 로건하고 싸운 거냐? 세상에, 배짱이라곤 약에 쓰려 해도 없으면서 입술은 부어터진 간덩이 같은 그 껌둥이 놈이 벌써 우리 아기한테 손찌검을 한 건 아니겠지! 이런 천하에 경을 칠 놈을 내가 그냥!"

"아녜요 할머니. 그 사람 내게 말조차 심하게 해본 적이 없어요. 자긴 절대 손찌검 따위는 하는 일이 없을 거라고 한걸요. 장작도 패다 부엌까지 날라다 주고, 물동이도 두 개 다 넘치도록 채워놓구요."

"흥! 그런 게 오래갈 거라고 생각지는 마라. 그렇게 하는 건 입에다 뽀뽀를 하는 게 아니지. 지금 그 사람은 네 발등에다 입을 맞추고 있는 건데, 남자들이란 여자 발에 오래 입맞추지 않는 법이다. 입에 뽀뽀하는 게 동등하고 또 자연스런 거지. 사랑한답시고 몸을 굽혔다간 또 금세 허리를 꼿꼿이 세우는 게 남자야."

"알아요, 할머니."

"아니 그런데, 그렇게 전부 다 해주는데 넌 왜 코가 석 자나 빠진 얼굴이야?"

"할머니가 그랬잖아요, 틀림없이 내가 그 사람을 사랑하게 될 거라고. 그런데 그렇게 되지가 않아요. 혹시 누가 어떻게 하라고 가르쳐주면, 그게 가능해질지도 모르겠어서요."

"이 바쁜 날 그런 말 같잖은 소릴 늘어놓으려고 여기 왔단 말이냐. 평생 의지할 기둥이고 보호벽인 남편을 갖고. 만나는 사람 누구한테나 킬릭스 부인이라 불리고 목례를 받는데도, 그런데도 넌 나한테 와서 사랑 타령을 하는 거로구나."

"하지만 내니, 나도 가끔 그 사람을 원할 수 있으면 좋겠어요. 그 사람만 좋은 대로 하는 건 싫다구요."

"그 사람을 원하지 않다니, 도대체 너 제정신이냐. 지금 너네 집 거실엔 이 마을 다른 흑인은 누구도 가져보지 못한 오르간이 떡 버티고 있다. 제값 주고 산 집이며 한길가에 딱 달라붙은 땅 60에이커, 또…… 세상에 원 기가 막혀서! 그게 바로 우리 모든 흑인 여자들이 붙들고 늘어지는 거란 말이다. 사랑? 그건 해뜨기 전 어둔 새벽부터 해지고 난 어둔 밤까지 밀고 끌고 땀흘리며 안간힘 쓰게 할 뿐이야. 그래서 옛사람들이 말한 거 아니냐. 멍청한 건 누구도 어쩌지 못한다고. 그저 지가 고생이지. 내가 보기에 네가 바라는 건, 겉모양은 말쑥해도 길만 한번 건널라면 닳아빠진 구두 밑창이 그걸 버텨낼지 두 번 세 번 계산해봐야 하는 똑 그런 백수건달들이야. 그런 인사들은 네가 가진 걸로 살 수도 있고 팔 수도 있어. 정말이지 넌 그런 놈들을 단번에 사고 팔 수 있단 말이다."

"난 지금 그런 사람들을 생각하는 게 아니에요. 그 지긋지긋한 60에이커에도 관심 없고요. 날마다 10에이커씩을 울타리 밖으로 내던지고도 그게 어디 떨어졌나 궁금하지 않을 거예요. 킬릭스 씨에 관해서도 마찬가지고요. 사랑받을 운명과는 결코 거리가 먼 사람들이 있는데, 그 사람이 바로 그런 사람이라구요."

"어째서 말이냐?"

"길쭉한가 하면 너부데데한 머리며, 축 늘어진 뒷덜미 살이 다 그래요."

"그 사람 얼굴을 자기가 만들었다든. 너 정말 그렇게 철없이 굴 거냐."

"누가 만들었든, 하여간 난 그 작품이 싫어요. 사실 그 사람은 배도 너무 나왔어요. 발톱은 꼭 노새 발굽 같구요. 도대체 잠자리에 들기 전에 발을 씻는 법도 없어요. 귀찮을 게 하나도 없는데, 내가 물까지 떠다

대령해주는데도 말이에요. 그 사람이 옆에 누워 있으면 난 몸을 뒤척였다가 그 냄새를 진동시키느니 차라리 온몸에 쥐가 나더라도 참고 자는 게 낫다구요. 예쁘고 기분 좋은 것에 관해서는 언제 말 한마디 하는 걸 들어본 적이 없어요."

재니는 울음을 쏟아냈다.

"난 결혼해서 사는 게 배나무꽃 그늘에 앉아서 생각할 때 같은 그런 달콤한 것이면 좋겠다구요. 난……"

"재니, 울어봐야 소용없다. 이 할미도 한평생 몇 고비를 넘겨봤지. 하지만 사람은 이런 일 아니면 저런 일로 울고 살게 돼 있더라. 그러니 그냥저냥 사는 게다. 넌 아직 젊어. 죽기 전에 어떤 일이 일어날지 아무도 알 수 없지. 얘야, 삼시 기다려보는 거다. 그러면 차차 마음이 변할 게야."

내니는 재니에 대해서는 냉정히 해서 돌려보냈지만, 정작 자신은 그날 내내 몹시 위축되어 지냈다. 그리고 마침내 자신의 누추한 거처에 돌아와 혼자 있게 되어서는 자기가 어디에 있는 건지조차 의식하지 못하게 될 때까지 무릎 꿇고 앉아 있었다. 그녀의 마음속 웅덩이에는 무수한 단어들이 상념의 주위를 겉돌았으며, 상념은 보이는 것과 들리는 것들의 주변을 자꾸만 헛돌고 있었다. 그것은 언어로 잡을 수 없는 생각이었고, 생각으로는 차마 가닿을 수 없는 형체 없는 감정의 심연이었다. 내니는 또다시 그렇게 무릎을 꿇은 채 그 헤아릴 길 없는 의식과 고통스레 몸부림을 쳤다. 동이 틀 무렵 그녀는 "주님, 당신이 제 마음을 아십니다. 전 최선을 다했습니다. 이제 나머지는 당신께 맡깁니다" 하며 기신기신 몸을 침대로 가져가서는 털썩 쓰러지고 말았다. 그리고 그로부터 한 달 뒤 그녀는 숨을 거두었다.

그렇게 해서 재니는 꽃의 때와 녹음의 때 그리고 주황빛 단풍의 때를 기다리면서 지냈다. 그러나 다시 꽃가루들이 태양을 금박으로 치장하고 지상으로 부서져내리는 때가 되자, 그녀는 대문간 주위를 서성이며 또 다른 무언가를 기다리기 시작했다. 어떤 것을? 그것은 정확히 알 수 없었다. 그러나 그녀의 숨은 거칠고 가팔랐다. 그녀는 아무도 그녀에게 일러준 적이 없는 것들을 알고 있었다. 가령, 나무와 바람의 대화를. 그녀는 종종 우산을 접고 땅에 내려앉는 씨앗을 보면 "부디 부드러운 흙에 떨어지렴" 하고 말하곤 했다. 씨앗들이 서로 스쳐지나며 그렇게 말하는 것을 들었던 것이다. 그녀는 또 세상은 창공의 품을 누비는 한 마리 종마라는 걸 알았다. 그리고 하느님은 밤마다 낡은 세상을 부수고 해가 뜰 때까지 새로운 세상을 만들어낸다는 것을. 햇빛으로 형상을 얻은 세상이 창조의 잿빛 먼지를 털어내며 솟아오르는 광경은 참으로 황홀했다. 익숙한 사람들과 일들은 그녀의 꿈을 이뤄주지 않았다. 그래서 그녀는 대문에 몸을 기대고 멀리 길을 내다보았다. 그녀는 이제 결혼이 사랑을 불러오지 않는다는 것을 알았다. 그녀의 첫 꿈은 스러졌고, 그녀는 그렇게 여자가 되었다.

제4장

결혼을 한 뒤 채 일 년이 되기도 전에, 재니는 남편이 자신에게 더이상 다정한 말을 하지 않는다는 것을 깨달았다. 그는 이제 그녀의 치렁치렁한 검은 머리에 감탄하고 그것을 만지작거리는 일도 없었다. 이미여섯 달 전에 그는 이런 말을 하기도 했다. "내가 나무를 해다 패주기까지 했으면, 그걸 안으로 져 나르는 정도는 당신이 해야 하지 않아. 전번 마누라는 나무 패는 일 따위로 날 성가시게 한 적이 없었어. 그 여잔 꼭 사내처럼 도끼를 그러쥐고 자리에 선 채로 장작개비들을 던져 쌓았다구. 당신은 버릇이 아주 고약하게 들었어."

그래서 재니는 말했다. "난 당신 몸이 그처럼 건강할 수 있기 위해서 인색한 것뿐이에요. 당신이 장작을 패 나르지 못하겠다면 그럼 저녁도 먹지 말아야죠. 내 철없음을 용서하세요, 킬릭스 씨. 하지만 난 장작 팰 생각이 전혀 없어요."

"아, 뭐 장작은 내가 계속 패줘야지. 당신 인색한 건 말로 다 못 할 정도지만. 당신 할머니와 또 나부터도 당신을 그렇게 버릇을 들여놨으니, 그거야 계속 그대로 해줄밖에."

그러던 어느 날 아침 로건은 부엌에서 일하고 있는 재니를 곳간으로 불러들였다. 곳간 입구에는 그의 노새가 안장을 지고 서 있었다.

"이봐, 여기 이거 말야, 날 좀 도와줘야겠어. 종자로 쓸 것들인데, 나 대신 이 감자들 좀 쪼개놓으라구. 난 다녀와야 할 데가 있으니까."

"어딜 가는데요?"

"레이크 시에. 노새 내놓은 사람이 있대서."

"노새가 두 마리나 무슨 소용이 있어요? 지금 있는 노새랑 바꿔 들이는 거면 모를까."

"아니, 올해는 노새 두 마리는 있어야겠어. 가을이면 감자가 때를 만날 텐데. 값이 엄청 세질 거라구. 그래서 말인데 난 쟁기 둘을 쓸 작정이야, 지금 말한 그 사람의 노새는 어찌나 순하게 길이 들었는지 여자도 부릴 수 있을 정도라는군."

이렇게 말하고 로건은 자기 감정의 체온이라도 재는 듯 씹는 담배를 조심히 그러물고는 재니의 안색을 살피며 무슨 말이 나올지를 기다렸다.

"그래서 한번 가보는 게 낫겠다고 생각했지." 마저 기다리지를 못한 그가 이렇게 말을 덧붙인 뒤 어색하게 침을 삼켰다. 그러나 재니는 다른 말 없이 "감자를 쪼개놓겠어요. 당신은 언제쯤 올 건데요?" 하고 묻기만 했다.

"글쎄, 해거름쯤에나. 꽤 먼 길이 되어놔서…… 거기다 혹시 노새 한 마릴 달고 와야 한다면."

집안일을 끝낸 재니는 곳간의 감자 더미 앞으로 가 앉았다. 그러나 그곳까지도 봄기운은 스며들었고 그래서 그녀는 한길이 내다보이는 바깥마당으로 자리를 옮겼다. 잘 자란 떡갈나무 잎새 사이로 비쳐든 한낮의 햇살이 마당에 레이스 무늬를 드리우고 있었다. 한길에서부터 휘파람 소리가 날아든 것은 그렇게 한참을 앉아 있은 뒤의 일이었다.

소리의 주인공은 옷을 아주 맵시 있게 차려 입은 도회풍의 남자로서, 그 근방 사람 같지 않게 모자를 살짝 비껴 쓰고 있었다. 그는 양복 상의를 벗어 한쪽 팔에 걸치고 있었는데, 사실 그는 상의까지 두를 필요도 없어 보였다. 실크 커프스를 단 셔츠만으로도 세상은 충분히 눈이 멀 지경이었던 것이다. 그는 휘파람을 불며, 땀을 쓸어 닦으며, 목표가 확실한 사람처럼 걸었다. 피부 빛은 흑갈색이었지만 몸가짐은 재니의 눈에 워시번 씨나 그 비슷한 사람의 것으로 비쳤다. 어디서 저런 사람이 왔으며, 그는 지금 어딜 가고 있는 걸까? 그러나 그는 자기 앞쪽 방향만 똑바로 쳐다볼 뿐 그녀나 다른 어느 것에도 눈을 돌리지 않았다. 재니는 샘가로 달려가 펌프 손잡이를 낚아채고 세차게 펌프질을 하기 시작했다. 펌프가 요란한 소리를 냈고 재니의 풍성한 머리도 흘러내렸다. 그러자 남자는 길음을 넘추고 그녀 있는 쪽을 그윽하게 쳐다보다간 시원한 물 한 잔을 청하며 다가왔다.

재니는 남자의 얼굴을 충분히 자세히 보기까지 계속 펌프질을 해댔다. 그는 물을 받아 마시는 동안 친근한 태도로 이런저런 이야기들을 해왔다.

나는 조 스탁스라고 합니다. 조지아에서 왔죠. 이제껏 백인 밑에서 일했어요. 돈을 좀 모았는데…… 한 삼백 달러 정도 될까, 아 정말이라니까요, 여기 이 호주머니에 있단 말입니다. 오래 전부터 여기 플로리다에 새로운 주를 세우고 있단 얘기를 듣고 와보고 싶었는데, 돈이 되는 일을 버려두고 올 수가 없었죠. 그런데 흑인 자치 도시를 세운다는 말을 듣고는, 거기가 바로 내가 바라던 곳이란 걸 알겠더군요. 난 어려서부터 큰소리치며 사는 게 꿈이었어요. 그런데 내가 살던 곳에선, 아니 흑인들이 직접 세운다는 이 도시를 제외한 다른 어느 곳에서도, 발언권은 백인들이 독차지하고 있지요. 그것도 맞는 일이긴 해요. 그걸 만든 사람이 그것을 지배한다는 것 말입니다. 그래서 흑인들도 뭔가에 대해 권리를 주장하고 싶다면 자기들 손으로 직접 만드는 것이 있어야 하는 거죠. 내가 번 돈을 모두 다 저축해놓았던 게 얼마나 다행인지 모릅니다. 난 이 도시가 본격적으로 개발되기 전에 거기 들어갈 작정이에요. 가서 큼직한 것들을 사들여야죠. 큰소리치며 사는 게 내 변함없는 바람이고 소망이었는데 서른 살이 다 돼서야 간신히 기회를 잡은 거예요. 당신의 부모님은 어디 계시죠?

"돌아가셨어요, 제 생각에는요. 전 할머니가 키워주셨기 때문에 부모님에 대해선 아는 게 없어요. 할머니도 돌아가셨죠."

"할머니도! 아니 그럼, 이렇게 어린 아가씰 누가 돌보고 있을까?"

"전 결혼했습니다."

"당신이 결혼을요? 아직 솜털도 채 안 벗은 얼굴인데. 혹시 아직도 사탕과자를 좋아하지 않아요, 예?"

"좋아해요, 사탕과자 생각이 나면 당장 만들어 먹는걸요. 시럽도 타 마시고요."

"나도 그래요. 향긋하고 시원한 시럽이라면, 아무리 나이가 든다 해도 싫어할 수 없죠."

"우리 곳간에 시럽이 아주 많은데. 사탕수수 시럽이요. 혹시 드시고 싶으시면……"

"남편은 어디 계신데요, 아 저 실례지만 부인 성함이……?"

"재니 매어 킬릭스예요, 결혼을 했으니까요. 처녀 때 성은 크로퍼드였죠. 남편은 제가 부릴 노새를 사러 갔어요. 그동안에 나한테는 씨감자를 쪼개놓으라 하구요."

"당신이 밭을 갈아요! 말도 안 돼! 감자를 쪼개네 어쩌네 하는 것도 다 마찬가집니다. 당신같이 예쁜 아기 인형은 현관 그늘에 앉아 부채나 부치면서 다른 사람들이 오직 당신을 위해 특별 재배한 감자를 맛보게 되어 있는 거예요!"

재니는 웃고 시럽 2쿼트를 따라왔다. 그 사이 조는 물통 가득 차가운 샘물을 퍼놓았다. 그들은 나무 그늘에 앉아 이야기를 나눴다. 그는 플로리다의 그 신도시를 향해 가는 중이었지만, 잠시 머무르며 이야기를 나누는 것도 나쁠 건 없을 것 같았던 것이다. 그는 마침내 자신에게는 휴식이 필요하다는 결론을 내렸다. 한두 주쯤 쉬어가도 좋을 것이라고.

그 뒤 매일같이 그들은 한길 건너 떡갈나무 숲으로 빠져나올 수 있었고, 그렇게 만나서는 앞으로 그가 위대한 지배자가 되고 그녀가 그 혜택을 누리게 될 때에 관해 이야기했다. 재니는 그가 해돋이나 꽃가루, 꽃나무 따위완 거리가 있어 보였기 때문에 오래 망설였다. 그러나 그는 저 멀리 수평선에 대해 말하고 있었다. 변화와 기회에 대해 말했던 것이다. 하지만 그 모든 것에도 불구하고 여전히 그녀는 주저하였다. 내니의 기억이 아직 생생하고 강렬했기 때문이었다.

"재니, 당신 혹시 날 여자들을 꼬드겨서 단물만 빨고 내뱉는 그런 작자로 생각한다면 그건 날 잘못 본 거요. 난 당신을 아내로 맞고 싶소."

"조, 진심이세요?"

"내게 와주기만 하면 그날 해가 떨어지기 전에 결혼을 할 거요. 난 한다면 하는 사람이오. 당신은 숙녀 대접을 받는 게 어떤 건지 모르고 있소. 난 당신한테 그걸 경험시켜주고 싶어요. 이제부턴 날 그냥 조디라고 부르도록 해요."

"조디." 그녀가 웃으며 그를 올려보았다. "하지만 만약……"

"만약이고 뭐고 다른 건 다 나한테 맡기란 말이오. 내일 해가 뜨면 저 아래쪽에서 기다리고 있으리다. 당신도 나랑 같이 가는 거요. 그럼 남은 평생 당신은 격에 맞는 생활을 하며 지낼 수 있단 말이오. 자, 키스를 하고 고갤 끄덕여봐요. 고개를 끄덕일 때면 당신의 풍성한 머리는 찬란한 빛이 나지."

재니는 그날 저녁 그 문제를 곰곰 생각해보았다.

"로건, 자요?"

"그랬더라도, 당신 소리에 잠이 깼겠지."

"난 우리 사이에 대해 정말 진지하게 생각해봤어요. 당신과 나에 대해서요."

"그럴 때가 되긴 했군. 이 집에서 당신은 가끔, 생각해보면 그럴 수 없이 당당하게 구니까."

"생각하다니, 뭘요?"

"집도 아닌 한데서 태어난 거며, 어머니서부터 딸까지 모두 백인 의 아래채에서 나고 자란 거며."

"당신, 내니한테 날 달라고 할 땐 그런 얘긴 하지 않았죠."

"후히 대해주면 감사해할 정도는 되는 줄 알았지. 옆에 데리고 있 으면서 사람 좀 만들어볼까 했더니. 당신은 자기가 무슨 백인이나 되는 것처럼 생각하는 거 같더군."

"만약 내가 당신을 두고 떠난다면요."

기어이! 그가 직시하기 두려워했던 가정이 현실에서 발설되고 있 었다. 그녀는 충분히 도망갈 수 있었다. 그는 찌르는 듯한 고통에 몸을 떨었지만, 같잖은 소리라는 반응을 지어 보이는 게 최선의 방법이라고 생각하며 정신을 가다듬었다.

"난 졸려, 재니. 그만 하자구. 당신을 맘에 둘 남잔 흔치 않을걸, 그 집안 내력을 알게 되면."

"날 마음에 두는 남자, 만날 수도 있지요, 그래서 당신을 떠날 수도 있고요."

"이런 젠장! 나 같은 바보가 어디 또 있을 줄 알아. 얼굴만 쳐다보고 희희낙락할 남자야 많겠지. 하지만 그자들도 거저 먹여주려고는 안할걸. 얼마 못 가서, 크고 작은 창자가 다 말라비틀어지도록 배를 쫄쫄 곯아보면, 그땐 여기 돌아오는 게 소원이 되겠지."

"당신은 베이컨이나 옥수수빵 외에는 도대체 중요한 게 없군요."

"졸립다니까. 난 그따위 생각 때문에 창자가 기탓줄이 되도록 애끓일 생각이 없어." 그는 괴롭고 화가 나서 몸을 홱 돌려 눕고 잠이 든 척했다. 자신이 당한 만큼 그녀도 상처받았기를 바라면서.

다음날 아침 재니는 로건과 함께 일어났다. 그리고 식사 준비가 채 절반도 되지 않았는데 그가 곳간에서 소리를 질렀다.

"재니!" 로건이 사납게 외쳤다. "여기 와서 일 좀 거들어. 해가 뜨거워지기 전에 거름더미를 옮겨놔야 할 거 아냐. 당신은 여기 일에는 도대체 신경을 안 쓰는군. 하루 종일 부엌에만 들락거리면, 게서 쌀이라도 나오나."

재니가 문간에 나선 것은 도넛 반죽을 그릇째 들고 연신 내용물을 휘저으면서였다. 그녀는 곳간 쪽을 넘겨다보았다. 잠복해 있던 태양이 붉은 단검들을 내뿜으며 진격할 태세를 갖추고 있었지만, 로건이 서 있는 곳간 주위에는 어둠이 무겁고 단단하게 드리워 있었다. 삽질을 하는 로건은 뒷발로 서서 둔중한 춤 스텝을 밟는 흑곰 같았다.

"로건, 거기에 내 손이 필요하진 않잖아요. 우린 각자 자기 자리에 있는 거예요."

"자기 자리는 무슨 얼어죽을. 내가 당신을 원하는 자리가 곧 당신 자리야. 뭘 꾸물거려, 빨리 나오라니까!"

"난 엄마 뱃속에서 나올 때도 서두르지 않았다는데, 지금에야 더더욱 뭣 때문에 서두르겠어요? 어쨌든, 당신은 그것 때문에 화를 내는 게 아니잖아요. 내가 코를 땅에 박고 당신의 60에이커를 갈고 닦지 않는 것에 화가 난 거죠. 당신은 무슨 은혜를 베풀어 나와 결혼한 게 아녜요. 혹시 자신은 자기 행동을 그렇게 주장할지 몰라도, 난 하나도 고맙지 않아요. 당신은 그걸 나한테 들킨 것 때문에 화를 내는군요."

로건은 삽을 떨어뜨리고 휘우뚱휘우뚱 부엌 쪽으로 몇 걸음을 떼어보았다. 그러다간 이내 우뚝 멈춰 서서 말했다.

"재니, 그 주둥아리 그만 닥쳐. 안 그러면 아주 끝장을 내고 말 테니까! 아니, 백인 집 부엌에 있는 것을 데려다가 여왕처럼 살게 해줬더니, 그런 날 업신여겨! 저 도끼로 확 숨통을 끊어놓을까보다! 차라리 거기 선 채 고사해버리지! 난 너네 집안 사람들에겐 너무 정직하고 근면했던 거야. 그래서 넌 날 싫어하는 거고!" 마지막으로, 그는 흐느낌 반 울부짖음 반으로 외쳤다. "웬 보잘것도 없는 껌둥이 자식이 눈웃음 흘리며 수작이라도 거나본데, 염병할!"

재니는 대답을 하지 않고 뒤돌아 들어와서는 마루 한가운데 가만히 서 있었다. 그냥 그대로 거기 서서 뒤죽박죽 엉망으로 된 마음을 가라앉혔다. 어느 정도 마음이 진정되자 그녀는 로건의 이야기를 엄격히 따져보고 이제껏 자신이 보고 들어온 다른 기억들 곁에 나란히 정리해두었다. 그리고 나서 그녀는 팬 위에 도넛 반죽을 쏟아붓고 반반하게 잘 폈다. 화조차 나지 않았다. 그는 그녀의 어머니와 할머니, 그리고 그녀의 감정을 가지고 그녀를 비난하는 것이었고, 그 중 어느 하나에 대해서도 그녀가 할 수 있는 일은 없었다. 베이컨이 지글거렸다. 그녀는 익숙한 솜씨로 그것을 뒤집어 불 위에 다시 놓았다. 물이 끓어오르기 시작한 커피포트엔 찬물을 조금 더 따라 부었다. 옥수수 빵까지 접시에 받쳐 뒤집고 나니 살풋 웃음이 새어나왔다. 무엇 때문에 이 많은 시간을 낭비하고 있지? 갑자기 그녀는 자신이 새로 태어난 듯 변신을 한 듯한 느낌에 전율했다. 그녀는 당장 대문을 걸어나와 남쪽을 향해 갔다. 설사 거기 조

그는 누군가에게 다그쳐 물었다. "난 시장과 얘기하고 싶소."

우람한 떡갈나무 아래 비스듬히 앉아 쉬던 두 남자가 조의 어조에 놀라 허리를 곧추세우다시피 했다. 그들은 조의 얼굴과 옷, 그리고 재니를 빤히 쳐다보았다.

"어디서 그리들 서둘러 오시는 게요?" 리 코커가 물었다.

"조지아 중부요." 스탁스가 내뱉듯 말했다. "내 이름은 조 스탁스, 조지아에서 왔소."

"따님과 이리 이주해 오시려고?" 또 다른 남자가 물었다. "이거 정말 반갑소. 내 이름은 힉스요, 사우스캐롤라이나 버퍼드에서 온 고참 에이머스 힉스. 미혼이고, 독신이며, 장래를 약속한 사람도 없소."

"나 원 참, 아니 내가 이런 딸을 둘만큼 나이 들어 보인단 말이오. 이 사람은 내 아내요."

힉스는 대번 흥미를 잃고 뒤로 물러나 앉았다.

"시장은 어딨는 거요?" 스탁스가 재우쳐 물었다. "난 시장과 얘기하고 싶단 말이오."

"그러자면 당신이 너무 일찍 왔구려." 코커가 말했다. "우린 아직 시장이 없소."

"시장이 없어요! 그럼 누가 당신들에게 할 일을 지시하오?"

"아무도 그런 일은 안 하오. 우린 모두 성인이니까. 하지만, 우리가 미처 시장을 뽑을 생각을 하지 못한 것 같긴 하구려. 적어도 난 그렇소."

"난 그것도 생각해봤지." 힉스가 꿈을 꾸는 듯한 목소리로 중얼거렸다. "단지 그걸 깜빡 까먹은 뒤로 다시 생각해보지 않은 것뿐야."

"도시가 이 모양인 것도 무리가 아니군." 조가 평을 달았다. "난 여기 땅을 살 거요, 그것도 아주 넓은 땅을. 오늘 밤 우리 내외가 묵을 곳을 마련하는 대로 우리 남자들은 사람들을 모아 회의를 해야겠소. 그러면 이곳도 일이 굴러가기 시작할 거요."

"어디 묵을 만한 곳이야 내 알려드릴 수 있죠." 힉스가 말했다. "새 집을 지어놨는데 부인이 아직 들어오질 않아서 그걸 비워두고 있는 사내가 있다오."

스탁스와 재니는 곧 힉스가 가리키는 방향으로 길을 떠났다. 힉스와 코커는 그런 그들의 뒷모습을 뚫어져라 쳐다보았다.

"저 사람은 감독관처럼 말하는군." 코커가 평했다. "사람을 굉장히 다그치는데."

"쳇!" 힉스가 말했다. "나도 그만한 깜냥은 돼. 하지만 그 마누라는! 나도 조지아에 가서 그런 계집 하나 안아오지 않으면 남자가 아니다."

"임자가 무슨 수로?"

"말로 낚는 거지, 이 사람아."

"얼굴 예쁜 여잘 먹여살리려면 돈이 필요한 거야. 그런 여자들은 말주변에는 신물나 한다구."

"내 경우는 사정이 좀 다르지. 여자들은 내가 말하는 걸 무지 좋아해, 자기들이 이해할 수 없는 소릴 하니까. 내가 하는 말은 아주 심오하거든. 너무 많은 게 함축돼 있다 그 말씀이야."

"어렵쇼!"

"내 말을 안 믿는 건가, 그래? 내가 어떤 여자들을 주무를 수 있는지를 임잔 몰라."

"어쭈!"

"내가 얼마만한 바람잡이였는지 본 적이 없으니까."

"얼레!"

"날 만나기 전에 그 여자와 결혼하다니 그 사내 참 운이 좋았던 거야. 내가 한번 맘을 먹으면 아주 골치 아파질 텐데."

"얼씨구!"

"난 숙녀들의 작은 영웅이야."

"그런 얘긴 귀로 듣고만 있을 게 아니라 직접 눈으로 좀 볼 수 있으면 좋겠구먼. 자 흰소린 그만 하고, 우린 가서 대체 그 사내가 이 마을을 두고 뭘 어떻게 하려는 건지 좀 보자구."

그들은 자리에서 일어나 스탁스 내외의 임시 거처를 향해 어슬렁어슬렁 걸어갔다. 이 새 입주자들의 존재는 벌써 마을 사람들 사이에 두루 알려져 있었다. 조는 현관에 서서 몇몇 남자들에게 말을 하고 있었고, 침실 창으로는 재니가 살림을 정돈하는 모습도 보였다. 조는 그 집을 한 달 간 세를 얻었던 것이다. 남자들은 그의 주위에 빙 둘러서 있었고, 그들에게 그는 연신 질문을 쏟아붓고 있었다.

"이 마을의 공식 명칭이 뭡니까?"

"웨스트메이트랜드라고도 하고, 이튼빌이라고도 하죠. 이튼 대위가 로렌스 씨와 함께 우리에게 땅을 기부했기 때문이오. 이튼 대위가 먼저였소."

"그네들이 땅을 얼마나 기부했는데요?"

"아, 한 50에이커쯤."

"그래서 지금 당신들 땅은 모두 얼마나 되오?"

"뭐, 처음과 거의 비슷하죠."

"그걸론 턱도 없지. 그래, 이 인근 지역은 누구 소유니까?"

"이튼 대위요."

"그 이튼이란 사람은 대체 어딨는데요?"

"메이트랜드요, 어디 출타 중이지 않다면."

"내 잠깐 들어가 집사람에게 말을 하고 나오리다. 난 그 사람을 만나야겠소. 땅 없이 도시를 세울 순 없어요. 이렇게 좁은 땅에서야 어디

기지개나 한번 켜보겠소."

"그 사람은 더 이상 기부할 땅이 없어요. 땅을 단 얼마라도 더 얻으려면 큰돈이 필요할 거요."

"대금을 치르겠소."

그 실없는 소리에 사람들의 입에서 삐질삐질 웃음이 새어나왔다. 아무리 참으려 애를 써도 이 믿지 못할 웃음은 눈꼬리를 치켜들고 입가를 비집고 새어나와 누구라도 보면 금방 알 수 있었다. 그러자 조는 돌연 메이트랜드를 향해 출발했다. 그 뒤를 대부분의 다른 남자들도 따라갔다. 그에게 길도 일러주고, 또 이 담판에서 그가 과연 어떤 패를 내놓을 건지 구경도 할 겸해서였다.

힉스만 멀리 가지 않았다. 그는 자기가 빠져나와도 아무도 그것을 신경 쓰지 않으리란 판단이 서자 곧장 일행에서 빠져나와 스탁스네 현관 계단을 올라섰다.

"안녕하시오, 스탁스 부인."

"예, 안녕하세요."

"어때요, 여기가 맘에는 들 것 같은가요?"

"그럴 것 같아요."

"아 제가 뭐 도와드릴 일이 있으면 뭐 말씀하시라구요."

"대단히 감사합니다."

그리고 긴 침묵이 흘렀다. 이런 기회는 잽싸게 낚아채야 하는 건데 그녀는 가만있는 것이다. 그녀는 그가 거기 있단 사실을 거의 의식하지 못하는 것 같았다. 그렇다면 그가 나설 필요가 있었다.

"요전 동네 양반들은 틀림없이 아주 입이 무거운 사람들이었나 봅니다."

"정말이에요. 그런데 선생님 고향 분들은 분명 그렇지 않았던 것 같네요."

한동안 눈만 끔벅이던 그가 마침내 말뜻을 알아차렸다. 그는 볼멘 소리로 "그럼 전 이만" 하고는 구르듯 계단을 내려갔다.

"그럼 살펴가세요."

그날 밤 코커가 그 일에 관해 물었다.

"아까 스탁스네로 빠져나가는 거 내 다 봤지. 그래, 갔던 일은 어찌 됐나?"

"누구, 나 말야? 원, 무슨 그런 뚱딴지 같은 소릴. 난 물고기나 잡아볼까 하고 호수에 갔던 거야."

"흥!"

"어쨌든 그 여잔 다시 보니 그리 엄청날 것도 없는 얼굴이던데. 돌아올 때 그 집을 지나야 해서 자세히 봤더니 말이지. 그 긴 머리 외엔 뭐 별거 없더라고."

"흥!"

"그리고 어찌 됐든, 난 그 사내가 맘에 들어. 그 사람을 조금이라도 상처주고 싶지 않다 그 말씀이야. 그리고 그 여잔 전에 내가 사우스캐롤라이나에서 달고 도망쳤다가 버려두고 온 계집의 절반도 못 가던데 뭘."

"힉스, 내 임잘 이처럼 잘 알고 있지 못했다면 난 아마 지금쯤 성이 나서 거짓말 작작 하라고 소리질렀을지도 몰라. 임잔 지금 자기 위안조로 허풍을 떨고 있는 거지. 임잔 아주 적극적인 마음을 가졌지만, 그 뒤가 너무 약하단 말야. 오늘 그 여자를 본 남자가 한 무더기는 족히 될 테지. 하지만 그 사람들은 임자보다 판단을 더 잘했어. 그런 여자를, 그와 같은 남자에게서 떼어낼 수 없단 건 알고 있어야지. 200에이커나 되는 땅을 제값 주고, 그것도 현금으로 사들인 남자한테서."

"설마! 정말 그걸 샀을라고?"

"정말이야. 그 사람은 땅문서를 당당히 주머니에 넣고 사라졌어. 사람들더러 내일 그네 집 현관 앞에 모이라고 해놓고 말이야. 내 평생 흑인 중 그런 인물은 첨 봤네. 그 사람은 상점도 내고 정부 우체국 허가도 따낼 거라는데."

힉스는 이 말을 듣고 왜 짜증이 났는지 자신도 알 수 없었다. 그는 극히 평범한 인간이었다. 한 가지 방식으로 세상에 길을 들였는데 그것을 갑자기 바꿔야 한다는 건 난감한 일이 아닐 수 없었던 것이다. 우체국의 흑인이라니, 그로서는 아직 상상할 수 없는 일이었다. 그는 목청을 돋궈 웃었다.

"아니 임자들은 그 난데없는 깜둥이가 허풍을 치는 걸 그래 그렇게 넙죽넙죽 받아먹고만 있었구먼! 우체국 창구에 흑인이라!" 그가 야유를 퍼부었다.

"그 사람에겐 그것도 가능할 것 같아, 힉스. 어쨌든 난 그러길 바라고. 우리 흑인들은 서로 너무 시샘들을 해. 그래서 우린 지금보다 더 나아가질 못하는 거라구. 우린 백인들이 우릴 억누른다고 말들 하지! 하지만 다 쓸데없는 소리야! 백인들이 우릴 억누를 필요가 어딨겠어. 우리들이 먼저 스스로를 억누르고 있는데."

"아니 내가 언제 그자가 우체국 세우는 걸 싫다 하던가? 그 사람이 예루살렘 왕이 된대도 내가 상관할 바 아니지. 하지만 그렇더라도 말야, 생각 없는 사람들 앞이라고 허풍을 쳐봤자 다 부질없는 짓이다 이거야 내 말은. 생각을 해봐, 백인들이 그자에게 우체국을 맡기겠나."

"그건 모를 일이야, 힉스. 그는 그걸 할 수 있다고 했고 또 그건 다 생각이 있어서 하는 말인 것 같아. 내 생각엔 흑인들도 자기 도시를 세운 거면, 우체국이건 뭐건 원하는 대로 가질 수 있을 것 같으니까. 게다가 다른 곳에 사는 백인들이 우리한테 무슨 신경을 쓸 것 같지도 않고.

한번 기다려보자구."

"아, 그러잖아도 난 엄청 기다리고 있는 중이야. 지옥불이 얼어붙을 때까지라도 기다릴 작정이라구."

"어휴, 그만 좀 단념하라니까! 그 여잔 임잘 원하지 않아. 세상의 모든 여자가 다 양조장이나 제재소 여자 같진 않단 말이야. 임자가 도저히 낚아챌 수 없는 여자가 있는 법이라구. 그런 여잘 어떻게 생선 샌드위치 따위로 얻어내겠다고 이러는 거야."

그들은 좀더 실랑이를 벌이다가 조가 묵고 있는 집으로 가보았다. 조는 셔츠 바람으로 두 다리를 떡 벌리고 서서 질문을 하다 담배를 빨다 하고 있었다.

"제재소는 제일 가까운 데가 어디요?" 조가 토니 테일러에게 물었다.

"어폽카 쪽으로 7마일 정도 나가야 하죠." 토니가 말했다. "지금 당장에 그걸 지으려는 거요?"

"나 원 참, 물론 그렇소. 하지만 지금 이건 우리 살림집 얘기가 아니오. 그건 맘에 드는 장소가 눈에 띌 때까지 기다려도 되니까. 그보다 이 마을엔 한시바삐 상점이 들어서야 한다는 게 내 생각이오."

"상점이요?" 토니의 눈이 휘둥그레졌다.

"그렇소. 당신에게 필요한 모든 것을 바로 이곳에서 대줄 상점 말이오. 마을 안에 상점이 생기면 집집마다 옥수수나 밀가루 몇 되를 사려고 메이트랜드까지 원정을 나갈 필요가 어딨겠소."

"그것도 좋을 듯싶군요, 스탁스 형제, 말씀을 듣고 보니."

"나 원 참, 두말하면 잔소리지! 상점은 그밖에도 쓸모가 많아요. 이 도시의 부동산 동향을 살피러 오는 사람들이 날 만나볼 장소로도 쓰일 테고. 그리고 무엇보다 만사엔 중심과 핵이 있어야 하는 법인데, 도시도 예외가 아니다 이 말이오. 그러니 상점이 시민들의 만남의 장소가 된다면, 그건 너무나 자연스런 일 아니겠소."

"그거 정말 그렇소이다."

"아, 우린 이 마을을 제대로 된 도시로 만들어낼 거요. 내일 모임에 나오는 거 잊지 마시오."

이튿날 조의 집 앞에 사람들이 모이기로 한 바로 그 시간쯤에 첫 목재 차량이 들어왔다. 그러자 조디는 재니에게 자신이 돌아올 때까지 사람들을 붙잡아놓으라고 당부해놓고 목재를 하역할 장소로 앞장서 갔다. 모임은 꼭 가져야 하겠는데, 목재를 인수하기 전에 그 수량이며 치수도 꼼꼼히 점검해봐야 하겠기 때문이었다. 그러나 그는 괜한 걱정을 덜고 재니는 하던 일을 그대로 하고 있어도 될 뻔했다. 첫째로 제 시간에 나타난 사람이 아무도 없었다. 다음으로, 조디의 행방을 듣자마자 그들은 목재가 요란스레 하역되고 있는 그 크고 푸른 떡갈나무 아래로 내처 몰려갔던 것이다. 이렇게 해서 모임은 떡갈나무 그늘에서 이루어졌다. 토니 테일러가 사회를 맡았고 조디의 목청이 홀로 드높았다. 길단장을 할 일자가 정해졌고, 사람들은 모두 도끼며 괭이 따위를 들고 나와 각기 다른 방향의 두 갈래 길을 닦기로 의견을 모았다. 이 일에는 마을에서 토니와 코커 두 사람만이 제외되었다. 목공술을 가지고 있던 그들은 조디에게 고용되어 이튿날 해가 뜨는 대로 곧장 상점 건물 신축 공사에 착수하기로 되어 있었다. 조디 자신은 인근 각지를 돌아다니며 이튼빌을 홍보하고 입주를 권하느라 바쁠 것이다.

재니는 조디가 땅을 사느라 풀었던 돈이 다시 그의 수중에 모이는 속도에 놀랐다. 여섯 주 만에 열 가구가 땅을 사 이주해왔던 것이다. 그것은 정말이지 그녀가 그 속을 따라잡기에는 너무 크고 신속한 사건의 진행이었다. 조디는 상점 지붕을 얹기도 전부터 상점 바닥에 캔 제품들을 쏟아놓고 인근 지역에 순회 홍보를 나갈 짬도 나지 않을 정도로 정신

없이 물건을 팔아댔다. 그녀는 상점의 공사와 단장을 마치는 날 처음으로 상점의 안주인 기분을 맛볼 수 있었다. 조디는 그날 저녁 그녀에게 정장을 하고 가게에 나와 있도록 했다. 모두들 다소간에 멋을 부리고 나올 그 자리에서 그는 그 누구의 아내도 자기 부인에 필적할 수 없음을 확인하고자 했다. 그녀는 단연 군계일학이어야 했다. 그래서 그녀는 새로 산 진홍빛 비단 드레스로 단장을 하고 갓 닦은 도로를 지나왔다. 그녀가 한걸음 뗄 때마다 와인빛 물보라가 일렁이는 것 같았다. 다른 아낙들은 옥양목이나 무명옷 차림이었다. 나이 든 무리 가운데는 쓰개수건을 머리에 두르고 나온 사람도 몇몇 보였다.

그날 밤엔 아무도 돈을 주고 물건을 사지 않을 것이었다. 그들은 물건을 사기 위해서가 아니라 스탁스 내외의 정착을 축하하기 위해 왔던 것이다. 그래서 조는 소다 크래커를 박스째 뜯고 치즈도 조금 썰어 내왔다.

"모두들 나와서 맘껏 드시오. 내가 말이죠, 이건 내가 내는 겁니다." 조디는 예의 그 너털웃음을 터뜨리고는 한걸음 뒤로 물러섰다. 그리고 재니에게 레모네이드를 퍼오게 했다. 전 하객을 위한 레모네이드가 커다란 양푼 가득 담겨 나왔다. 잔을 다 비운 토니 테일러는 기분이 어찌나 좋든지 연설을 다 하고 싶어졌다.

"신사 숙녀 여러분, 우리는 오늘 우리들과 운명을 같이하기로 결심한 분을 환영하고자 이 자리에 모였습니다. 또한 이분은 혼자 오신 것도 아닙니다. 이분은 자신의, 에, 또, 자신의 가정의 등불, 즉 그러니까 자신의 부인을 함께 데려오는 게 옳다고 생각했던 겁니다. 영국의 여왕도 이 부인보다 더 아름답고 고결해 보이지는 않을 겁니다. 부인이 우리 가운데 오신 것은 대단한 기쁨입니다. 스탁스 형제, 우린 당신과 당신이 이 마을에 데려오기에 합당하다고 생각한 그 모든 것—당신의 사랑하는 부인과, 당신의 가게와, 당신의 땅——"

이때 돌연 커다란 웃음 소리가 터져나와 토니의 말끝이 잘리고 말았다.

"그만하면 됐어, 토니," 리지 모스가 고함쳤다. "스탁스 씨는 머리가 좋으시지, 우리 모두도 그 점은 기꺼이 인정해. 하지만 200에이커의 땅을 데리고 걸어오다니, 그거 한번 구경 좀 해봤으면 좋겠구만."

또다시 웃음이 터져나왔다. 토니는 일생에 단 한 번 시도해본 연설을 이처럼 그르쳐버린 것에 슬그머니 부아가 치밀었다.

"내가 무슨 말을 하려 했는지는 다들 알고 있잖아. 그런데 왜——"

"웬놈의 연설을 하겠다고 나서기에 뭘 좀 아는가 했더니 영 그렇질 못하니까 이러는 거 아냐." 리지가 말했다.

"잘 하고 있는 연설을 자기가 갑자기 끊어먹어놓고선."

"당치 않은 소리. 토니, 자네 이야긴 벌써 삼천포로 빠지는 중이었어. 모름지기 한 쌍의 부부를 환영하는 말에는 우물가의 이삭과 레베카의 비유가 들어가야지, 그렇지 않고는 그 부부간의 애정을 보여줄 수 없는 법이라구."

홀 안의 모든 사람이 맞는 말이라고 맞장구를 쳤다. 그걸 빼고도 연설이 될 것으로 알다니 가여운 노릇이라는 것이다. 한켠에서는 토니의 무지함에 숨죽여 킥킥거리기도 했다. 그래서 토니는 퉁명스레 말을 맺어야 했다. "자 다들 내 말씀일랑 충분히 구기박지르신 것 같으니, 이젠 스탁스 형제의 답사를 듣도록 합시다."

조 스탁스가 담배를 문 채 홀 중앙에 나섰다.

"이 모든 따뜻한 환영과 우정 어린 악수에 감사를 드립니다. 이 마을은 유대감과 사랑으로 충만하다는 걸 난 알겠습니다. 난 이제 팔을 걷어붙이고 우리들의 이 마을을 이 나라에서 제일가는 도시로 만들기 위해 전력을 다하겠습니다. 그래서 드리는 말씀인데, 혹시 모르고 계시는가 해서 말입니다, 이 행진을 계속하자면 다른 마을들과 마찬가지로 우리도 한데 뭉쳐야 합니다. 뭔가 일을 이루고 또 제대로 해내려면, 우린 하나가 되어야 하고 시장이 있어야 하는 거지요. 진심으로 우리 가게에 오신 것을, 그리고 또 앞으로의 여러 다른 것들에도 여러분 모두를 환영합니다. 아멘."

토니를 선두로 우렁찬 박수가 쏟아져나왔다. 박수가 멈췄을 땐 토니가 홀의 중앙에 나와 있었다.

"형제 자매 여러분, 이보다 더 현명한 선택은 없을 것이므로, 나는 우리가 더 멀리 내다볼 수 있게 될 때까지 스탁스 형제를 우리의 시장으로 추대했으면 합니다."

"찬성이오!" 모든 사람이 한 목소리로 제청했기 때문에 투표에 부칠 필요도 없었다.

"그럼 이제 시장 사모님으로부터 몇 마디 간단한 격려사를 듣기로 하죠."

이어서 박수가 터져나왔지만 그것은 조 스탁스가 중앙으로 나오면서 곧 사그라들었다.

"여러분의 찬사에는 감사드립니다만, 집사람은 연설의 기본도 모르는 사람입니다. 난 그런 걸 위해 그 사람과 결혼하지 않았으니까요. 그 사람은 아녀자고, 그래서 그녀가 있을 자리는 가정인 겁니다."

재니는 잠시 멈칫했으나 곧바로 웃음을 지어보았다. 그런데 그게 그리 쉽지가 않았다. 연설이라면 누가 그것을 청하리라 생각해본 적도 없었고, 사실 자신이 그것을 원하는 건지도 알 수 없었다. 그런데도 이렇게 충일감이 깨져버린 것은, 자신에게 가타부타 말할 기회도 주지 않고 자기 맘대로 일을 처리해버린 조의 태도 때문임에 틀림없었다. 그러나 어쨌든, 그녀는 그날 밤 조를 따라 집으로 돌아갔다. 마음에 찬바람이 이는 채로. 조는 새로운 권위 의식에 도취되어 그녀의 마음 따위는 아랑곳없이 이런저런 계획들을 시끄럽게 지껄여대며 앞장서 갔다.

"이런 마을의 시장이 집안일에 오래 매여 있을 수 없지. 마을은 손보아 세워야 할 것투성이야. 재니, 상점에 일손을 붙여줄 테니, 내가 다른 일들을 보고 다니는 동안 당신 혼자 가게 일을 봐야겠어."

"오 조디, 당신 없이 난 가게 일은 못 해요. 일이 아주 바쁠 땐 나도 나와서 거들 수 있겠죠, 하지만—"

"나 원 참, 도대체 왜 그걸 못 하겠다는 거야. 아이큐가 두 자릿수가 아닌 담에야 누구나 다 할 수 있는 일이야. 내 말대로 해. 난 시장으로서 해야 할 다른 일이 너무 많아. 당장 마을에 등부터 달아야겠어."

"그건 그래요, 여긴 좀 어둡긴 해요."

"두말하면 잔소리. 나무 뿌리며 밑동이 지천으로 깔린 이 길이 어둡기까지 하면 사람이 제아무리 조심해봤자 말짱 헛수고란 말씀이야. 당장 모임을 소집해야지. 도로 포장과 어둠 퇴치, 먼저 이 사업을 추진하는 거야."

바로 그 다음날로 조는 자기 돈을 들여 시어스 로벅 점(店)에 가로등을 주문하고, 마을에는 돌아오는 목요일 저녁에 가로등 설치에 관한 투표가 있을 것이라고 통고했다. 마을 사람들 중 누구도 가로등에 대해 생각해본 사람은 없었다. 몇몇 사람은 쓸모 없는 짓이라고도 했다. 그래서 그들은 반대 투표까지 해보았지만, 일은 다수의 의견대로 결정되고 말았다.

그러나 막상 등이 도착하자 마을 사람들은 너 나 할 것 없이 모두 마음이 부풀었다. 신임 시장은 단순히 포장을 풀고 등을 꺼내 달기만 한 것이 아니었다. 그는 우선 포장을 뜯고 등을 꼼꼼하게 닦게 한 뒤 모두가 볼 수 있도록 유리 진열장에 일주일 동안 전시를 했다. 그리고 점등식 일자를 박아 오렌지카운티 전역에 초대장을 돌렸던 것이다. 또한 그는 그 일대에서 가장 잘 자란 삼나무를 찾아오도록 사람들을 풀었고, 등걸이로서 자기 마음에 꼭 드는 재목을 구해오기까지 계속 그들을 퇴짜 놓아 돌려보냈다. 그동안 다른 사람들에겐 하객 접대에 관해 일러두는 것도 잊지 않았다.

"알고들 있겠지만 마을에 사람들을 초대해놓고 맨입으로 보낼 수는 없소. 아무렴, 그건 절대 안 될 말이오. 그래서 음식을 좀 대접해야 하겠는데, 잔칫상이라면 바비큐 이상 가는 게 없잖소. 내가 돼지 한 마리를 내놓으리다. 그러면 여러분은 다 합해서 두 마리만 마련해주면 좋겠소. 안사람들에겐 파이와 케이크, 감자구이 등을 준비하라고 하고 말이오."

그것이 곧 일이 진행되는 대강이었다. 여자들은 간식을 장만하고 남자들은 고기를 준비했다. 점등식 전날, 그들은 상점 뒤뜰에 커다란 구덩이를 파고 떡갈나무 장작을 가득 채운 다음 그것이 한 단의 목탄으로 잦아들기까지 불을 지폈다. 돼지 세 마리를 굽는 데는 하룻밤이 꼬박 걸렸다. 그 최고 지휘는 햄보와 피어슨이 맡았다. 다른 사람들이 고기를 이쪽저쪽 뒤집어 놓아주면 햄보는 여기저기 살집을 저며가며 양념을 발랐다. 그 짬짬이 그들은 이야기를 하다가, 웃다가, 또 다른 이야기를 꺼냈다가, 노래를 불렀다. 그들은 온갖 난리를 피우면서 웃고 떠들었고, 고기에 서서히 양념이 배어들면서 살이 익는 고소한 냄새가 번져날 때는 코를 킁킁거리며 냄새 맡는 시늉을 했다. 어린 소년들은 어머니들의 부탁으로 식탁용 테이블을 조립해 세웠다. 그러다 해가 떴고, 특별한 일이 없는 사람들은 이제 저녁 연회 때까지 쉬기 위하여 집으로 돌아갔다.

오후 다섯시, 마을은 온갖 차량과 사람들로 넘쳐났다. 해질 무렵의

가로등 점등식을 보려고 몰려온 인파였다. 등에 점화할 시간이 가까워
지자, 조는 사람들을 가게 앞에 집결시키고 연설을 했다.

"여러분, 해가 떨어지고 있습니다. 조물주께서 아침에 태양을 불러
내시고, 조물주께서 밤에 그것을 자리에 누이시는 것입니다. 우리 보잘
것없는 인간들은 그 걸음을 재촉할 수도 늦출 수도 없습니다. 우리가 할
수 있는 일이란, 만약 해뜨기 전이나 해가 진 뒤에도 빛을 보기를 원한
다면, 우리 스스로 빛을 만들어내는 것뿐입니다. 등불은 그렇게 해서 만
들어졌던 것입니다. 오늘 저녁 우리 모두는 가로등을 점화하기 위해 이
자리에 모였습니다. 이것은 우리가 죽는 순간까지 기억할 만한 일입니
다. 흑인 도시의 첫 가로등. 여러분의 눈을 들어 저 등을 바라보십시오.
그리고 제가 심지에 불을 붙일 때 그 빛으로 하여금 여러분의 마음속에
스며들어 그 안에서 찬란히, 찬란히, 찬란히 빛나게 하십시오. 데이비스
형제, 우리를 대신해 기도를 해주시지요. 우리 모두 이 도시를 축복해주
십사고 간절히 기도합시다."

데이비스가 한 전통적인 기도시를 자기 자신의 기도로 옮겨 읊조리
는 동안, 조는 미리 준비해둔 상자 단을 밟고 올라가 가로등의 놋 뚜껑
을 열었다. 그리고 아멘 소리에 맞춰 가로등 심지에 성냥불을 당겼다.
이와 동시에 보글 부인의 알토가 흘러나왔다.

빛 가운데 걷겠네, 아름다운 빛 가운데
오게나, 은총의 이슬방울 밝게 빛나는 이곳으로
밤낮없이 우리를 감싸 환히 빛나는 이곳으로
예수, 세상의 빛.

그들은 모두 함께 그 노래를 이어받아 거듭거듭 반복하여 불렀다.

그리고 생각할 수 있는 모든 리듬과 화음 조합을 동원해 돌려 부른 뒤에야 비로소 노래를 그치고 바비큐를 먹기 시작했다.

그 모든 것이 다 끝나고 저녁에 잠자리에 들어서 조디는 재니에게 물었다, "어때 여보, 시장 사모님이 된 기분이?"

"뭐 괜찮은 것 같아요, 하지만 그게 우릴 좀 힘들게 하는 것 같진 않아요?"

"힘들어? 요리하고 손님 대접하는 거 말야?"

"그런 게 아니라, 내 말은 말이죠, 왠지 우리가 서로 부자연스러워지는 것 같다는 거예요. 당신은 늘 일 지시하랴 처리하랴 사방팔방으로 바쁘고, 난 그냥 시간이나 재며 겉도는 느낌이 들어서요. 빨리 임기가 끝났으면 좋겠어요."

"끝나다니, 재니? 나 원 참, 난 아직 제대로 시작도 안 한 거야. 처음 만나서부터 말했지, 난 큰소리치며 살고 싶다고. 당신도 그걸 기뻐해야 해. 이렇게 해서 당신도 다 우러름을 받는 사람이 되는 거라고."

재니는 마음이 철렁 내려앉으며 한기를 느꼈다. 사방이 아득한 게 혼자 내버려진 것 같았다.

재니는 곧 경원과 질시의 눈초리를 예민하게 감지하기 시작했다. 시장의 부인도 평범한 아낙에 지나지 않으리라 생각했던 건 그녀의 오산이었다. 그녀는 권력자와 잠을 자는 사람이었고, 그러므로 마을 사람들에게 그녀는 그 권력자의 일부였다. 본질적으로 대다수 사람들과 가까워질 수 없는 존재였던 것이다. 그것은 특히 조가 가게 앞길의 배수를 위해 이튼빌 하수도 공사를 강행한 뒤로 더했다. 사람들은 노예 제도는 끝난 거 아니었더냐고 열을 올리며 수군덕거렸던 것이다. 하지만 부역을 거부한 사람은 하나도 없었다.

조 스탁스에게는 사람들을 움츠러들게 하는 뭔가가 있었다. 그의 신체적인 힘 때문은 아니었다. 그는 주먹을 쓰는 종류의 사람이 아니었고, 일반적으로 말해서 그의 체구는 건장한 편이 못 되었다. 또 그가 다른 사람들보다 더 유식한 것도 아니었다. 거기엔 다른 이유가 있었다. 그의 얼굴에는 머리를 조아리라는 명령이 씌어 있었으며, 그가 하는 매사가 그 점을 더욱 두드러지게 했다.

예를 들어 그가 지어 올린 새 집을 보자. 그 집은 앞뒤로 베란다를 냈으며, 난간까지 두루 갖춘 2층 건물이었다. 그에 비하면 마을의 나머지 지역은 '대가댁' 주위에 넙죽 포복한 하인 숙소 같아 보였다. 그리고 그는 마을의 다른 누구와도 달리 집 안팎이 모두 완벽하게 페인트칠 되기까지 입주하지 않았다. 그 페인트칠만 해도 그랬다──그의 집은 의기양양한, 눈부신 백색으로 단장되었던 것이다. 휘플 주교나 W. B. 잭슨, 아니면 밴더풀 가 저택에서나 볼 수 있는 그런 흰빛이었다. 이제 마을 사람들은 그에게 말을 건다는 것은──마치 그가 여느 평범한 사람이라도 되어버리게 하는 것처럼──어림도 없는 일이라고 생각하게 되었다. 그리고 또 타구(唾具)의 문제가 있었다. 그는 시장이며 동시에 우체국장 겸 지주 및 상점 주인이 되자마자, 메이트랜드의 힐 씨나 갤러웨이 씨의 것과 같은 회전의자가 딸린 책상을 사들였다. 담배를 꼬나문 채 말을 아끼며 빙글빙글 어지럽게 의자를 돌려대는 그의 모습에 사람들은 기가 꺾였다. 거기다 그는 다른 사람 같으면 응접실의 탁자에 올려놓고 감상하고 싶어할 법한 금제로 보이는 도자기를 타구로 썼다. 그것은 애틀랜타의 은행에서 그의 상사가 사용했던 종류의 타구라고 했다. 그는 가래를 뱉을 때마다 문간까지 걸어나가지 않아도 되었으며 그렇다고 마룻바닥에 침을 뱉는 일도 없었다. 언제든 손만 뻗으면 그곳에 금칠한 타구가 있었던 것이다. 그뿐이 아니었다. 그는 재니를 위한 숙녀용 소형 타구까지 장만했다. 사면에 옅은 꽃가지들이 도안된 그 타구를 바로 거실의 중앙에 놓아둔 것이다. 사람들은 우선 자기네 여자들도 대부분 침을 뱉을 뿐 아니라 집 안에 가래 뱉는 컵을 두고 있었기 때문에 뜨악해했다. 하지만 신식 양반들은 그와 같이 앙증맞은 꽃무늬 타구에 침을 뱉는단 사실까지야 짐작이나 했겠는가? 그들은 자기들이 이제껏 속아온 것이라는 생각을 하게 되었다. 마치 어딘가로부터 내돌림당해온 것처럼. 어쩌면 가래는 빈 깡통에나 뱉으라고 듣고 지내온 사이에, 도자기 타구 외에 더 많은 것들이 감추어져왔는지도 몰랐다. 백인이 그러는 것도 충분히 기분 나쁜 일이지만, 자기들과 같은 흑인이 그토록 다른 세상에 산다는 걸 알게 되면서 그들은 어안이벙벙해지지 않을 수 없었다. 그것은 마치 제 누이가 악어 새끼로 탈바꿈하는 걸 지켜보는 것과 같았다. 익숙하면서도 낯선 느낌. 악어이긴 하지만 누이임에 틀림없고 분명히 누이인데도 악어로 보이는, 피하고 싶은 그런 광경 말이다. 두말할 나위 없이 마을 사람들은 그를 존중하고 심지어 어떤 면에서 우러러보기까지 했다. 그러나 권력과 재물의 길을 가는 사람은 반드시 미움을 받게 되어 있는 것이다. 그래서 연사들은 상황이 닥치면 자리에서 일어나 '친애하는 시장님'이라고 말했지만, 그것은 '하느님은 무소부재하시다'처럼 입이 닳도록 말은 해도 아무도 믿지는 않는 상투적인 문구에 지나지 않았다. 말문을 열기 위한 의례적인 절차에 불과했던 것이다. 시간이 지날수록 그리고 그에 따라 그가 도시에 부여한 혜택들에 관한 인상이 희미해져갈수록, 사람들은 그가 바삐 일하는 틈에 상점 문 앞에 모여 그에 관해 논쟁하기 시작했다. 헨리 피츠의 일이 있고 나서도 그랬다. 피츠는 조에게 사탕수수를 훔치는 현장이 발각되어 사탕수수도 뺏기고 마을에서도 쫓겨났던 것이다. 몇몇 사람들은 스탁스가 그렇게 해서는 안 된다고 했다. 사탕수수를 그토록 많이 갖고 있으면서, 그외에도 없는 게 없으면서 말이다. 그러나 그들은 조 스탁스가 상점 문 앞에 나와 있는 동안에는 그런 말을 하지 않았다. 메이트랜드에서 우편물이 도착하고 그것을 정리하기 위해 그가 안으로 들어간 후에야 제각기 한마디씩 하는 것이다.

스탁스에게 들리지 않으리란 판단이 서자마자 심 존스가 먼저 시작했다.

"그 불쌍한 사람을 그런 식으로 쫓아내다니, 치졸하고 죄받을 짓이야. 같은 흑인끼리 그렇게 모질게 굴어서야 원."

"난 전혀 생각이 다른데," 샘 웟슨이 자르듯 말했다. "우리 흑인들도 다른 누구나처럼 일해서 얻을 생각을 해야 해. 피츠가 사탕수수를 재배하려고만 했어봐, 누가 그걸 막았겠어. 스탁스는 그에게 일자리를 줬지, 그러면 그가 더 이상 바랄 게 뭐가 있느냔 말야?"

"그건 나도 알아." 존스가 말했다. "하지만 샘, 조 스탁스는 사람들에게 너무 가혹하다구. 그가 가진 건 전부 우리들한테서 뽑아낸 건데 말야. 그 사람 처음 여기 왔을 때부터 그 모든 걸 다 갖고 있진 않았잖아."

"그랬지, 하지만 그 반대도 성립해. 자네가 지금 앉아 있는 곳이며 보고 있는 모든 것이 조 스탁스가 오기 전부터 있었던 건 아니니까. 아무리 싫어도 인정할 건 인정해야지."

"그거야 그렇지만 샘, 자네도 알잖아. 그자가 할 줄 아는 일이란 거드름 떨고 다니면서 이래라저래라 명령하는 것밖엔 없다는 거. 그잔 사람들이 자기 목소리에 고분고분 복종하는 걸 즐기지."

"그잔 꼭 회초리를 휘두르듯이 말을 해." 오스카 스콧이 불평을 했다. "그자가 사람 몰아쳐대는 걸 들으면 온몸에 쥐가 나는 것 같다니까."

"조 스탁스는 꼭 실바람에 몰아닥치는 돌개바람 같아." 제프 브루스가 한몫 거들었다.

"바람에 비유하자면, 조 스탁스는 바람이고 우린 갈대라 해야 맞겠지. 우린 그가 부는 대로 따라 쓰러지니까." 샘 윗슨이 동의했다. "그렇기는 하지만 그래도 우린 그가 필요해. 그가 없다면 이 도시는 아무것도 아니니까. 그가 어느 정도 두목처럼 구는 건 어쩔 수 없다구. 어떤 사람은 다른 사람들에게 자기 권력을 인식시키는 데 보좌와 홀과 왕관 같은 걸 필요로 하지. 하지만 조 스탁스는 달라. 어디가 되었건 그가 앉는 자리가 곧 지배자의 자리라구."

"내가 그자를 못마땅해하는 건 말이지, 그잔 못 배운 사람들 앞이라고 어려운 문자를 써서 말한다는 거야." 힉스의 불평이었다. "좀 배웠다고 뽐내는 거 말이지. 임자들이 날 보면 뭐 그러랴 싶겠지만, 사실 내 동생은 훌륭한 공부를 하고 지금 오컬라에서 목사 일을 하고 있단 말이야. 만약 그 녀석이 여기 있기만 한다면 조 스탁스가 지금 임자들에게 하듯 그렇게 함부로 그앨 속이진 못할 거다 이 말씀이지."

"난 가끔 그 조그만 부인이 어떻게 그와 살아내는지 궁금해지더군. 그잔 세상 모든 걸 자기 뜻대로 움직이면서, 정작 자신은 어떤 것에도 꿈쩍도 안 하잖아."

"정말이야. 나도 그것에 대해 여러 번 생각하게 되더라고. 그 부인이 가게에서 조금이라도 실수만 하면 아주 닦달을 하잖던가."

"그 여잔 뭣 때문에 가게에서 늙은 아낙들처럼 머리를 싸매 올리고 있는 거지? 내가 그런 머릴 가졌다면 난 누가 뭐래도 머리에 그런 넝마 따윈 뒤집어쓰지 않을 텐데."

"그것도 조 스탁스가 시켜선지 몰라. 가게에 있으면 행여 우리 중 누구라도 그 머리를 만지고 할까봐 조바심이 나서 말야. 그 머릴 왜 그러고 다니는지 정말 나도 궁금해."

"그 여잔 정말 말이 없던데. 어쩌다 그 여자가 가게에서 실수할 때마다 그가 악을 쓰며 휘젓고 다니는 꼴이라니 난 볼썽사나워서 차마 못 봐주겠던데도, 그 여잔 전혀 개의칠 않는 것 같더라구. 아마 둘이서는 맘이 통하나보지."

마을 사람들은 조의 지위와 재산에 대해 좋고 나쁜 감정들을 한보 따리씩 쌓아놓고 있었다. 그러나 그에게 도전하는 무모한 짓을 하는 사람은 없었다. 그는 모든 것을 의미했기 때문에 그들은 차라리 그에게 고개를 숙였다. 그러나 그들이 이렇게 고개를 숙였기 때문에 그가 그 모든 것을 의미할 수 있는 것이기도 했다.

제6장

아침마다 세상은 태양 앞에 자신을 내보이고 이튿빛을 드러냈다. 그러면 재니는 또 하루를 맞는 것이다. 그리고 일요일을 제외한 하루하루의 일과에는 상점 일이 있었다. 상점 자체야 물건을 파는 일만 아니라면 즐거운 장소였다. 마을 사람들이 현관께에 둘러앉아 이 사람 저 사람 돌아가며 다른 모두가 알 수 있는 그림으로 자기 생각들을 말해 보이는 동안은 정말이지 즐거운 시간이었다. 더구나 그 그림이란 게 한결같이 세상 삶의 거친 풍속화들이었기 때문에 듣는 이의 즐거움은 한결 더했다.

예컨대 매트 보너의 누렁 노새 이야기가 그런 경우이다. 주님이 주신 날을 하루도 거르지 않고 사람들은 이 누렁 노새에 관해 이야기를 했다. 특히 당사자인 매트가 자리에 함께 있을 때면 어김없이 노새 이야기가 등장했다. 이야기의 주동자는 샘과 리지, 그리고 월터였다. 다른 사람들도 흐름을 탈 수 있을 때마다 끼어들어 한마디씩 거들곤 했지만, 이세 사람은 노새에 관해 마을 전체가 아는 것보다 더 많은 것을 알고 있는 것 같았다. 이들은 저만치서 크고 홀쭉한 몸집의 매트가 걸어오는 것을 보는 것만으로도 벌써 발동이 걸렸다. 그리고 그가 상점 앞에 다다를 때쯤에는 모든 준비가 완료되는 것이다.

"어이, 매트."

"안녕, 샘."

"마침 잘 왔어. 그러잖아도 지금 우리 몇이서 자넬 찾아 나서려던
참이었는데."

"무슨 일로, 샘?"

"아주 심각한 문제가 생겼어, 이 사람아. 정말 심각해!"

그러면 걱정스럽다는 듯한 표정을 지으며 리지가 끼어들곤 했다.
"정말이야, 자네가 단호한 조치를 취해야겠어. 그것도 당장."

"그러길래 무슨 일이냐잖아. 빨리 말을 해줘야 알 거 아냐."

"이건 여기서 얘기할 게 아닌 것 같아. 무슨 수를 써보기엔 여긴 거
리가 너무 멀어. 일단 모두 함께 새빌리아 호수까지 가보자구."

"이봐 대체 뭐가 문제냐니깐. 그걸 알아야 가든 말든 할 거 아냐."

"자네의 그 노새 얘기야, 매트. 자네가 직접 가서 보는 게 나을 거
야. 처지가 영 안됐더라구."

"내 노새가 뭐 어찌 됐다는 거야? 그놈이 호수로 걸어들어가 악어
한테 잡아먹히기라도 했나?"

"그 정도가 아냐. 여자들이 놈을 잡았어. 아까 정오쯤 내가 호숫가
를 지나는데, 글쎄 우리 마누라며 다른 여편네들 여럿이서 자네 노새를
땅바닥에 벌렁 눕혀놓고 빨래를 문지르고 있더란 말씀이야."

이쯤 되면 참았던 웃음들이 와르르 터져나왔다. 그러나 샘은 눈썹
하나 까딱하는 법이 없었다. "정말이야, 매트, 자네 노새 놈 피골이 아
주 상접해서는 갈비뼈가 빨래판이 되었더라고. 무릎 관절은 옷걸이고."

그제서야 매트는 자신이 또 놀림당한 것을 깨달았다. 그는 사람들
의 웃음 소리에 버럭 화가 치밀었는데 그럴 때면 그는 말을 더듬었다.

"쌔, 샘, 이 고약한 거짓말쟁이. 되, 되지도 않는 소릴 지어내서.

두, 두고 보자구!"

"어, 참 이 사람 보게, 아 그렇게 화내도 소용없네. 솔직히 자넨 노새를 통 먹이질 않잖아. 그런데 어떻게 그놈이 살이 붙겠어?"

"나, 나도 노, 노, 놈을 먹여! 끼, 끼니마다 되, 됫박 가득 오, 옥수수를 주, 주, 준다구."

"됫박? 그 물건이 어떤 건지는 리지가 잘 알고 있지. 자네 헛간 근처에 숨어서 다 지켜봤다구. 그게 어디 노새 먹이 푸는 됫박이던가 찻물이나 홀짝이는 종지지."

"난 정말 놈을 먹여 키웠어. 살이 안 찌는 건 놈의 성격이 지랄 같아서지. 그놈은 순 악으로 살도 안 찌고 버티는 거라구. 일하기 싫어서."

"맞아, 자네도 먹인 게 없진 않지. '끼럇'으로 밥 먹이고 채찍질로 반찬해줬으니."

"정말 밥을 먹여 키웠다니까, 그 성질 더러운 놈을! 아무리 잘 해줘도 그놈하곤 잘 지낼 수가 없었던 것뿐이야. 그놈은 써레를 들이대면 죽겠다고 발버둥을 치고, 마구간에 지 먹이를 주러 가도 귀를 뒤로 젖히고 날 걷어차고 물어뜯고 하는 놈이야."

"이제 그만 진정해, 매트." 리지가 말했다. "그놈 괴팍한 성질은 우리도 다 알고 있으니까. 나도 그놈이 로버트네 자식놈을 뒤쫓는 걸 본 적이 있지. 갑자기 바람 방향이 바뀌지만 않았다면 그 어린것이 노새 발굽에 작살이 날 뻔했지 뭔가. 그러니까 그때, 로버트네 꼬맹이는 스탁스네 양파밭으로 도망을 치고 노새는 그 뒤를 바짝 따라붙고 있었단 말이지. 그런데 느닷없이 바람이 방향을 바꿔서는 가을바람 가랑잎 날리듯 노새를 불어 날려버린 거야. 그래 이 괴팍한 노새가 미처 바람을 버티고 서기도 전에, 꼬맹이는 무사히 스탁스네 울타리를 넘을 수 있었던 거지." 사람들이 웃음을 터뜨렸고 매트는 다시 씩씩거렸다.

"그놈이 아무나 사람만 보면 달려드는 건," 샘이 말했다. "그게 다 매트로 보여선지도 몰라. 먹이도 안 주고 부리러 오는 제 주인으로 보여서."

"저런, 저런, 그런 심한 말을. 그 말 당장 취소하게." 월터가 이의를 제기했다. "어딜 봐서 나와 매트를 혼동할 수 있단 말이야. 그 노새가 그 정도로 둔하진 않아. 그만한 것도 가릴 줄 모르는 놈이라면, 난 당장 명함판 사진을 박아 들고 가서 그놈의 눈구멍에 갖다 대고 교육을 단단히 시키겠어. 암, 그런 모욕스런 일을 가만 앉아 당할 순 없지."

매트는 뭐라 말을 하려다간 혀가 제대로 따라주지를 않자 화가 머리끝까지 난 채 자리를 박차고 떠나버렸다. 그러나 그렇다 해서 노새 이야기가 끝나는 건 아니었다. 그 짐승이 얼마나 약골이며 늙기는 얼마나 늙었는지, 그것이 지닌 못된 습관이나 최근에 부린 난동 따위에 대해 이야기는 끝없이 이어졌다. 노새 이야기는 모든 사람이 즐거워했다. 노새는 마을에서 시장 다음으로 두드러진 존재였으며 시장보다도 더 풍부한 이야깃거리를 제공했다.

재니는 이런 대화가 좋았고 가끔은 자신도 노새에 대한 기발한 이야기를 구상해보곤 했다. 그러나 조는 재니가 그런 대화에 끼어드는 것을 용납하지 않았다. 그녀가 그런 시시한 패들을 따라하는 것을 원치 않는다는 것이다. "재니, 당신은 말야, 스탁스 시장의 부인이라구. 나 원 참, 아니 그런데 어떻게 그런 사람이 잠잘 집도 한 채 없는 패들의 실없는 말장난에 마음을 둘 수가 있단 말이야. 그런 건 천하에 쓸모 없는 짓이야, 재니. 그자들은 시간의 발가락 근처에서 놀아나는 아주 하잘것없는 인생들이라구."

재니는 조 역시도, 직접 노새 이야기를 지어서 하는 것은 아니더라도, 그 이야기를 같이 듣고 따라 웃는 것을 보았다. 그것도 그 커다란 너털웃음을 터뜨리면서. 그런데도 리지나 샘이나 월터, 혹은 그 밖의 다른 풍속화 재담꾼들이 세상의 한 단면을 소재로 이야기하는 동안, 그는 가서 상점을 지키라며 재니의 등을 떠밀곤 했던 것이다. 그는 그러는 데서 만족을 얻는 것 같았다. 왜 이따금씩 그가 들어갈 수는 없는가? 그러잖아도 이미 그녀는 그 상점 일이라는 것에 진저리가 났다. 우편 업무도 마찬가지였다. 사람들은 꼭 바쁠 때 몰려와서 우편물에 대해 물어보는 것이다. 한참 뭔가 계산을 하고 있거나 회계 장부를 쓰고 있는 바로 그런 때. 그러면 그녀의 머릿속은 온통 뒤죽박죽이 되어 결국 우표의 거스름돈을 잘못 내주게 되는 것이다. 게다가, 그녀는 사람들의 글씨를 다 알아볼 수가 없었다. 기상천외한 필체를 해독해야 하는가 하면 그녀가 아는 마와는 전혀 딴판인 철사와 낯낙뜨리는 때도 있었다. 우편 업무는 보통 조의 몫이었지만 그가 없을 때는 그녀가 대신해야 했는데, 그러면 창구 안은 이내 아수라장이 되고 말았다.

상점 일 역시 두통거리였다. 선반 위의 물건을 내리고 배럴들이 통에서 음료를 따르는 것쯤이야 고생이랄 것도 없었다. 그리고 사람들이 달라는 것이 토마토 캔 하나나 쌀 1파운드뿐이라면 그것도 문제될 것이 없었다. 하지만 거기서 나아가, 베이컨 1파운드 반이나 라드유(油) 반 파운드를 달라고 하면? 그런 경우 문제는 발을 놀리고 몸을 부리는 차원에서 수학적인 곤경의 차원으로 심화되는 것이다. 혹은 1파운드에 37센트 하는 치즈를 1다임[3] 어치 달라는 수도 있었다. 이런 시간과 인생의 낭비라니, 그녀 내부에서는 많은 말없는 저항들이 일어났다. 그러나 조는 끝내 그녀도 마음만 먹으면 할 수 있다고, 그녀의 특권을 충분히 활용해 누리길 바란다고만 하는 것이다. 그것은 그녀가 늘 맞닥뜨리게 되는 난공불락의 대전제였다.

----

3 dime: 10센트.

머리쓰개도 재니는 당장 벗어던지고 싶은 때가 한두 번이 아니었다. 그러나 조디는 그에 대해 집요했다. 가게에선 절대 머리를 풀고 있으면 안 된다는 것이다. 아무리 생각해도 이건 말이 안 되는 것 같았다. 왜냐하면 조는 자신이 얼마나 그녀에 대해 질투하고 있는지를 한 번도 입 밖에 내본 적이 없기 때문이다. 그녀가 가게 일을 바삐 보고 다니는 동안 다른 사내들이 넋을 잃고 그녀의 머릿결을 바라보는 것을 자신이 얼마나 많이 목격했는지 그는 결코 그녀에게 얘기한 적이 없었다. 그런데 어느 날 그는 월터가 그녀의 등뒤로 바짝 다가가 그녀의 머리카락 끝에 자기 손등을 갖다 대고 가볍게 비비면서 느낌을 음미하는 현장을 잡은 것이다. 월터는 가게 뒤켠에 서 있는 조를 미처 보지 못하고 있었다. 조는 고기칼을 든 채 당장 뛰어나가 불쾌하기 짝이 없는 그 손목을 잘라버리고만 싶었다. 그날 저녁 그는 재니에게 앞으로는 상점에서 머리를 싸매 올리고 있으라고 했다. 단지 그뿐이었다. 그녀가 가게에 나와 있는 것은 조 자신을 위함이지 그따위 패들을 위해서가 아니었다. 그러나 그는 결코 그런 사정을 말하지는 않았다. 그런 말을 한다는 것은 그에게는 있을 수 없는 일이었다. 예를 들어 누렁 노새 사건을 보자.

어느 늦은 오후 지는 해를 뒤로 하고 매트가 손에 고삐를 들고 나타났다. "내 노샐 찾고 있는데, 누구 그놈을 보지 못했나?" 그가 물었다.

"아까 아침 일찍 학교 뒤에서 봤는데요." 럼이 말했다. "열시쯤에요. 그 시간에 거기 와 있는 걸 보면 어제 밤부터 나와 있었나봐요."

"그러게." 매트가 대답했다. "엊저녁에 놈을 보긴 봤는데, 아 그만 붙잡을 수가 있어야지. 오늘 안으로는 꼭 잡아야 하는데. 내일 밭을 갈아야 하거든. 톰슨네 밭을 갈아주마고 약속했단 말야."

"그놈이 그런 몸으로 그 일을 할 수 있겠나?" 리지가 물었다.

"내 장담하는데, 놈은 아주 튼튼해. 단지 성미가 못돼먹어서 말을 안 듣는 것뿐이지."

"맞는 말이야. 사람들이 그러더군, 자네가 이 마을에 온 것도 그 노새 놈의 고집 때문이라고. 애초에 자넨 미캐노피⁴로 갈 작정이었는데 그 놈이 판단을 더 잘해서 자넬 이리 업어왔다던가?"

"거, 거, 거짓말이야! 처음 웨스트플로리다를 떠날 때부터 난 이리 향해 왔다구."

"아니 저 노샐 타고 웨스트플로리다에서 그 먼 길을 왔단 말야?"

"그랬대요. 리지. 하지만 그건 매트의 의지완 상관없는 일이었죠. 매트는 그 지방에서 사는 게 좋았는데 노새가 그러질 못했다잖아요. 하루는 매트가 등에 올리다자 노새가 세 주인을 태운 채 이리로 온 거죠. 노새도 머리가 있거든요. 그 북부 지역에선 콩알만한 비스킷을, 그것도 일주일에 한 번밖에 먹지 않는다는데."

매트를 놀리는 사람들의 말은 항상 어느 정도는 뼈가 있는 말이었기 때문에, 그가 성이 나서 자리를 차고 가도 아무도 괘념하는 사람은 없었다. 그는 고기를 사도 얇게 저며놓은 낱장 단위로 사고, 옥수수나 밀가루 따위 곡류는 달랑 한 손에 들리는 작은 봉지에 담아 귀가하기로 유명했다. 돈을 아낄 수만 있다면 다른 건 아무래도 상관없는 듯했다.

매트가 떠나고 반시간 가량 지나서 사람들은 수풀가에서 노새 우는 소리를 들었다. 노새는 상점 앞길로 성큼성큼 걸어오고 있었다.

"우리 노새도 잡아줄 겸 재미 좀 볼래요."

"싫어, 럼. 저놈은 사람 손에 잡히려 들질 않아. 어디 네가 한번 잡아봐라, 우린 구경 좀 하자."

---

4 Miccanopy: 플로리다 북부의 도시.

75

노새가 상점 가까이까지 오자, 럼이 뛰쳐나가 달라붙었다. 그러자 노새는 고개를 치켜세우고 귀를 뒤로 젖히며 대번 공격을 해왔다. 럼은 위험을 느끼고 달아났다. 그러자 남자들 대여섯이 우르르 몰려나가 성 난 노새를 에워싸고 옆구리를 찌르고 발로 차며 부아를 돋구었다. 그러 나 노새는 성깔만큼 체력이 남아 있지 못했던 모양이었다. 사람들에게 쫓겨 이리 내닫고 저리 뛰느라 거의 뼈만 남은 늙은 노새의 몸은 심하게 경련했다. 모두가 이 '노새몰이'를 재미있어했다. 오직 재니 한 사람만 예외였다.

재니는 고개를 돌리고 혼자 중얼거렸다. "정말 부끄러운 짓이야! 저 불쌍한 짐승을 저리 괴롭히다니! 뼛골이 빠지도록 부려먹고, 못살게 굴어서 성질까지 버려놓더니, 이젠 그것도 모자라 아예 끝장을 보려고들 저리 덤비는 건가. 아, 저 사람들을 어떻게 내 뜻대로 해볼 수 있다면."

그녀는 그만 현관께서 돌아들어와 상점 뒤켠으로 가서 무엇이라도 마음붙일 거리를 찾아보았다. 그래서 그녀는 조디가 웃음을 그치는 것 을 보지 못했다. 사실 그녀는 그가 자신의 혼잣말을 엿들었던 것도 모르 고 있었다. 하지만 그가 갑자기 외치는 소리는 들을 수 있었다. "나 원 참, 이봐, 럼, 그만하면 됐어! 그 정도면 다들 충분히 즐긴 거야. 시답잖 은 짓 그만두고 넌 어서 가서 매트 보너한테 내가 급히 보잔다고 전해."

재니는 다시 현관께로 나와 의자에 앉았다. 그녀는 아무 말도 하지 않았고, 조 역시 그랬다. 그러나 잠시 뒤, 조는 자기 발을 내려다보며 말했다. "재니, 들어가서 전에 그 검정 장화 좀 갖다 주지. 이 가죽 구두 는 신고 있으면 꼭 발에 불이 붙는 것 같아. 볼을 넉넉하게 맞췄는데도 이 모양이군."

그녀는 아무 말 없이 장화를 찾으러 갔다. 힘없는 존재들을 위한 작 은 저항이 그녀 안에 일고 있었다. 사람은 힘없는 존재들을 배려하는 마음을 지녀야 했다. 그녀는 이를 위해 싸우고 싶었다. "하지만, 난 다투거나 소란을 피우는 게 싫어, 그러니 말을 않는 게 낫지. 안 그러면 지내기가 힘들어져." 그녀는 장화를 찾는 대로 곧장 나가지를 않고 이것저것 만지작거리면서 감정의 동요를 가라앉혔다. 그러다 마침내 밖으로 나와 보니, 조는 매트와 흥정을 하는 중이었다.

"15달러? 나 원 참, 자네 정말 돌아도 한참 돌았군! 5달러로 해."

"타, 타, 타협을 좀 봅시다, 시장. 그, 그럼 10다, 달러는 어떻소."

"5달러라니까." 조는 시가를 돌려 물며 어림없다는 듯 고개를 돌렸다.

"이보시오 시장, 시장에게 저 노새가 필요하다면, 이 매트에게는 어떻겠소. 난 당장 내일도 밭을 갈아야 하는데."

"5달러."

"좋소, 시장. 이건 나 같은 없는 놈한테서 하나뿐인 생계 수단을 거저 빼앗아가는 셈인데, 뭐 5달러로 합시다 그래. 이놈과는 스물세 해를 살았는데. 이건 참 괴로운 일이오."

스탁스 시장은 의도적으로, 돈지갑을 꺼내기 전에 신부터 갈아 신었다. 그 사이 매트는 뜨거운 벽돌 위의 암탉처럼 온몸을 이리 틀고 저리 꼬면서 안절부절못하였다. 하지만 손 안에 돈을 받아쥐는 순간 그는 금방 흡족한 미소를 지었다.

"스탁스, 이런 때 놈을 사다니 당신 속은 거요! 저놈은 채 일주일도 못 가서 죽고 말 상인데. 아마 일 한 번 제대로 못 시켜볼 거란 말이지."

"난 놈을 부려먹으려고 산 게 아냐. 난 말이지, 난 놈을 쉬게 해주려고 산 거라구. 자넨 그런 일을 할 배포가 없지."

일동은 잠시 경의에 차 침묵했다. 샘이 조를 바라보더니 이렇게 말했다. "짐승을 두고 그런 생각을 하는 사람은 난 처음 봤소, 스탁스 시장. 하지만 듣고 보니 참 좋은 생각 같소. 아주 훌륭한 일을 하셨소 그래." 모두가 고개를 끄덕였다.

재니는 그들 모두가 한마디씩 하는 동안 말없이 조용히 서 있었다. 그리고 그 모든 것이 끝나자 조 앞으로 가서 말했다. "조디, 참 잘한 일이에요. 그런 생각은 아무나 할 수 없었을 텐데, 왜냐하면 그건 아무 때나 할 수 있는 생각이 아니니까요. 노새에게 자유를 줌으로 해서 당신은 아주 위대한 사람이 되는군요. 조지 워싱턴이나 링컨처럼 말예요. 에이브러햄 링컨, 그는 전 미국을 지배하고 있었고 그래서 흑인들을 해방시켰죠. 당신은 이 도시를 갖고 있고 그래서 노새를 풀어줬고요. 사람은 먼저 힘이 있어야 뭔가를 자유롭게 해줄 수 있어요. 그리고 그렇게 함으로써 그는 왕 같은 존재가 되죠."

햄보가 말했다. "스탁스, 부인이 대단한 웅변가이시구먼. 전혀 짐작도 못 한 일인데. 우리들 모두의 생각을 그야말로 정확하게 대변해주셨네."

조는 시가를 문 이빨에 힘을 잔뜩 주고 얼굴 가득 득의의 미소를 지었다. 그러나 다른 말은 한 마디도 하지 않았다. 마을 사람들은 그 뒤 사흘 밤낮을 이 사건을 화제 삼아 떠들었다. 자기들도 조 스탁스 같은 부자였다면 꼭 그가 했던 그대로 했으리라는 것이다. 그리고 어쨌든, 해방된 노새는 아주 신선한 화제였다. 스탁스는 상점 앞의 그 떡갈나무 그늘에 건초 더미를 펴다 놓았고, 노새는 여느 마을 주민처럼 가게 주변을 어슬렁거렸다. 마을의 거의 모든 주민들은 습관처럼 한 움큼씩 여물을 들고 나와 건초 더미에 보탰다. 노새는 이제 거의 비대해지다시피 했고 사람들은 그에 대해 몹시 흐뭇해했다. 그리고 이 해방된 노새의 거동에 대해 새로운 이야기들이 꾸며져나왔다. 노새가 린드세이네 식당 문을 밀고 들어와 하룻밤을 나더니 아침에는 모닝커피까지 내놓으라고 해서 싸움이 났다는 이야기며, 목사관 식사 시간에 식당 창문으로 고개를 들이밀자 피어슨 부인은 그게 피어슨 목사인 줄로 착각해서 접시를 내밀었다는 이야기, 또 얼굴 못난 여자는 빠지라면서 노새가 털리 부인을 크로케 경기장에서 쫓아냈다는 이야기, 어느 볕 따가운 날에는 메이트랜드로 가는 베키 앤더슨을 뒤쫓아가 그녀의 양산을 나눠 썼다는 이야기, 그리고 레드먼드의 장황한 기도문을 더 이상 참을 수 없어 그 침례교 예배당 안으로 밀고 들어가 모임을 무산시켰다는 이야기. 노새는 재갈을 물려 매트 보너를 찾아가는 일 외에는 안 해본 일이 없는 것이다.

그러나 노새는 머지않아 죽고 말았다. 떡갈나무 그늘에 뼈만 앙상한 등을 끌고 누워 네 나리를 하늘로 치켜든 채 죽어 있는 것을 럼이 발견한 것이다. 이건 뭔가 자연스럽지가 않고 비정상적인 것 같아 보였다. 그러나 샘은 만약 이 노새가 다른 여느 짐승들처럼 옆으로 누워 잠들었다면 그것이 더 기이한 일일 것이라고 했다. 죽음이 오는 것을 보고 노새는 조금도 흔들림 없이 당당하게 맞서 싸웠으리란 것이다. 싸움은 그가 마지막 숨을 거두는 순간까지 계속되었을 것이고, 그렇다면 당연히 몸을 바로 누이고 말고 할 겨를도 없었을 것이다. 죽음은 처음 찾아왔을 때와 마찬가지 모습으로 그를 데려가야 했던 것이다.

이 소식이 퍼지자 마을은 종전(終戰) 소식이라도 접한 것처럼 웅성거렸다. 짬이 나는 사람은 어느 하나 예외 없이 일손을 놓고 모여 서서 얘기를 했다. 그러나 결국 노새의 사체는 다른 짐승들의 경우와 마찬가지로 마을에서 끌어내는 수밖에 없다는 의견이 모아졌다. 마을 주민의 보건 위생에 지장을 초래하지 않을 만큼 멀리 내다놓는 게 좋겠다는 것이다. 나머지는 수리들이 알아서 할 것이다. 발인에는 모든 사람이 참가하기로 했다. 이 소식을 듣고 시장은 평소보다 일찍 자리에서 일어났다. 그리고 재니가 상점으로 아침 식사를 내왔을 때, 나무 그늘에는 그의 회색 말 한 쌍이 대기해 있었고 그 주위에서 사람들이 마구를 만지작거리며 서 있었다.

"럼, 나 원 참, 떠나기 전에 반드시 상점 문을 닫고 떠나야 한다, 알았어?" 그는 허겁지겁 밥숟갈을 떠 넣는 사이사이에 바깥 상황을 점검해가며 소리쳤다.

"가게문을 닫다니 무슨 일이 있어요, 조디?" 재니가 놀라 물었다.

"상점을 볼 사람이 없으니까. 난 발인에 참석해야 해."

"조디, 나도 오늘은 특별히 할 일이 없는데 당신하고 같이 가면 안 돼요?"

조는 한동안 말을 잊었다. "아니, 재니! 설마 지금 노새를 끌어내는 자리에 같이 가고 싶다는 말은 아니겠지, 응? 아무 놈이나 다 나와서 수레 떠밀랴 흙 퍼내랴 몸을 막 굴릴 그런 자리에? 안 돼, 절대!"

"당신도 함께 있을 거잖아요, 안 그래요?"

"그래, 하지만 난 시장이래도 남자잖아. 시장 부인은 그와는 또 다른 존재야. 어쨌든 사람들은 내가 죽은 노새에 대해 몇 마디 말을 해주길 바라고 있을 거고, 이건 아주 특별한 경우니까. 하지만 당신은 이 모든 난잡한 소동에 전혀 어울리지 않아. 당신이 그런 걸 바라다니 나로서는 정말 놀라울 뿐이군."

그는 입가에 묻은 고깃국을 닦아내며 모자를 집어 썼다. "재니, 나 올 때 문 잘 닫고 나와. 럼은 지금 말 때문에 정신이 없으니까."

충고와 지시, 부질없는 간섭의 소리들이 어지럽게 튀어오르던 끝에 마을 사람들은 드디어 나귀의 시체를 운구하기 시작했다. 아니, 나귀의 시체가 마을을 이끌고 떠나는 것이다. 재니는 가게문 앞에 세워두고.

마을 사람들은 동구 밖 늪지대에 노새를 부린 뒤, 죽을 운명에 있는 모든 인간적인 것들을 비웃으며 성대한 의식을 치렀다. 조가 고인의 명복을 빎으로써── 그가 이 도시의 시민으로서 살아온 모범적인 삶을 기리고 그의 타계에 깊은 애도의 뜻을 표함으로써 첫 테이프를 끊었고, 사람들은 이 조사(弔辭)를 몹시 마음에 들어했다. 학교 건물을 지어 올린 때보다 지금의 조가 더 덕망 있게 여겨질 지경이었다. 그는 부어오른 노새의 배를 단상 삼아 올라서서 몸짓을 섞어가며 연설을 했다. 그가 내려서자 이번에는 샘이 단상 위로 불려 올려졌다. 샘은 먼저 학교 선생으로서 노새의 죽음에 애도의 뜻을 표했다. 그리고 다음으로는 모자를 존 피어슨 모양으로 고쳐 쓰고 그의 설교를 흉내냈다. 샘은 그들의 친애하는 형제가 이 애통의 계곡을 떠나 찾아간 노새의 낙원에서의 축복된 삶에 데헤 언설했다. 그곳에서는 전사 노새들이 하늘을 날아다니고, 초록빛 옥수수 밭과 시원한 물줄기가 끝 간 데 없이 뻗어 있으며, 광활한 왕겨의 벌판에는 검은 꿀의 강이 가로질러 흐르고 있었다. 그러나 무엇보다 축복스런 점은 거기엔 고삐와 재갈을 들고 쫓아와서 기분을 그르쳐놓을 매트 보너가 없다는 것이다. 그곳 천국에서는 천사 노새들이 사람들을 타고 다닐 것이고, 고인이 된 친애하는 그들의 형제는 빛나는 보좌 옆 그의 자리에 앉아서 지옥을 내려다보며 악마들이 뜨거운 지옥의 태양 아래서 종일토록 매트 보너에게 밭을 갈리고 채찍질을 하는 모습을 지켜볼 것이다.

이 연설에 아녀자들은 야단스레 환호하며 열광하는 시늉을 했고, 남자들은 그들을 극구 붙잡아 말려야 했다. 이처럼 모든 사람이 저마다 맘껏 즐긴 뒤 마침내 노새는 이미 안달하기 시작한 수리들의 손에 남겨졌다. 조문객들의 머리 위로는 벌써 대단위 수리 편대가 비행하고 있었고, 근처의 몇몇 나무들에는 돌진을 해올 자세로 몸을 긴장시킨 형체들이 가득 들어차 있었다.

조문 행렬이 시야에서 사라지자마자 수리들은 곧 원을 그리며 날아들었다. 가까이서부터 먼 데까지 한걸음씩 반경을 좁혀왔다. 공중에 원을 그리며 돌다간, 급강하를 하고, 날개를 푸드덕거리며 도약질을 해왔다. 마침내 그 중 가장 허기가 진, 내지는 가장 용감한 놈이 하나 시체를 딛고 섰다. 이제 그들은 시작하고 싶었다. 그런데 그들 가운데 사제가 보이질 않았다. 그래서 그들은 그들의 지도자를 찾아 사신을 파견했다.

수리들은 그 백발의 지도자가 오기까지 기다려야만 했다. 그러나 그것이 무척 어려운 노릇이어서 그들은 신경을 곤두세운 채 서로 떠밀고 쪼아대며 배고픈 투정을 했다. 그 중에는 죽은 노새의 머리 있는 쪽에서 꼬리 쪽까지, 다시 꼬리 있는 쪽에서 머리 쪽까지를 몇 번이고 왕복하는 놈도 있었다. 문제의 사제는 그로부터 2마일 가량 떨어진 말라죽은 소나무 위에 점잖게 앉아 있었다. 그 역시 누구 못지않은 감각을 가지고 있었으나, 사제로서의 체면상 보고를 받기 전에 행차할 수가 없었던 것이다. 이제서야 사제는 둔중하게 날아올라서 공중에 원을 한 번 그리며 고도를 낮추고 다시 원을 그리며 고도를 낮추는 식으로 비행해왔다. 마침내 그가 다가왔을 때 무리는 허기와 환희에 미쳐 날뛸 지경이었다.

드디어 땅에 내려선 사제는 시체 곁으로 다가가, 콧구멍과 입 안을 살펴 사망 여부를 재차 확인했다. 그렇게 머리 끝에서 발끝까지를 샅샅이 살펴본 뒤 그는 노새의 배 위로 뛰어올라 인사를 했고, 수리 무리는 푸드덕푸드덕 날갯짓하며 이에 답했다. 인사가 끝나자 사제는 중심을 잡고 물었다.

"이자는 무엇 때문에 죽었습니까?"

무리가 답했다. "비만, 순전히 비만 때문입니다."

"이자는 무엇 때문에 죽었습니까?"

"비만, 순전히 비만 때문입니다."

"이자는 무엇 때문에 죽었습니까?"

"비만, 순전히 비만 때문입니다."

"누가 이 제사에 입회할 것입니까?"

"우립니다!"

"좋습니다, 그럼 이제 시작합시다."

사제는 의식의 예를 갖춰 노새의 눈을 파냈고 이를 기점으로 연회가 시작되었다. 사람들이 문가에 모여 그 이야기를 하거나 때때로 아이들이 모험심을 발휘해 그 백골을 찾아 떠나는 일을 제외하고는, 누렁 노새는 이제 마을에서 완전히 사라지게 된 것이다.

조는 매우 즐겁고 유쾌한 기분으로 상점에 돌아왔으나 재니 앞에서는 그런 내색을 하고 싶지 않았다. 재니의 불만 어린 표정을 보았고 그 때문에 화가 났기 때문이다. 그가 생각하기에, 그녀는 결코 불평을 할 자격이 없었다. 그녀는 그의 노고에 감사할 줄도 몰랐지만, 그는 너무나 많은 일을 해줬던 것이다. 그녀에게 그야말로 영예를 쏟아부어주고, 그 높은 자리에서 세상을 내려다보게 해줬는데, 그녀는 지금 불평을 하고 있는 것이다! 그가 뭐 다른 누구를 마음에 두고 있는 것은 아니었다. 하지만, 그가 오라고만 하면 당장 그녀 자리에 오겠다고 할 여자들이 넘쳐날 것이었다. 귀싸대기를 한대 갈겨버렸으면! 하지만 그는 싸움을 하고 싶은 기분이 아니어서 에둘러 한마디 찔러보았다.

"아까 아침에 숲에선 사람들 정말 웃겨주더군, 재니. 그 법석 떠는 모양은 정말 웃지 않을 수 없다니까, 나 원 참. 그렇지만 그래도 말야, 난 우리 주민들이 좀더 사업적인 일에다 관심을 쏟고 그런 우스운 일에 그 많은 시간을 낭비하지 않았으면 좋겠어."

"세상 모든 사람이 당신 같을 수는 없잖아요, 조디. 개중에는 웃고 노는 게 좋은 사람도 있게 마련이죠."

"웃고 노는 거 싫어할 사람이 어딨나?"

"어쨌든 당신은 그렇다는 듯이 말했잖아요."

"나 원 참, 내가 언제 그랬다고! 하지만 만사엔 때가 있는 법이야. 이 많은 사람들이 하나같이 배불리 먹고 그 뒤엔 드러누워 잠잘 궁리만 하고 있으니 얼마나 한심한 일이냔 말야. 난 그걸 보면 서글퍼. 어떤 땐 부아가 치밀어 못 참겠고. 때로 그들은 정말 나도 웃어 나자빠질 우스운 말들을 지어내기도 하지만, 앞으로 난 그런 말에도 웃지 않을 거야. 그러면 자기들도 부끄러운 줄 알겠지." 재니는 말썽을 피하는 손쉬운 방편을 택해, 생각은 바꾸지 않으면서 말로는 동의를 했다. 그녀의 마음은 말했다. "그렇다 해도, 그렇게 소리를 지를 것까진 없잖아요."

그러나 이런 조도 때때로 샘 윗슨과 리지 모스의 끝없는 논쟁에 폭소를 터뜨리곤 했다. 이 논쟁은 결코 끝나는 법이 없었는데, 왜냐하면 그것은 어떤 목표가 주어져 있지 않은 논쟁이었기 때문이다. 그것은 허풍스런 과장법의 대결이었으며, 그외에 다른 어떤 목적도 존재하지 않았다.

가령 샘이 현관에 앉아 있고 리지가 그리로 걸어오는 경우가 있을 수 있었다. 만약 거기에 다른 방청객이 없다면 상황은 그것으로 종료되었다. 그러나 토요일 밤처럼 마을 사람들이 모두 모여 있는 때면, 리지는 분위기를 아주 심각하게 잡아보는 것이다. 그리고는 생각에 골몰한 나머지 토요일 밤의 그 한담의 대오에 끼어들 생각조차 없다는 듯한 표정을 지어 보였다. 그러다 누군가가 무슨 일이 있는 거냐고 멍석을 깔아주면, 그는 이렇게 말을 하는 것이다. "아, 머리가 돌아버릴 지경이야. 샘, 놈은 모르는 게 없으니, 자네한테 좀 묻지."

그러면 월터 토머스가 나서서 부추겼다. "맞아, 샘은 그걸 어디에

다 쓸지도 모를 만큼 아는 게 많아. 그러니 자네가 알고 싶은 건 무엇이든 대답해줄 테지."

이쯤해서 샘은 논쟁에 말려들고 싶지 않다는 몸짓을 공들여 만들어내기 시작한다. 그러면 현관께에 모여 있던 모든 사람이 그들 주위로 모여들게 되는 것이다.

"자네가 어떻게 나한테 물어볼 생각을 다 했나? 자넨 뭐 하느님도 자넬 붙들고 당신 어려운 사정을 의논한다지 않았나. 그런 사람이 뭘 나한테 물어본다고 말야. 내가 자네한테 묻고 싶네."

"그건 아니지, 샘. 먼저 질문을 한 게 누군데 그래? 지금 묻고 있는 사람은 나야."

"뭘? 자넨 아직 뭐가 문젠지 말도 꺼내지 않았어."

"아 그건 비밀인데! 아무렴, 그건 절대 가르쳐줄 수 없어. 자네가 늘 뻐기고 다니듯 자네 머리가 그렇게 좋다면 어디 혼자서 문젤 알아맞혀보시라 그 말씀이야."

"문제를 가르쳐주지 않는 건, 내가 한 큐에 그걸 해결해버릴 걸 겁내서 그러는 거지. 주제가 있어야 말을 할 수가 있어. 사람은 영역을 정해놓지 않으면 한도 끝도 없이 나돌게 된다구."

이 정도 되면, 그들은 이미 한 세계의 중심이 된다.

"그래 그럼 좋아. 내 문제가 뭔지 알아맞힐 재간이 없다는 걸 시인한 셈이니까, 그렇담 이젠 내가 말해주지. 자, 우리가 시뻘건 화로에 몸을 데지 않는 건 무엇 때문이지 — 조심성 때문인가, 자연히 그렇게 되는 건가?"

"이런 젠장! 난 뭐 되게 어려운 거나 되는 줄 알았네. 그런 건 월터도 다 풀겠다."

"문제가 어려우면, 어렵다고 실토를 하고 입 다무는 게 어때? 월터는 안 돼. 난 배운 놈이야. 내 손안에 있는 문제는 내가 알아서 한다구. 그런 내가 밤새 골치를 앓은 문젠데, 월터가 힘이 될 턱이 없어. 난 자네 같은 사람이 필요해."

"정 그렇다면, 내가 말해주지, 리지. 추호의 의심도 남지 않게 아주 깨끗이 해명해주겠어. 자연이 그렇게 만드는 거야. 사람이 화롯불에 데지 않게."

"아하! 자네가 그쪽 굴로 기어들 줄 알았지! 하지만 자넨 나의 이 매운 김을 쐬면 당장 나가떨어지고 말걸. 답은 자연이 아니라 조심성이야, 샘."

"웃기는 소리! 불에 단 화로를 두고 함부로 장난해선 안 된다는 건 자연이 가르쳐주는 거야. 그래서 우린 그걸 삼가는 거라구."

"내 말 좀 들어봐, 샘. 만약 자연이 그걸 일러준다면 말이지, 세상에 아기들이 불에 델까봐 걱정할 사람은 아무도 없겠네, 안 그래? 자연적으로 뜨거운 화롯가엔 가지 않을 테니까. 하지만 말야, 아기들은 불에 데고 또 데는 법이야. 그러니 사람을 화롯불로부터 지켜주는 건 조심성이지."

"아냐, 그건 자연이야. 그 조심성도 자연이 만든 거니까. 말이 나왔으니 말인데, 하느님이 만든 것 중에서 가장 강력한 게 자연이야. 사실 하느님이 직접 만든 유일한 것이 자연이지. 하느님이 자연을 만들었고, 자연이 그 밖의 모든 것을 만든 거야."

"자연이 모든 걸 만들었단 그 소리도 터무니없긴 마찬가지네. 세상에 아직 만들어지지 않고 있는 게 얼마나 많은데."

"아니, 그런 게 뭐가 있는데."

"자연도 자네가 뿔난 암소를 타고 로데오를 하게는 못했지."

"그래, 하지만 그건 지금 주제에서 벗어난 얘기잖아."

"무슨 말이야, 난 주제에 맞게 얘기한 거야."

"그렇지 않다니까."

"대체 내 주제가 뭔데?"

"자넨 통 주제가 없는 말만 했어, 여태껏."

"아니, 주제는 있었어."

월터가 끼어들었다. "리지는 불에 단 화로에 관해서 말하고 있었지."

"리지는 아는 건 장황해도, 아직 무엇 하나 증명해내진 못했어."

"샘, 다시 말하는데, 사람을 뜨거운 화로에 가까이 못 가게 하는 건 조심성이지 자연이 아냐."

"불의 사나운 앞발 앞에서 인간이 무슨 일을 할 수 있단 말야? 자연이 만물의 으뜸이야. 하늘이 있고 땅이 있은 이래로 자연이 사람들을 화롯불에 가까이 못 가게 막아왔어. 자네가 말하는 그 조심성이란 눈속임에 불과해. 조심성은 제대로 제것이라 할 만한 게 하나도 없지. 녀석은 눈도 남의 눈을 본뜨고 날개도 남의 날개 비슷하게 만들었다구. 만사가 다 그렇지! 심지어 그놈은 허밍도 남의 목소리를 흉내내서 해."

"무슨 말이야? 조심성이 세상에 최고야. 조심성이 없다면……"

"그 조심성이 만든 게 뭐가 있는데, 있으면 한번 대보시지! 자연이 해놓은 일들을 좀 볼 텐가. 자연은 검은 암탉 속에 그토록 가득 들어서 하얀 알들을 낳게 하지. 또 이건 어떤가, 어떻게 해서, 우리 몸 안에 뭐가 들어서 남자들 입가에는 수염이 나지? 자연이야!"

"그건……"

가게 앞은 이제 들끓어올랐다. 스탁스도 가게는 사환인 헤저키아 포츠에게 맡기고, 현관 입구의 높다란 자기 의자에 나와 앉았다.

"홀네 주유소의 그 덜퍽지고 우람한 늙은 괴물을 봐── 그 공룡 같은 짐승을. 그놈은 인가를 덮쳐 사람을 잡아먹고 그 뒤에는 집까지 부숴

먹어버리지."

"원 세상에! 집을 먹는 짐승이 어딨나! 거짓말이야. 나도 어제 거기 가봤지만 난 그렇게 생긴 짐승은 보지 못했어. 대관절 그놈이 어딨다는 거지?"

"나도 보지는 못했지만, 아마 뒤뜰 어딘가에 있는 거 같아. 하지만 그놈의 그림이 주유소 정면에 걸려 있다니깐. 아까 저녁참에 내가 지나가는데 그 집 사람들이 그걸 걸고 있었다구."

"그래 그럼 그건 그렇다 치고, 그 집들을 먹어 삼킨다는 놈이 왜 주유소는 먹지 않고 둔 거야?"

"그야 홀네 사람들이 알아서 묶어놨기 때문이지. 그림을 보면 알 수 있어. 그놈이 싱클레어 고압축 가스를 단숨에 몇 통이나 들이삼키는지. 또 그놈이 백만 살도 더 먹었단 것도."

"백만 살? 세상에 그렇게 오래 사는 게 어딨다고!"

"아 누구든지 볼 수 있게 그림이 걸려 있다니까 그러네. 보지도 않은 걸 그릴 수는 없잖아, 안 그래?"

"그게 나이가 백만 살이나 되는 건 어떻게 알아? 백만 년 전 사람은 아무도 살아 있질 않은데."

"뭐 꼬리에 나이테 같은 게 있는 게 아닐까. 어쨌든, 이 백인들은 자기들이 궁금한 건 어떻게 해서든 다 알아내니까 말야."

"거야 뭐. 아니 그럼 그동안은 내내 어딨었던 건데?"

"놈은 이집트에서 잡혔대. 거기서 파라오의 묘석들을 집어삼키며 돌아다녔던 거 같아. 그림에도 그렇게 나와 있고. 자연은 그런 괴물 안에 충만해 있지. 자연과 생기 말이야. 정복자 빅 존[5] 같은 위대한 사람

---

5 Big John the Conquer: 흑인 민담에 등장하는 전설적 영웅. 노예로 끌려온 미국 흑

도 그렇게 해서 나올 수 있었던 거야. 빅 존은 생기 있는 사람이었지. 어떤 일에도 활력을 불어넣을 줄 알았어."

"그랬지, 하지만 빅 존은 인간 이상의 인간이었어. 그런 사람은 이제 더는 없다구. 빅 존은 감자 캐기도, 건초 만들기도 거부했지. 잠자코 매질을 당하지도, 도망치지도 않았고."

"오 꼭 그런 건 아니야. 다른 사람도 충분히 노력만 하면 빅 존과 같이 될 수 있다구. 여기 이 나만 해도 말이지, 나도 생기를 가졌다 이 말씀이야. 내가 사람 고기에 취미만 있었어봐, 날마다 사람 한둘쯤은 잡아먹었을걸. 세상엔 내가 잡아먹겠다 해도 끽소리 못 할 쓰레기 같은 놈들이 있시."

"야, 이거 아주 재밌는데. 우리 말썽쟁이 올드 존에 대해 얘기를 더 해보지."

그러나 이때 부치와 테디 그리고 빅 우먼이 자신들의 미모를 한껏 뽐내는 걸음새로 길을 따라 내려왔다. 그들에게는 이른 봄날의 겨자순 같은 신선하고 산뜻한 분위기가 감돌았고, 모여 있던 젊은이들은 결단코 그들의 미모를 찬미하고 그에 값하는 공물을 헌납해야만 했다.

"이번엔 내 차례야." 찰리 존스가 이렇게 공언하며 서둘러 처녀들을 마중 나갔다. 그러나 경쟁자는 많았다. 그들은 서로 밀고 밀리며 기사도적 구애의 장면을 연출했다. 그들은 한결같이 처녀들 앞에 애원했던 것이다. 갖고 싶은 건 무엇이든 다 고르라고, 부디 자신에게 그것을 선사하는 영예를 달라고. 또 조에겐 가게에 있는 사탕이란 사탕은 모두 다 포장하고 부족하면 더 주문을 해오라는 지령이 떨어졌다. 땅콩도 소

인들에게 정신적 지주이자 희망의 상징이 되어준 인물이다. 뒤에 나오는 말썽쟁이 올드 존Old John 역시 정복자 존의 연장선상에 있다고 할 수 있는 민담상의 인물로서, 그가 재치를 발휘해 백인 주인을 따돌린 일련의 이야기들이 전해지고 있다.

다수도——모두 다!

"낭자, 그대를 사모하는 마음에 난 미칠 것만 같소." 찰리가 모든 사람을 즐겁게 해주기 위해 다음 단계로 넘어갔다. "그대를 위해서라면, 먹여 살리는 일만 빼고 내 무슨 일이든 하리다."

세 처녀와 다른 모든 사람들은 웃음을 참았다. 그들은 이것이 실제 상황이 아니라는 것을 알고 있었다. 이것은 구애의 연극이었고, 모든 사람이 그 연극에 가담하고 있는 것이다. 그 무대의 중앙에 세 처녀는 지금 서 있는 것이다. 빛나는 달빛 조명을 받으며 마침내 데이지 블런트가 등장하기까지.

데이지는 보무도 당당하게 걸어왔다. 그 걸음새를 지켜보고 있노라면 행진의 북소리가 귀에 들리는 것만 같았다. 그녀는 피부가 검었고, 그런 자신에게는 흰옷이 잘 어울린다는 것을 알고 있었기에 늘 정장으로 흰옷을 걸쳤다. 그녀의 커다란 검은 동자는 몹시도 반짝이는 흰자위와 더불어 갓 주조해낸 동전처럼 반짝였고, 하느님이 여자에게 속눈썹을 달아주신 뜻도 그녀는 소홀히하지 않았다. 머리 올은 곧다고 할 만한 것이 못 되는, 흑인의 머릿결이었지만 거기엔 한결 밝은 맛이 배어 있었다. 마치 햄을 묶어둔 실끈처럼. 햄과 그것을 묶은 실끈은 전혀 별개의 것이다. 하지만 실끈은 햄을 묶고 있는 동안 그 향이 몸에 배어드는 것이다. 마찬가지로 어깨까지 풍성하게 풀어내린 그녀의 머리는 챙이 넓은 하얀 모자 아래서 한결 밝은 톤을 띠었다.

"세상에, 오, 세상에." 앞서의 찰리 존스가 이번에는 데이지에게 내달으며 소리쳤다. "성 베드로가 하늘의 천사들을 이리 외출시키다니, 천국은 지금 휴회 중인 게 분명하오. 데이지, 그대는 이미 세 남자를 사로잡고 불치의 병에 빠뜨렸으나, 여기 당신의 추종자들 속에 기꺼이 몸을 던지려는 또 한 명의 어리석은 사내가 있다오."

이쯤 해서 나머지 모든 총각들이 그녀 주위에 몰려들면, 그녀는 어깨를 으쓱하다 낯을 붉히다 갈피를 못 잡았다.

"나 때문에 누가 불치의 병을 앓다니, 금시초문인데요." 데이지는 천연덕스럽게 대꾸해보았다. "그게 누군지 나도 알고 싶네요."

"그렇담, 데이지, 당신도 짐은 알고 있죠. 짐말고도 데이브와 럼이 지금 당신 때문에 서로 철천지원수가 되어 있다오. 이 자리에서 몰랐다는 말 따윈 하지 마시오."

"만약 그게 사실이라면 그 사람들은 정말 입이 무거운 사람들이군요. 나한텐 한 번도 그런 말을 한 적이 없는데."

"어허, 거 성미도 급하시긴. 자 바로 여기 현관에 짐과 데이브가 있고, 가게 안에는 럼이 있소."

이 말을 듣고 데이지는 매우 당황스러워했고 그걸 본 사람들은 폭소를 터뜨렸다. 이제 이 두 총각이 구애극을 연기해야 했다. 다만 이 경우에는, 이것이 전혀 꾸며낸 연기만은 아니라는 것을 사람들은 알고 있었다. 하지만 여전히 그들은 이 연극이 좋았고 그래서 찬조가 필요할 때마다 거들어가며 그것을 계속했다.

데이브가 말했다. "짐은 데이지를 사랑하지 않아요. 나만큼 당신을 사랑하진 않는다구요."

그러자 짐이 분개해서 고함을 질렀다. "누가 데이지를 사랑하지 않아? 설마 날 두고 한 말은 아니겠지."

"좋다 그럼, 지금 이 자리에서 증명을 해보이자. 우리 둘 중 누가 더 데이지를 사랑하는지 당장 밝혀보잔 말야. 넌 데이지를 얼마나 기다릴 수 있지?"

"20년이라도!"

"데이지, 들었죠? 쟨 당신을 사랑하지 않는다니까요. 나로 말할 것

같으면, 난 당신을 생명이 다할 때까지 기다리지 않는다면 하느님께서
내 목을 매다셔도 좋소."

커다란 웃음이 현관 쪽에서 오랫동안 터져나왔다. 이제는 짐이 데
이브를 시험할 차례였다.

"데이브, 만약 데이지가 너와 결혼을 하는 어처구니없는 실수를 저
지른다고 하자. 그럼 넌 데이지를 위해 뭘 해줄 거지?"

"그건 이미 데이지와 나 사이에 상의를 마친 문젠데, 네가 정 그렇
게 궁금하다면 내 말해주지. 난 데이지에게 여객 열차를 사줄 거야."

"애개! 겨우 여객 열차? 난 말이지 데이지에게 증기선과 선원들까
지 고용해줄 거야."

"데이지, 짐의 저런 말에 속지 마시오. 잰 당신한테 아무것도 해줄
맘이 없는 거예요. 까짓 구닥다리 통통배! 데이지, 난 당신이 원한다면
대서양이라도 누비게 해주겠소." 청중은 다시 커다란 웃음을 터뜨렸다
간 이내 숨을 죽이며 짐이 뭐라 응수할지를 기다렸다.

"데이지," 짐이 말했다. "당신은 내 마음과 모든 생각을 알아요. 난
저 하늘에 비행기를 타고 가다가도 당신을 발견하고 당신이 집까지 10
마일을 혼자 가야 한다는 걸 알게 되면 오로지 당신 곁에 있고 싶은 마
음에서 땅으로 뛰어내릴 거요."

사람들이 배꼽을 잡고 웃어댔고 재니도 거기 빠져 함께 웃었다. 그
러나 재니의 이런 즐거움은 조에 의해 산산이 부서지고 말았다.

보글 부인이 나타났을 때였다. 보글 부인은 할머니의 몇 곱절은 되
고도 남을 나이였지만, 교태스런 홍조가 움푹 꺼진 볼을 가득 메우고 있
었다. 그녀는 거리를 걸을 때 부채를 가볍게 팔랑거렸고 그런 그녀의 모
습에서는 달빛을 받아 빛나는 백목련이며 고요한 호수가 연상되었다.
무슨 뚜렷한 이유가 있어서는 아니었다. 그냥 그녀를 보면 그런 느낌이

드는 것이다. 그녀의 첫 남편은 원래 마부였는데 그녀를 얻기 위해 한때 '법학에 손을' 댔었다. 결국 그는 목회자가 되어 임종하기까지 그녀를 차지할 수 있었다. 둘째 남편은 한때 폰즈 오렌지 농장에서 일했던 사람으로 그녀의 눈에 띈 순간부터 목회자가 되려고 무진 애를 썼다. 그는 결코 구역장 이상은 되지 못했지만, 그만하면 그녀 앞에 내놓을 수 있는 명함은 되었다. 그것은 그의 애정과 자존심의 증표였던 것이다. 그녀는 바다에 부는 바람과 같았다. 그녀는 남자들을 움직였다. 그러나, 배가 정박할 항구를 정하는 것은 키의 몫이었다. 지금 그 보글 부인이 스탁스네 상점 계단을 오르고 있었다. 남자들은 그녀가 문 안으로 사라질 때까지 그 모습을 쳐다보았다.

"나 원 참, 재니," 스탁스가 성마르게 보챘다. "가서 주문 안 받아? 뭘 꾸물거리고 있어?"

재니는 구애극을 끝까지 보고 그 결말이 어떻게 날 것인지 알고 싶었지만 입을 꾹 다물고 시키는 대로 했다. 다시 밖으로 나온 그녀의 얼굴엔 불만스런 표정이 완연했고 온몸에 투정이 배어 있었다. 그것을 보고 조도 슬그머니 성질이 났다.

짐 웨스턴이 남몰래 1다임을 빌린 뒤 데이지에게 한턱 내겠다고 목청을 높였다. 마침내 데이지는 소금에 절인 돼지 족발을 얻어먹겠다고 동의를 했다. 그들이 가게로 들어왔을 때 재니는 다른 큰 주문을 상대하고 있었고, 그래서 럼이 그들의 시중을 들게 되었다. 다시 말해서 그가 돼지 족발을 가지러 가게 뒤켠에 갔던 것인데, 어찌 된 일인지 그는 빈손으로 돌아왔다.

"스탁스 씨, 돼지 족발이 다 떨어졌는데요!" 럼이 외쳤다.

"그럴 리가 없어, 럼. 요번 잭슨빌 주문 때 한 박스를 주문했는데. 그게 바로 어제 들어왔다구."

이렇게 말하며 조는 럼에게로 다가가 함께 찾아보았다. 하지만 새로 들인 그 박스는 여전히 나타나지 않았다. 그러자 조는 책상 못에 꽂힌 서류 뭉치들을 뒤적이며 물품 명세서를 찾았다.

"재니, 이번 물품 명세서 어디 뒀지?"

"거기 못에 꽂혀 있잖아요, 없어요?"

"없어. 내가 시키는 대로 안 했군. 당연하지, 그렇게 바깥일에 온 정신을 팔고 가게 일을 할 때도 그 생각을 하고 있으니…… 그래도 때로는 좀 제대로 하는 일도 있어야 할 거 아냐."

"아휴 조디, 그 언저리를 잘 찾아봐요. 그게 어디 딴 데로 갔을 리가 없죠. 못에 꽂혀 있지 않으면, 책상 위 어딘가엔 있을 거예요. 한번 찾아봐요, 없을 리가 없어요."

"당신이 여깄는데, 왜 내가 뒤지고 찾고 해야 한다는 거야. 몇 번이나 말했지, 모든 서류는 못에 꽂아두라고! 내 말만 명심했으면 되는 일인데, 왜 당신은 내가 시킨 대로 하지를 않는 거야?"

"정말 당신은 내게 명령을 잘 하죠. 그런데 난 내가 보고 들은 것을 입도 뻥긋할 수가 없어요!"

"당신은 명령이 필요한 존재이니까." 그가 매섭게 말을 받아쳤다. "그러지 않으면 차마 눈뜨고는 못 볼 꼴이 날걸. 여자와 어린것들과 소와 닭에게는 그것들 대신 생각을 해주는 사람이 있어야 해. 아무렴, 그런 것들은 절대 스스로는 생각을 못 하지."

"나도 아는 건 있어요, 여자들도 때로는 생각을 하구요!"

"물론 스스로야 그렇게 믿고 싶겠지. 하지만 아냐. 난 하나를 보면 열을 알지. 당신은 열을 봐도 하나를 이해 못 하고."

이런 시간과 장면들이 반복되면서 재니는 그들의 결혼 생활의 내적 상태에 관해 생각해보게 되었다. 때로 그녀는 있는 힘을 다해 조의 말에 반박을 해보았다. 그러나 그런 것이 그녀에게 큰 도움이 되지는 못했다. 말대꾸를 하는 것은 조를 더 부추길 뿐이었다. 그는 그녀의 항복을 바랐고 그것을 따냈다는 확신이 서기 전에는 싸움을 멈추려 하지 않았다.

그래서 그녀는 서서히, 입을 다물고 침묵하기를 배워갔다. 이제 결혼의 정령은 침실에서 거실로 거처를 옮겼다. 그것은 손님들이 찾아와 악수를 나눌 때 거기 존재했다. 그것은 두 번 다시 침실로는 돌아오지 않았다. 그래서 재니는 그것을 상징하는, 성당의 마리아 상과 같은 것을 침실에 들여놓았다. 그들의 침대는 더 이상 그들 부부가 누비고 노는 데이지꽃 동산이 아니었다. 지치고 졸릴 때 가서 몸을 뉘는 장소에 불과했다.

그녀는 이제 더는 조에게 꽃잎이 열리지 않았다. 이것을 알았을 때 그녀의 나이는 스물 넷이었고 결혼한 지 칠 년이 지나 있었다. 그것은 부엌에서 조에게 뺨을 얻어맞던 어느 날의 일이었다. 여자라면 누구나 때로 추궁을 당하곤 하는 그 부엌일이 문제의 발단이었다. 그들이 식단을 짜고 재료를 사들이고 음식을 만들어놓으면, 어디서 솟았는지 낮도깨비가 나타나 냄비와 팬 속에 바싹 타거나 죽처럼 흐물흐물한, 혹은 밍밍하기만 한 요물을 슬쩍 떨어뜨리는 것이다. 재니는 일급 요리사였고, 조는 저녁 식사 시간이 휴식 시간이 되기를 기대하고 있었다. 그래서 빵이 제대로 부풀어오르지 않고, 생선이 속살까지 충분히 익지 않았으며, 밥에서 탄내가 나는 것은 안 될 일로 알았다. 그는 고막이 울렁이도록 그녀의 뺨을 내갈기고도 대체 지능 지수가 몇 자리 수냐고 타박을 주다가 씩씩거리며 가게로 돌아갔다.

재니는 그가 떠난 자리에 서서 시간이 어떻게 지나는지도 모르는 채 가만히 생각에 잠겼다. 마침내 자신의 내면에서 무언가가 툭 굴러 떨어지는 것이 느껴지기까지. 그 정체를 찾기 위해 그녀는 자신의 내면을 가만히 들여다보았다. 그것은 그녀가 조디에 대해 갖고 있던 상(像)이었다. 그 상이 땅에 떨어져 뒹굴고 있었다. 하지만 그것을 들여다보면서, 그녀는 그것이 결코 자신의 꿈에 나오는 그 살아 고동치는 형상이었던 적이 없다는 것을 깨달았다. 그것은 단지 그녀가 자신의 꿈에 무어라도 옷을 입혀보려고 그러쥐어본 어떤 것일 뿐이었다. 그녀는 부서져 뒹구는 파편 더미를 뒤로하고, 자신의 더 깊은 속을 들여다보았다. 그녀 안에는 더 이상 자기의 남자에게 꽃가루를 입히기 위해 잎을 활짝 벌린 꽃송이들이 존재하지 않았다. 그리고 꽃이 지고 난 자리에는 눈부신 어린 열매들이 맺혀 있지도 않았다. 대신 그곳엔 조에게 한 번도 발설한 적이 없는 무수한 생각과 그가 모르게 간직해온 한량없는 감정들이 존재하고 있었다. 그가 절대 찾을 수 없는 마음 깊은 곳에 단단히 꾸려져 있는 생각과 감정의 묶음들. 그녀는 그녀가 아직 만나보지 못한 그 어떤 남자를 위해 그것들을 간직해오고 있었던 것이다. 그녀에겐 내면과 외면이 각각 따로 존재했고, 그 둘을 어떻게 독립시켜 유지시킬 것인지를 이제 그녀는 불현듯 깨닫게 되었다.

재니는 목욕을 했다. 그리고 새 옷을 입고 머리쓰개를 다시 한 뒤 조디가 사람을 보내기 전에 먼저 가게에 나갔다. 그것은 세계의 외면에 대한 순종이었다.

조디는 현관 앞에 나와 있었고 하루 중 그맘때면 늘 그렇듯 그곳은 온 이튼빌의 사람들로 가득 차 있었다. 그녀가 가게에 다다를 때쯤 조는 여느 때처럼 토니 로빈스 부인과 지분거리고 있었다. 그가 그러는 중에 흘끔흘끔 자신의 눈치를 살피는 것을 그녀는 알 수 있었다. 그녀와 화해를 하고 싶은 거였다. 그의 그 커다란 너털웃음은 로빈스 부인과의 농담 때문만이 아니라 재니 자신을 향한 것이기도 했다. 그는 화해를 원하였다. 그러나 그것은 어디까지나 자기 위주의 화해를 의미했다.

"나 원 참, 로빈스 부인, 대체 무슨 일이길래 남 신문도 못 보게 이러는 거요?" 시장 스탁스가 짐짓 화난 표정을 지어 보이며 신문을 내려놓았다.

로빈스 부인은 처량한 표정과 목소리를 지어 보였다.

"배가 고파서요, 스탁스 씨. 정말이에요. 저와 제 어린 자식들이 너무 배가 고파서요. 토니는 우릴 먹여살릴 생각조차 안 하죠!"

드디어 사람들이 기다리던 일이 일어난 것이다. 그들은 웃음을 터뜨리기 시작했다.

"부인, 토니는 매번 토요일마다 여기 들러서 가장답게 시장을 봐 가는데 어떻게 부인은 배고프단 말이 나오는 거요? 부끄러운 술 아시오!"

"그 사람이 정말 그런 것들을 사간다면 말예요, 스탁스 씨, 그걸 다 어디다 쓰는 건지 참 귀신이 곡할 노릇이에요. 집에는 쌀 한 톨을 안 가져오니까요. 저랑 제 불쌍한 자식들은 지금 굶어죽을 지경이에요! 스탁스 씨, 제발 저와 제 어린것들한테 고기 한 점만 떼주세요."

"그 말은 믿을 수 없소만 어쨌든 날 따라오시오. 고기를 내놓기 전엔 신문 읽기는 다 틀린 것 같으니."

토니 부인의 감격이란 가히 종교적인 경지의 것이다. "고마워요, 스탁스 씨. 당신은 정말 고결한 분이세요! 내가 겪어본 사람 중 가장 신사다운 분이에요. 당신은 왕이에요!"

베이컨 상자는 가게 뒤쪽에 있었다. 그리로 가는 동안 토니 부인은 조의 구두 뒤축이라도 벗길 듯이 따라붙어 가다가, 심지어 그를 앞지르기까지 하며 허둥거렸다. 허기에 주린 고양이가 고기 접시를 들고 오는 주인 앞에서 허덕이는 모습이 바로 그런 것일까. 그녀는 때로는 뛰면서, 또 때로는 재촉 삼아 조의 어깨를 가볍게 툭툭 치면서 작은 탄성을 연발했다.

"그럼요 정말이에요, 스탁스 씨. 당신은 거룩하세요. 저와 제 불쌍한 자식들을 동정하시다니. 토니는 집에 먹을 걸 갖고 오는 법이 없어요. 우린 그렇게 배가 고프다구요. 토니는 날 먹여 살려야 한단 개념부터가 없어요!"

이 말과 함께 그들은 베이컨 상자 앞에 도착했다. 조는 커다란 고기칼을 쥐고 옆구리살을 한 덩이 집어들었다. 토니 부인은 덩실덩실 춤이라도 출 기색이었다.

"그래요, 바로 거기예요, 스탁스 씨! 그 부위로 이 정도만 떼주세요." 그녀는 한쪽 손바닥 넓이만한 부위를 손으로 그려 보이며 말했다. "저랑 제 자식들은 배고파 죽을 지경이에요!"

스탁스는 그녀가 재어 보이는 양이랑 본체만체했다. 이런 일은 수도 없이 겪어온 터였다. 그는 그보다 훨씬 적은 분량을 어림잡은 뒤 칼끝을 찔러넣었고, 그걸 본 토니 부인은 낙심천만하여 바닥에 쓰러질 듯했다.

"아니 세상에! 스탁스 씨, 우리 식구더러 지금 그걸 먹고 살라는 건 아니겠죠, 설마? 아이고, 우린 아사할 지경이라니까요!"

스탁스는 전혀 개의치 않고 고기를 마저 썬 뒤 포장할 종이를 집어들었다. 그가 고기를 내밀자 그녀는 방울뱀이라도 본 듯 펄쩍 뒷걸음질쳤다.

"이걸 갖고 가라고요! 나랑 내 새끼들더러 겨우 이걸 먹고 살라고요! 세상에, 그 많은 걸 갖고도 이렇게 거머쥐려고만 들다니, 이 쩨쩨한!"

이 말에 스탁스는 고기를 다시 던져 넣고 상자 뚜껑을 덮으려는 듯했다. 그러자 토니 부인은 번개처럼 달려들어 그것을 낚아챈 뒤 출입문을 향해 걸어갔다.

"바늘로 찔러 피 한 방울 안 나는 사람들이 있더라구. 가엾은 여자와 불쌍한 그 자식들이 주려 죽는 것을 보고도 눈썹 하나 까딱 않는 작자들. 그 지독한 구두쇠 근성 때문에 조만간 하느님한테 불림당하고 말 테지."

그녀는 붉으락푸르락 씩씩거리며 가게 계단을 내려가 집을 향해 갔다. 어떤 사람은 웃음을 터뜨렸고, 어떤 사람은 몹시 화를 냈다.

"내 마누라가 저랬다면," 월터 토머스가 말했다. "당장 매장시켜버렸을 거야."

"돈이라면 버는 족족 제 여자한테 물건 사다 바치는 걸로 낙을 삼는 사람이라면 더욱 그렇지. 토니가 그렇잖나." 코커가 말했다. "나 같으면 우선 제 여자한테 토니처럼 돈을 쓰는 일부터 안 할 거야."

스탁스가 돌아와 자리에 앉았다. 장부에다 토니 앞으로 고기 값을 달아놓고 온 참이었다.

"뭐, 토니는 나더러 자기 마누라의 비위를 맞춰주라 하던대. 자긴 그 여자 성격을 좀 바꿔볼 요량으로 북부에서 여기까지 왔다는 거야. 그런데 그게 통 안 변하더라는 거지. 그렇다고 차마 그 여잘 떠나지는 못하겠고, 또 죽일 생각도 전혀 없으니 참고 사는 수밖에 다른 수가 있겠냐고."

"그건 토니가 제 여잘 너무 애지중지해서 그러는 거요." 코커가 말했다. "저 여자가 내 마누라기만 했다면, 난 아주 박살을 냈을 텐데. 끝장이 나게. 동네 사람들이 다 보는 데서 남편을 우스갯거리로 만들다니."

"토니는 그 여자 손가락 하나 안 건드릴걸. 언젠가 나한테 그러는데, 뭐 여자를 때리는 건 병아리 새끼를 밟는 것과 같다나. 도대체 여자 몸의 어디 한군덴들 손댈 구석이 있냐고 말야." 조 린드세이가 비아냥거리는 투로 말했다. "하지만 난 그런 일이라면 오늘 아침에 갓 태어난 새끼라도 죽여버리겠어. 여편네가 저러는 건 순전히 남편에 대한 천박

한 악의 때문인 거라구."

"맞아요. 하늘에 맹세컨대, 그게 바로 그 이유예요." 짐 스톤이 맞
장구쳤다.

여기서 재니는 전에 한 번도 안 하던 일을 했다. 그들의 대화 도중
에 끼어든 것이다.

"하느님은 때로는 여자들한테도 나타나셔서 당신의 속생각을 말씀
해주시죠. 그분이 저한테 이렇게 말씀하시더군요. 만들 땐 그렇게 만들
지 않았는데 당신들이 그토록 똑똑해진 것을 보고 무척 놀라셨노라고,
그리고 당신들이 여자에 대해 자신하지만 실은 여자에 관해 반도 모른
다는 걸 깨닫는다면 당신들이 얼마나 놀랄지 궁금하다고요. 상대할 것
이 여자와 병아리밖에 없다 싶으면 당신들은 대번 전능한 신처럼 굴더
군요."

"말이 너무 많아, 재니." 스탁스가 말했다. "가서 체스판이나 가져
와, 병정도 빠뜨리지 말고. 샘 웟슨, 나랑 체스 한판 두지."

제 7 장

세월은 재니의 얼굴에서 모든 투지를 지워갔다. 한동안 그녀는 그것이 자신에게서 완전히 사라졌다고 생각했다. 조디가 무슨 짓을 하든, 그녀는 아무 말도 하지 않았다. 말할 것과 말하지 않고 두어야 할 것이 있었던 것이다. 그녀는 길에 난 바퀴 자국과 같았다. 이면에 충만한 생명이 존재함에도 불구하고 끊임없이 수레에 짓밟히는. 그녀도 가끔 미래로까지 생각을 뻗어보는 일은 있었다. 그리고 지금과는 다른 자신의 삶을 꿈꿔보는 것이다. 그러나 대부분의 경우, 그녀의 삶은 극히 일상적인 것의 반복이었다. 감정의 동요란 숲속에 비쳐든 햇살의 무늬처럼 해가 들면 일어났다가 해가 나면 또 사라지는 것이다. 그녀는 조디에게서 돈으로 살 수 있는 것 외에는 받은 것이 없었고, 그에게는 자신이 중요하다고 생각지 않는 것만을 내어주고 있었다.

그러는 때때로 그녀는 해가 떠오르던 그 시골길을 떠올리고 탈출을 생각하기도 했다. 하지만, 어디로 갈 것이며, 무엇이 될 것인가? 더구나, 서른다섯은 열일곱의 갑절이 되는 나이였다. 둘은 결코 같을 수 없는 것이다.

그녀는 스스로에게 주의를 줬다. "어쩌면 조가 전혀 보잘것없는 사람일 수도 있지만, 그렇게 덜컥 시인해버리면 곤란해. 그럼 난 살아

갈 의미가 없어지는 거야. 거짓으로라도 그는 대단한 인물이라고 생각해야 해. 그렇지 않으면 삶이란 집과 가게 건물 외에 아무것도 아닌 게 돼버려."

그녀는 책을 보지 않았고, 그래서 자신이 한 방울 이슬로 졸아든 하늘이자 세상이라는 사실을 알지 못했다. 그녀 또한 비루한 두엄 더미를 벗어나 고통 없는 산정(山頂)에 오르고자 애쓰는 인간인 것을.

그러던 어느 날 그녀는 자신이 방관자처럼, 또 다른 자신이 조디 앞에 고개 숙여 엎드리고 바삐 가게 일을 보고 다니는 것을 가만 지켜보고 있는 것을 발견했다. 마음은 내내 녹음 짙은 나무 아래 앉아 바람이 머리카락과 옷자락 사이로 스며드는 것을 즐기는 채로. 그것은 마치 고독 속에서 한여름 밤의 휴식을 찾아 누리게 된 어떤 사람의 모습과도 같았다.

처음에는 그녀도 자신의 이런 변화에 놀랐지만 머지않아 그것은 일상적인 일이 되었다. 마취된다는 것이 이런 것일 터였다. 어떤 면에서 그것은 그녀로 하여금 삶과 화해하게 했기 때문에 유용한 일이라고도 볼 수 있었다. 향수도 물이요 소변도 물로 알고 흡수해들이는 대지처럼, 그렇게 그녀는 모든 것을 덤덤하게 받아들이게 되었던 것이다.

그러던 어느 날, 그녀는 조가 의자에 앉는 동작이 자연스럽지 못한 것을 눈치챘다. 그는 그냥 의자 앞에 뻣뻣이 서 있다간 쿵 하고 쓰러지듯 주저앉았던 것이다. 그로 인해 그녀는 그를 온전히 다시 보게 되었다. 그는 더 이상 예전의 젊은 조가 아니었다. 벌써 그에게선 뭔가 굳은 느낌이 났다. 그는 이제 더 이상 무릎을 곧게 펴고 우뚝 서지 못했다. 걸음을 걸을 때도 엉거주춤 구부정한 자세였다. 뒷목은 뻣뻣하게 경직되었고, 부유한 지주를 연상시키며 등등한 기세로 튀어나와 주위 사람들을 위협했던 그 배는 이제 허리춤에 차고 있는 물주머니처럼 출렁거렸다. 그것은 도저히 그의 몸의 일부로 보이지가 않았다. 눈 역시도 어딘지 초점을 잃고 있었다.

조디도 그것을 눈치챈 것이 분명했다. 어쩌면 그는 훨씬 전에 그것을 깨닫고, 그녀가 그것을 알게 될까봐 두려워해왔는지도 몰랐다. 왜냐하면 그는 끊임없이 그녀의 나이를 물고 늘어지기 시작했고, 그건 마치 자신은 늙어가는데 그녀는 아직 젊다는 사실을 인정할 수 없어서인 것 같았기 때문이다. 그는 항상 이런 식의 말들을 했다. "밖에 나갈 땐 어깨 덮을 걸 갖고 가라니까. 자기가 무슨 열여덟 살 영계라도 되는 줄 아나. 다 늙어빠진 퇴계 주제에." 또 어느 날은 크로케 놀이를 하고 있는 그녀를 놀이터 밖으로 물러내어 이렇게 말하였다. "재니, 그건 젊어서나 하는 놀이지. 당신 나이가 되어서도 그렇게 밖에서 쫓고 뛰고 까불다간 내일 아침엔 자리보전하게 될 줄 알라구." 그러나 이런 식으로 재니를 속일 수 있다고 생각했다면 그건 조의 오산이었다. 재니는 이제 처음으로 남자의 속셈을 꿰뚫어볼 수 있게 된 것이다. 그 약삭빠른 생각들이 말로 입 밖에 튀어나오기까지 머릿속의 온갖 동굴과 협곡들을 누비고 다니는 모습이 이젠 빤히 들여다보였다. 그녀는 그가 속으로 상처를 입어 아파하는 것임을 알았기 때문에 말없이 그냥 넘어갔다. 그저 그에게 잠시 동안만 할애해주고는 그 다음엔 마음 한구석에 제쳐놓으면 되었던 것이다.

가게는 이제 끔찍한 곳이 되었다. 조는 등에 통증이 심해질수록, 그리고 근육질이 지방질로 변하면서 뼈에서 느즈러질수록 더욱 성질을 곤두세웠다. 이는 가게에서 특히 심했는데 손님이 많은 날엔 더더욱, 그는 자신으로부터 사람들의 시선을 따돌리기 위해 그녀의 신체에 관해 조롱을 퍼부었다. 어느 날이었다. 스티브 믹슨이 씹는 담배를 사러 왔는데 재니는 그걸 전혀 엉뚱한 모양으로 끊어주고 말았다. 하여튼 그녀는 그

담배 절단기가 마음에 안 들었다. 움직이는 게 너무 뻑뻑했다. 그날도 정확히 금에 대고 자른다고 잘랐는데 그만 엉뚱한 곳이 잘리고 말았던 것이다. 믹슨은 과히 괘념치 않았다. 다만 그는 재니를 조금 놀려주려고 튀겨나간 담배 토막을 들어올리며 말했다.

"이것 좀 보시오, 시장. 당신 부인이 담배를 갖고 만들어놓은 이 작품 좀 보라구요." 담배 토막은 우스꽝스런 모습으로 잘려 있었고 그걸 본 모든 사람들이 웃음을 터뜨렸다. "여자와 칼이라…… 무슨 칼이 됐든, 여자와 칼이 어울릴 수야 없지." 여자를 따돌린 넉살 좋은 웃음이 여기저기서 터져나왔다.

그러나 조디는 정색을 했다. 그리고 우편물을 제쳐두고 대번 통로를 질러와서는 믹슨에게서 담배 토막을 낚아채 다시 썰었다. 그는 정확히 눈금선을 절단한 뒤 재니를 노려보았다.

"나 원 참! 파파 망구가 되도록 가게에 붙어 살았으면서 아직 이깟 썹는 담배 하나 제대로 못 써는 여편네라니! 툭 불거진 그 눈알로 뭘 잘했다고 쳐다봐 쳐다보긴, 궁둥이는 오금까지 늘어져가지고는!"

가게 안은 삽시간에 웃음바다가 되었다. 그러나 사람들은 생각을 해보고 곧 웃음을 멈췄다. 이건 당장 맞닥뜨린 순간에는 웃음이 튀어나오지만 조금만 생각해보면 곧 민망스러워지는 그런 일이었다. 사람들로 북적이는 대로변에서 상대 여자가 한눈을 판 사이에 그 속가랑이를 들춰본 경우에나 비유할까. 게다가, 재니가 고개를 꼿꼿이 들고 조 앞으로 나섰던 것이다. 이건 정말이지 전에 없던 일이었다.

"내가 한 일과 내 생김새를 빗대 말하지 말아요, 조디. 담배 써는 법을 가르치고 싶으면 그 얘길 먼저 다 마치라구요. 내 엉덩이가 올라붙었는지 내려 처졌는지는 그 다음에 말해도 충분하니까."

"뭐, 뭐라? 이 여자가 지금 제정신이 아니군."

"아뇨, 내 정신은 말짱해요."

"정신이 나간 게야. 그따위 말을 입에 주워담다니."

"남의 속곳 들추는 말은 당신이 먼저 시작했지, 내가 아니잖아요."

"아니, 이 여자가 대체 왜 이러는 거야? 생긴 걸로 창피 좀 당했다고 모욕감을 느낄 만한 나이도 아니잖아. 자기가 무슨 연애하는 애들이라도 되는 줄 아나. 당신은 늙은 여자야, 마흔이 다 된."

"그래요. 난 마흔이 되어가고 당신은 벌써 쉰이죠. 왜 당신에 대해선 말을 못 하고 항상 내 나이만 갖고 들볶는 거죠?"

"당신더러 이젠 젊지 않다고 말했대서 그리 길길이 날뛸 필요는 전혀 없어, 재니. 여기 서 있는 이 사람들 중에 당신을 신붓감으로 생각하는 사람은 아무도 없으니까. 당신같이 나이든 여자를."

"알아요, 난 이제 젊지 않죠. 하지만 늙은 것도 아니에요. 물론 내 나이만큼은 되어 보일 거예요. 하지만 난 뼛속까지 여자예요. 그건 내가 알아요. 당신은 그 점에 대해선 도저히 말을 꺼낼 수가 없죠. 당신, 그렇게 어깨에 힘주고 위세 떨고 다니지만 사실 내세울 건 목청이 크다는 것밖에 없어요. 허! 내 늙은 것을 논해요! 바지춤을 풀고 보면 당신이야말로 세월의 변화를 실감케 하는데."

"세상에나 맙소사!" 샘 윗슨이 눈을 홉뜨며 말했다. "정말 망측하기 짝이 없는 밤이군."

"뭐, 뭐라고 했지, 지금?" 잘못 들은 것이기를 바라고 조가 감히 되물었다.

"귀가 동냥을 갔나, 묻긴 또 뭘 묻는 거요." 월터가 쏘아붙였다.

"그런 말을 듣느니 나 같으면 차라리 압정으로 온몸을 찔리는 쪽을 택하고 싶을 거야." 리지 모스가 동정을 표했다.

마침내 조 스탁스는 모든 것을 깨달았다. 그의 자만심이 피를 철철

홀리고 있었다. 재니는 남자라면 결코 포기할 수 없는, 불가항력적인 남성성의 환상을 그에게서 박탈해버린 것이다. 끔찍한 일이었다. 사울의 딸이 다윗에게 행했던 바로 그런 일. 아니 이건 그보다 더했다. 그가 빈털터리 갑옷을 까발림당한 곳은 무수한 남자들 앞이었던 것이다. 그들이 웃었고, 앞으로도 웃음을 그치지 않을 것이다. 이제부터 그들은 그가 아무리 자신의 소유물을 과시할지라도 그 둘을 일치시켜보지 않을 것이다. 그의 소유물은 부러운 눈망울로 바라보면서도 그것을 소유한 조 자신은 불쌍한 눈으로 쳐다볼 것이다. 그가 남을 판단하는 자리에 설 때도 그것은 마찬가지일 것이다. 데이브, 럼, 짐 같은 건달들조차 자기와 자리를 바꾸려 하지 않을 것이다. 도대체 남자가 힘이 없다면 무엇으로 다른 남자 앞에 설 수 있단 말인가? 그 보잘것없는 열여섯 일곱의 풋내기들조차, 입으로는 겸양의 말을 던지면서 눈으로는 잔인한 동정의 빛을 흘릴 것이다. 이젠 어떤 일도 부질없었다. 야망도 부질없었다. 게다가 재니의 그 야멸찬 속임수란! 그토록 복종하는 자세로 일관하면서 속으로는 내내 자신을 비웃고 있었다니! 그녀는 자신을 비웃고 이젠 온 마을 사람들까지 한통속으로 만들어놓았다. 조 스탁스는 이 모든 것을 말로 어떻게 표현할 수 있는지 알지 못했다. 하지만 그는 느낄 수는 있었다. 그래서 있는 힘을 다해 재니를 내리친 뒤 가게 밖으로 내쫓았다.

제8장

그날 밤 조디는 아래층으로 짐을 싸들고 내려왔고 이후로는 잠도 거기서 잤다. 그는 정말로 재니를 미워하는 것은 아니었지만, 그녀가 그렇게 생각하기를 바랐다. 그는 혼자 방 안으로 숨어들어 상처를 핥고 달랬다. 가게에 나와서도 그들은 그다지 말을 많이 하지 않았다. 잘 모르는 사람들은 모두 위기는 지났다고 생각할 정도였다. 가게는 그처럼 조용하고 평온해 보였다. 하지만 그 고요함이란 허공에 멈춰선 칼끝 같았다. 그래서 재니는 이 새로운 상황에 대해 다시 생각하고 그에 적합한 새로운 말을 찾아야만 했다. 그녀는 그런 식으로는 살고 싶지 않았다. 왜 조는 그녀로부터 무안당한 것에 대해 그다지도 날뛰는 것일까, 자신은 그녀에게 늘 그래왔으면서? 그것도 벌써 몇 년째. 글쎄, 긴 손잡이 숟가락으로 밥을 먹어야 한다면 그렇게 해야 할 것이다.[6] 또 그가 그 주문 같은 노여움에서 벗어나 전혀 새 사람처럼 그녀를 대할 날이 언제고 올 수도 있는 것이다.

그런가 하면 한편으로 그녀는 그의 몸 구석구석이 부어오르는 것을

---

6 "악마와의 식사에서는 긴 손잡이 숟가락을 써야 한다He must have a long spoon who sups with the devil"는 속담을 응용한 것으로, 여기서 긴 손잡이 숟가락을 쓴다 함은 온갖 지혜를 다 동원한다는 뜻이다.

보았다. 다림질판에 매달린 자루 주머니들처럼. 한 작은 주머니는 눈가에서 광대뼈 위에 얹혀 있었고, 깃털이 부실하게 채워진 자루 하나는 귓불께에서 턱 밑까지 감아돌고 있었다. 그리고 내용물이 무엇인지 바람이 다 빠져나간 듯한 부대 하나가 아랫배에 달려 있다가 그가 의자에 앉을 때면 허벅지 위에 가서 얹혔다. 그리고 시간이 지남에 따라, 그것들은 심지어 촛농처럼 흘러내리기까지 했다.

그는 또 새로운 부류의 사람들을 사귀기 시작했다. 전엔 그가 거들떠보지도 않던 사람들이 이제는 그의 환심을 사는 것 같았다. 예전에 그는 기(氣) 운운하는 민간 요법 따위는 귓등으로도 듣지 않았는데 근래에 들어서는 앨터몬트 스프링스에서 왔다는 돌팔이 의사를 하루가 멀다 하고 자기 방으로 불러들였다. 둘은 뭔지 모를 말들을 속닥이다가 그녀가 가까이 가기만 하면 목소리를 죽이거나 아예 입을 다물어버리곤 했다. 이것이 그녀에게 다시 젊은 때의 몸으로 비치고 싶은 조의 필사적인 욕망의 소산이라는 것을 그녀는 알지 못했다. 그녀는 다만 그의 건강을 위해서는 정식의, 그것도 매우 실력 있는 의사가 필요한데 왜 돌팔이와 상의를 하고 있는지 안타까울 뿐이었다. 그가 식사를 하지 않는 것도 걱정이었다. 그러다 그녀는 그가 늙은 데이비스 부인에게 따로 식사 준비를 맡긴 것을 알게 되었다. 데이비스 부인이라니, 요리 솜씨로 보나 위생적인 면으로 보나 그녀보다는 재니 자신이 훨씬 나을 것이다. 그래서 재니는 소뼈를 사서 그를 위해 수프를 만들어보았다.

"아니, 사양하겠어." 조가 잘라 말했다. "당신도 보다시피 난 지금 건강을 되찾기 위해 충분히 고생하고 있는 중이야."

재니는 정신이 먹먹했다. 마음이 아프다는 느낌은 그 다음의 일이었다. 그녀는 그 길로 곧장 친구인 퍼비 윗슨을 찾아가 그 일을 이야기했다.

"내가 자기를 해롭게 할 거라는 의심을 사느니, 차라리 죽는 게 나아." 재니는 흐느껴 울었다. "물론 난 항상 더없이 행복했던 건 아냐. 너도 알잖아. 그 사람이 자기 손으로 이룬 것들을 얼마나 떠받드는지. 하지만 하늘에 맹세코 난 그 누구의 머리털 하나도 다칠 사람은 아냐. 그건 너무 옹졸하고 비열한 일이야."

"재니, 난 이런 소문쯤은 곧 사그라들 거고, 네 귓등에 스칠 일이 없을 거라고 생각했었는데…… 사실은 가게에서 그 소동이 있고 난 뒤에 마을에 이상한 말이 나돌았어. 조가 양기가 끊겼다는 거야. 그리고 그렇게 만든 건 바로 너라고."

"퍼비, 오래 전부터 덫에 걸린 느낌이긴 했어. 하지만 이선…… 정말…… 오 퍼비! 어떡하면 좋지?"

"아무것도 모르는 것처럼 행동하는 수밖에 달리 뭘 어쩌겠어. 이제 와서 갈라서거나 이혼할 수도 없는데. 그냥 이대로 돌아가서 시장 부인으로 살면서 아무 말 않는 거야. 말해봤자 믿어줄 사람도 없을 테니."

"그 사람과 이십 년을 함께 살았는데 지금에 와서 독살자라는 누명을 쓰다니! 숨이 끊어질 것 같아, 퍼비. 내 가슴엔 슬픈 일만 쌓이고 쌓이는걸."

"이건 제 스스로 자기를 신의(神醫)라고 들까부는 그 작자가 조디의 환심을 사려고 지어낸 소문인 게 틀림없어. 조디의 몸에 이상이 있다는 걸 알고 있던 차에, 그건 삼척동자도 다 아는 사실이니까, 아마 너희 부부가 틀어져 지낸다는 소릴 또 어디서 엿들었을 테지. 최고의 건수를 발견한 거라구. 이 목숨 질긴 사기꾼 같으니라고, 지난 여름엔 두더지를 팔고 돌아다니더니!"

"퍼비, 난 심지어 조디가 그 말을 믿었을 것 같지도 않아. 그런 치들에게 눈길 한번 안 주던 사람이야. 그인 날 괴롭히려고 그냥 그걸 믿는 척하는 거라구. 그런데도 가만히 미소만 짓고 있자니, 그만 숨이 끊어질 것 같아."

그후 몇 주 동안 재니는 자주 울었다. 조는 기력이 너무 쇠해서 가게 일도 못 보고 드러눕고 말았다. 그러나 그는 고집스럽게도 재니의 자기 방 출입을 거부했다. 많은 사람들이 그의 방을 드나들었다. 명색이 조의 부인인 재니에게 한마디 말도 넣지 않고 이 사람 혹은 저 사람이 고깃국이며 그 밖의 병실 음식을 들고 들락거렸으며, 전엔 시장의 사택이라면 허드렛일이나 하려고 기웃거렸을 사람들이 이제는 그의 상담원으로서 집 안팎을 활보하고 다녔다. 그들은 가게로 찾아와서 위세를 떨며 그녀를 감시하고 조에게 그것을 보고했다. 그리고 이런 식의 말들을 하였다. "스탁스 씨가 자리를 털고 일어나 몸소 관리할 수 있을 때까지는 누군가 그 일을 대신할 사람이 필요하겠던걸요."

그러나 조디는 두 번 다시 자리에서 일어나지 못했다. 재니는 샘 윗슨에게 조디의 방안 소식을 알려줄 것을 부탁했고, 샘이 조디의 병세를 전해주었을 때 샘을 곧장 올란도로 보내 의사를 모셔오게 했다. 조에게는 의견을 묻지도 않고, 왕진을 청한 사실을 알리지도 않은 채였다.

"이건 시간 문젭니다." 의사는 말했다. "신장 활동이 이렇게 완전히 정지한 경우, 살아날 가망은 전혀 없죠. 벌써 2년 전에 치료를 받았어야 하는 건데. 이젠 너무 늦었습니다."

그렇게 해서 재니는 죽음에 대해 생각하기 시작했다. 서쪽 끝에 살고 있다는 거대한 사각 발가락의 그 낯선 존재, 죽음에 대해. 죽음은 벽도 지붕도 없이 단상처럼 네모 반듯한 집에 산다고 했다. 그에게 덮을 것이 무슨 필요가 있으며, 어떤 바람이 그를 거슬러 불 수 있을 것인가? 죽음은 세상이 내려다보이는 그의 높은 거처 위에 우뚝 서 있다. 주의깊은 눈빛으로, 미동도 하지 않고, 하루 스물네 시간 검을 뽑아든 채 자신을 부르는 전갈이 오기를 기다리고 서 있다. 시간이 혹은 공간이 생겨나기 전부터 죽음은 거기 그렇게 있어온 것이다. 이제 그녀는 조만간 그 죽음의 날개 깃털 하나가 그녀의 앞마당에 떨어져 있는 것을 발견하게 될 것이다. 그녀는 슬프고 또 근심이 되었다. 불쌍한 조디! 거기 갇혀 혼자 씨름하게 할 수는 없어. 그녀는 샘을 통해 방문의 뜻을 비쳤다. 하지만 조디의 대답은 노였다. 이 현대 의학이란 것들은 일상의 병에야 잘 들을지 몰라도 조디 자신의 경우에 대해선 도무지 아는 게 없다, 자신의 신의(神醫)가 자신의 기를 해치고 있는 식물을 찾아내서 제거만 하면 자신은 곧 회복된다, 자신은 결코 죽지 않는다, 이것이 그의 생각이었다. 그러나 샘의 설명은 이와 달랐기에 그녀는 알고 있었다. 그리고 만약 샘이 말해주지 않았더라도, 다음날 그녀는 모든 걸 알 수 있게 되어 있었다. 왜냐하면 그날 아침 조네 앞마당에는 종려나무와 무환자(無患子)나무 그늘로 사람들이 모여들기 시작했기 때문이다. 전에는 감히 조의 집에 발들일 생각도 못 했을 그 사람들이 조심스레 문을 밀고 들어와 건물 안으로는 들어오지 않고 모여 서 있었다. 나무 그늘에 쪼그려 앉은 채 무언가를 기다리고 있었다. 그 날개 없는 새, 소문은 이미 온 도시에 제 그늘을 드리워놓았던 것이다.

그녀는 그날 아침 조에게 찾아가 속 시원히 이야기를 나누기로 마음을 먹고 일어났다. 그러나 그녀는 사방 벽이 자신을 압박해드는 것만 같아 한동안 그대로 앉아 있을 수밖에 없었다. 무엇인가가 그녀의 숨통을 꽉 죄어 누르는 것만 같았다. 하지만 그렇게 떨고 있는 사이 그가 떠나버릴 수도 있다는 두려움이 그녀를 조급하게 했고, 어느덧 그녀는 벌써 그의 방에 와 있었다. 생각했던 대로 가볍고 명랑하게 말문을 트지는 못했다. 혀가 말굽처럼 굳어 있었다. 게다가 조디, 아니 조는 사나운 눈으로 그녀를 쏘아보았던 것이다. 우주 밖에서 쏘아보는 듯 믿을 수 없이 차가운 표정이었다. 그녀는 마치 10억 광년 너머에 있는 사람에게 대고 말을 걸어야 하는 것 같았다.

조는 누군가, 혹은 무언가 올 것을 기대하는 사람처럼 문 쪽으로 얼굴을 향하고 누워 있었다. 그의 얼굴은 어딘지 변해 있었다. 전체적으로 힘이 없어 보이면서도 눈빛이 날카로웠다. 얇은 홑이불 안으로는 부기가 꺼진 뱃살이 바닥에 흘러내리듯 축 늘어져 있어서 마치 쉴 곳을 구하는 어린 짐승이 옹송그리고 있는 것처럼 느껴졌다.

침대보는 헹구다가 만 듯 땟국이 흘렀고, 그것이 그에 대한 그녀의 자부심에 상처를 입혔다. 얼마나 정갈했던 조디인데.

"여긴 뭐 하러 왔어, 재니?"

"당신이 어떻게 지내는지 궁금해서요."

그는 수렁에 빠져 죽어가는 돼지가 주변의 거치적거리는 존재들을 쫓아내는 듯한 소리로 낮게 그르렁거렸다. "당신 꼴을 좀 안 볼까 해서 이리 왔던 건데, 그게 다 말짱 헛수고였군. 여기서 나가줘. 난 쉬어야 겠어."

"아뇨, 조디. 난 당신과 얘기하려고 여기에 왔고, 그러니 그렇게 할 생각이에요. 우리 두 사람 모두를 위해서요."

그는 또다시 그르렁거리고 천장 쪽을 바로 보며 누웠다.

"조디, 어쩌면 내가 썩 좋은 아내는 못 되었는지 모르겠어요, 하지만 조디……"

"그건 바로 당신의 감정이 메말라서야. 사람이라면 연민하는 마음이 있어야지. 당신은 짐승이 아니잖아."

"하지만, 조디, 난 당신에게 정말 잘하고 싶었어요."

"자기를 위해 그 많은 걸 해줬건만, 장안의 웃음거리가 되게 해? 동정심이라고는 씨알도 없는!"

"그렇지 않아요, 조디. 내가 동정심이 없어서가 아니에요. 난 마음
만은 정말이지 따뜻해요. 단지 난 그걸 쓸 기회를 못 가져본 것뿐이에
요. 당신이 그걸 허락하지 않았어요."

"그래, 모든 걸 다 내 탓으로 돌리지, 뭐. 내가 허락을 안 했어! 내
가 유일하게 바라고 소원한 것이 바로 그 마음이었는데, 그런데 내가 그
걸 막았어!"

"그런 말이 아녜요, 조디. 난 지금 누굴 탓하는 게 아니에요. 그냥
내가 어떤 사람인지 당신에게 이해시키고 싶은 것뿐이라구요, 너무 늦
기 전에."

"너무 늦어?" 그가 뇌었나.

그는 공포에 질려 눈을 부릅떴다. 그녀는 그의 그 경악하는 표정을
보고 대답했다.

"그래요, 조디. 그 돌팔이가 당신 돈을 바라고 지어낸 거짓말일랑
잊어버려요. 당신은 죽어요, 살 수가 없어요."

약한 조디의 몸 속에서 깊은 신음이 새어나왔다. 처음에 그것은 큰
북 소리처럼 낮게 깔려 나왔다. 그러다 갑자기 그것은 트롬본 소리로 높
아졌다.

"재니! 재니! 내가 죽는다는 말 따윈 하지 마. 난 그런 생각 해본
적 없어."

"의사를 불렀더라면 이렇게까지 되지는 않았을 텐데—— 하지만 지
금 와서 그 얘기를 해봤자 아무 소용이 없죠. 사실 내가 말하고 싶었던
게 바로 그거예요, 조디. 당신은 도무지 남의 말을 들으려 하질 않아요.
나와 20년을 살아놓고도 나를 채 반도 알지 못하죠. 당신도 충분히 할
수 있는 일이었는데. 하지만 당신은 당신 손으로 이룩한 것들을 숭배하
고 주변 사람들을 경쟁적으로 짓누르는 데만 정신이 팔려서 당신도 충

분히 할 수 있었던 많은 것들을 놓치고 살아온 거예요."

"나가, 재니. 여기 다신 오지 마……"

"그렇게 나올 줄 알았어요. 당신은 무엇이든 다 움직이지만 어떤 것도 당신을 움직일 수는 없죠── 죽음까지도요. 하지만 난 여기서 나가지도 입을 다물지도 않겠어요. 그래요, 마지막으로 한 번은 당신도 내 말을 들어야 할 거예요. 평생을 짓밟고 뭉개면서 당신 고집대로 살았으면서, 이젠 코앞에 죽음이 닥쳐서도 그 점에 대해 들으려 하지를 않는군요. 들어봐요, 조디. 당신은 내가 함께 도망쳐왔던 그 조디가 아니에요. 그가 죽고 남은 껍질이죠. 난 당신과 함께 행복한 가정을 이루기 위해 도망쳐나왔어요. 하지만 당신은 그런 나로 만족하지 않았죠. 그래요! 내 마음은 당신의 뜻에 자리를 내주느라 숨막혀온 거예요."

"닥쳐! 그 주둥아리에 벼락이나 떨어졌으면!"

"당신은 그랬으면 좋겠죠. 그런데 지금 당신은 바로 이걸 깨닫기 위해 떠나는 거예요. 다른 사람으로부터 사랑과 동정을 받고 싶으면 자신이 먼저 다른 사람을 위해줄 줄 알아야 한다는 걸요. 당신은 자기 자신 외엔 그 누구의 처지도 염두에 두질 않았어요. 그 우렁찬 자기 목소리에만 빠져 정신이 없었죠."

"저 오살할 주둥아리!" 조디의 온 얼굴과 손에 땀방울이 솟구쳤다. "꺼져버려!"

"당신 뜻에 대한 이 모든 묵인과 순종──난 그걸 바라고 뛰쳐나온 게 아니었어요."

조디의 목울대에서 탁한 소리가 났다. 그러나 그의 멍한 시선이 방 한 귀퉁이에 가서 고정되는 것을 본 재니는 이 부질없는 몸부림이 자신을 향한 것이 아니라는 것을 알 수 있었다. 고통에 찬 항거의 팔짓에도 불구하고 사각 발가락의 존재는 얼음 같은 칼날로 그의 숨을 끊고 만 것이다. 재니는 조의 두 팔을 가슴 위에 모두어 얹은 뒤 그의 굳게 아물린 얼굴을 찬찬히 뜯어보았다.

"지배자의 자리에 앉는 일은 그에게도 고통이었어." 그녀가 소리내어 말했다. 수년 만에 처음으로 그에 대한 연민이 차올랐다. 조디는 그녀와 주위 사람들을 괴롭혔지만, 삶은 그 자신에게도 혹독했던 것이다. 가엾은 조! 만약 그녀가 뭔가 다른 방도를 알았더라면 그의 얼굴이 이렇게까지는 되지 않았을지도 몰랐다. 하지만 도대체 다른 어떤 방도가 있을 수 있는지 그녀는 알지 못했다. 그녀는 남자들이 자신의 목소리를 만들어낼 때 무슨 일이 일어나는지에 대해 곰곰 생각해보았다. 그리고 그녀 자신에 대해서도 생각해보았다. 소녀 시절에, 그녀는 거울 속에 자기 모습을 비추어보곤 했었다. 그것은 참 오래 전의 일이었지만, 그녀는 지금도 거울을 한번 들여다보고 싶어졌다. 그래서 그녀는 장롱 앞으로 갔다. 그리고 거울에 비친 자신의 살결이며 생김새를 찬찬히 뜯어보았다. 소녀의 모습은 간데 없고, 아름다운 여인이 거기서 있었다. 머리쓰개를 벗어던지자 탐스런 머릿결이 어깨 위로 흘러내렸다. 그 무게와, 깊이와, 영광이 거기 있었다. 그녀는 그 모습을 하나하나 마음에 새겨 담은 뒤 다시 머리를 빗어 틀어올렸다. 그리고 사람들이 기대하는 그런 표정으로 얼굴을 다듬어 굳히고서 창문을 밀어젖힌 뒤 외쳤다. "이리들 좀 와주세요! 조디가 죽었어요. 내 남편이 세상을 떠났어요."

제 9 장

조의 장례식은 오렌지카운티에서 이제껏 치러진 장례식 중 가장 성대하였다. 전동 운구차에, 캐딜락과 뷰익 승용차들. 자신의 링컨 차를 타고 온 헨더슨 박사며, 각처에서 온 조문객들. 또한 그 세계에 발들여 보지 못한 사람은 상상도 못 할 권력과 영예를 암시하는, 당당하고도 웅장한 신비의 제의(祭儀)와 금빛, 진홍빛, 자줏빛 물결들, 농사꾼들과 노새들, 그리고 형제 누이의 등에 업혀 나온 갓난아이들. 그 모든 사람들이 정연한 대열을 이룬 채, 교회 입구에 정렬한 엘크스 밴드의 북소리도 드높은 「주의 품에 평안히」에 맞춰 행진을 했다. 교차로의 '작은 황제'는 그가 처음 이곳에 왔던 때와 마찬가지로 권세를 떨치며 떠나는 것이다.

재니는 근엄한 얼굴로 베일을 쓴 채 행렬 속에 모습을 드러냈다. 베일은 돌이나 강철로 된 장벽 같았다. 그 장벽 밖에서는 장례 의식이 치러지고 있었다. 죽음과 매장에 관한 모든 것이 언급되고 수행되었다. '완수' '종결' '영이별' '어둠' '심연' '소멸' 그리고 '영원.' 밖에는 통곡과 울부짖음도 있었다. 그러나 이 값비싼 검은 장막 안에는 부활과 생명이 있었다. 그녀는 외부의 어떤 것에도 관심을 갖지 않았다. 그리고 이 죽음의 일들 역시 그녀의 평온을 깨고 들어오지 못했다. 그녀는 몸은 조의 장례식을 참관하고 있었지만, 정작 그 속마음은 세상에 만연한 봄기운을 마냥 뒤쫓고 있었다. 오래지 않아 의식은 끝났고, 재니는 집으로 돌아왔다.

그날 밤 자리에 들기 전, 재니는 머리쓰개란 머리쓰개는 하나도 남김없이 다 태워버렸다. 그리고 다음날 아침에는 머리를 허리 아래까지 낭창하게 땋아내린 채 찰랑이며 집 안을 돌아다녔다. 그것이 그녀에게서 찾을 수 있는 유일한 변화였다. 가게 일은 저녁나절을 제외하고는 예전과 다름이 없었다. 저녁에 그녀는 밖에 나와 앉아 사람들의 이야기를 듣고 늦은 손님일랑 헤저키아를 보내 시중을 들게 했지만, 당장 그 밖의 것들까지 뜯어고칠 필요는 느끼지 못했다. 남은 여생이 모두 그녀 뜻대로 영위할 수 있는 시간들이었다.

그녀는 하루 중 대부분을 가게에서 보냈지만 밤에는 그 커다란 집에서 혼자 보냈다. 때로 그 집은 허허로움의 무게에 눌려 밤새 삐걱삐걱 신음 소리를 냈다. 그런 때면 재니는 자지 않고 깨어 헛헛한 마음에 대고 질문들을 해보는 것이다. 자신은 지금 이곳을 떠나 고향으로 가서 어머니를 찾고 싶은 것인가. 혹 할머니의 묘를 돌보거나, 어릴 적 자주 찾았던 곳들을 두루 돌아보고 싶은 것은 아닌가. 자신의 내면을 이처럼 파고들면서, 그녀는 자신이 얼굴도 한 번 제대로 본 적 없는 그 어머니에 대해 아무런 관심도 갖고 있지 않다는 것을 발견했다. 그리고 자신이 할머니를 미워하고 있으며 그것을 그 모든 세월 동안 연민이라는 마음으로 덮어왔다는 사실도 깨달았다. 그녀가 열여섯 되던 그 봄에 그녀는 수평선으로 사람들을 찾아나설 준비가 되어 있었다. 그녀가 그들을 발견하고 그들이 그녀를 발견하는 그 일은 우주적으로 중요한 일이었다. 그런데 그녀는 사물들을 뒤쫓도록 다그침을 받고 개가 쫓기듯 뒷길로 떠밀렸던 것이다. 양자의 차이는 모두 세상을 보는 방식의 차이에 있었다. 어떤 사람들은 자그마한 흙탕물 웅덩이를 놓고도 범선이 떠다니는 대양을 그릴 줄 알았다. 하지만 내니는 그와 반대로, 단편적인 조각들을 다루고 싶어하는 부류에 속했다. 내니는 하느님의 가장 큰 피조물인 수평선—사람이 아무리 멀리 가본들 수평선은 항상 그 아득히 먼 곳에 펼쳐 있는 것이다— 을 보고도 그것을 작디작은 조각으로 궁글려 뭉쳐서 손녀딸의 목에 숨이 막힐 정도로 단단히 죄어 감았던 것이다. 사랑이라는 이름으로 자신을 그처럼 옭아 비틀어놓은 그 노인네가 그녀는 미웠다. 사실 대부분의 사람들은 서로를 사랑하지 않았다. 그리고 이 왜곡된 사랑은 뿌리가 얼마나 깊던지 심지어 한 혈육간에도 그것은 극복되지 못하는 경우가 있었던 것이다. 재니는 자기 안에 보석이 있는 것을 깨닫고, 사람들이 그녀를 보고 그 보석을 밝게 비춰줄 수 있는 곳으로 찾아가고 싶었다. 그러나 그녀는 값을 받고 팔리기 위해 가게 진열대에 오르고 말았다. 산 채로 낚싯밥으로 꿰어 달려서. 하느님이 처음 인간을 만드실 때, 그분은 끝없이 노래하며 온통 빛을 발하는 재료로 인간을 만드셨다. 그 뒤 몇몇 천사들이 인간을 질투하여 그를 수백만 개의 조각들로 토막내버렸지만, 인간은 여전히 빛을 내며 콧노래를 흥얼거렸다. 그러자 천사들은 그를 한낱 불티들로 바수어버렸다. 그러나 그 하나하나의 불티들 역시도 모두 노래이고 빛이었다. 마침내 천사들은 그 불티 하나하나를 모두 진흙으로 처발라버렸다. 그러자 외로움이 불티들로 하여금 서로를 찾아 헤매게 만들었다. 그러나 진흙은 귀먹고 눈멀었다. 다른 모든 몸부림치는 진흙덩이들과 마찬가지로, 재니도 그렇게 자신의 빛을 내뿜어 보이고 싶었다.

재니는 머지않아 과부가 된 자신의 처지와 재산으로 말미암아 자신이 사우스플로리다의 대쟁탈의 대상이 된 것을 발견했다. 조디가 죽은지 채 한 달도 안 되어서 얼마나 많은 남자들이, 그것도 조디와 별반 친하게 지내지도 않았던 사람들이, 수월찮은 거리도 마다 않고 달려와 그녀의 안부를 묻고 조언을 자청했는지 몰랐다.

"여자는 혼자서는 아주 가엾은 존잽니다." 그녀는 이런 충고를 수도 없이 들어야 했다. "도움의, 원조의 손길을 필요로 하죠. 여자가 자기 혼자 서고자 하는 건 결코 하느님의 뜻이 아니란 말입니다. 당신은 세파에 휩쓸리거나 그것을 혼자 헤쳐나가는 일에 익숙하지 않잖습니까, 스탁스 부인. 온실에서 잘 자란 화초라고나 할까요. 당신에겐 남자가 필요합니다."

재니는 이런 식의 호의를 보이는 사람들을 비웃었다. 세상엔 수많은 과부들이 있는 것을 그녀는 알고 있었기 때문이다. 재니가 그들이 만난 최초의 유일한 과부는 아니었다. 단지, 대부분의 다른 과부들에게는 돈이 없는 것뿐이었다. 게다가 그녀는 잠시 이렇게 혼자 지내는 것도 좋은 경험인 것 같았다. 그녀는 이 자유가 좋았다. 그런 남자들은 이미 로건과 조를 겪어 알 수 있는 존재들로서, 그녀가 정말 찾고 있는 것, 알고 싶어 하는 것과는 너무나 거리가 먼 존재들이었다. 그녀는 자신을 에워싸고 연인처럼 보이고자 애쓰며 고양이 같은 웃음을 던지는 그 넌더리나는 패거리들을 어떤 때는 마구 때려주고 싶었다.

어느 저녁엔 아이크 그린이 그녀를 붙잡았다. 그는 그녀가 가게 앞에 혼자 있는 걸 용케도 찾아내서는 그녀의 현재 상태에 관해 이야기하기를 멈추지 않았다.

"스탁스 부인, 부인은 결혼 상대를 정하는 일에 매우 신중할 필요가 있습니다. 부인의 조건을 탐내고 달려든 저 정체 모를 작자들 말입니다."

"결혼요!" 재니는 비명에 가까운 소리를 질렀다. "아직 조의 몸이 채 식지도 않았을 텐데. 결혼이라니 생각도 안 해봤어요."

"하지만 곧 그렇게 될 테죠. 부인은 혼자 지내기엔 너무나 젊고, 또 이렇게 아리따운 부인을 남자들이 가만 놔둘 리도 없으니 말입니다. 부인은 결혼을 하게 되어 있어요."

"설마 그렇게야. 아 제 말은, 전 아직 그런 생각을 해본 적이 없다는 거죠. 조가 죽은 지 두 달도 안 되었는데요. 아직 무덤에 자리도 못 잡았을 텐데."

"그거야 지금 생각이죠. 두 달만 더 지내보면, 생각이 완전히 바뀔 겁니다. 그땐 조심하셔야 한단 말이죠, 내 말은. 여자란 자칫 속아넘어가길 잘하니까요. 최근 이 마을에 와 진을 치고 있는 저 떠돌뱅이 검둥이들에게는 절대 마음을 열면 안 됩니다. 그자들은 여물통에 수북한 먹이를 보고 달려든 돼지떼에 불과하니까요. 부인께 필요한 사람은 바로 부인 주변에 있는, 부인에 관해 잘 알고 있으며, 그래서 부인의 재산이며 전체적인 것들을 두루 관리해줄 수 있는 그런 남자인 겁니다."

재니는 펄쩍 뛰었다. "어머 아이크 그린, 정말 못 말릴 분이네요! 그런 생각은 전혀 해볼 필요가 없는데 말예요. 전 이만 들어가보겠어요. 아까 가게에 설탕을 좀 들였는데 그걸 지금 헤저키아 혼자 정리하고 있어서요." 그녀는 가게 안으로 뛰어들어가 헤저키아에게 귓속말을 했다. "난 집에 가 있을 테니까, 저 노망난 영감이 자릴 뜨거든 알려줘. 그때 나올 테니."

6개월이 지나고 재니는 검은 옷을 벗게 되었다. 그러나 그동안 그녀의 집 안으로 발을 들여본 구혼자는 한 명도 없었다. 그녀는 때로 가게에서는 이야기하고 웃기도 했지만 그보다 더 나갈 생각은 전혀 없는 것 같았다. 가게 일을 제외하면 재니는 모든 것이 만족스러웠다. 가게에서는, 머리로는 분명 자신이 주인이라는 것을 알고 있었지만, 그러나 어째선지 자신은 지금 조를 위해 점원 일을 하는 것이며 금방이라도 조가 들이닥쳐 그녀가 일 처리한 내용을 책잡으리라는 느낌을 떨쳐버릴 수 없었다. 처음 임대인들에게 세를 거두던 날에는 거의 통사정을 하다시 피 해야만 했다. 마치 자신이 강탈자 같은 느낌이 들어서였었다. 그러나 다음부터는 틀림없는 조의 열일곱 살 판박이다 싶은 헤저키아를 보냄으 로써 그녀는 그 감정을 숨길 수 있었다. 헤저키아는 조가 죽은 뒤로 담 배를, 그것도 시가를 피우기 시작하더니 그것을 한쪽 편 이빨로 질끈 그 러무는 흉내까지 냈다. 그리고 틈만 나면 조의 회전의자에 앉아 올챙이 처럼, 그 홀쭉한 배를 한껏 내밀며 일어서는 연습을 하는 것이다. 아무 도 위협하지 못할 그 허풍스런 몸짓을 재니는 조용히 웃고, 못 본 체했 다. 어느 날 그녀는 뒷문으로 들어오다가, 그가 트립 크로퍼드를 닦아세 ~~우는~~ 소리를 들었다. "안 돼요 정말, 그렇게는 못 해요! 나 원 참, 지난 번 쌀값도 아직 안 치렀잖아요. 나 원 참, 돈을 갖고 오기 전엔 다신 이 집 물건은 안 내줄 줄 알라구요. 나 원 참, 여기가 무슨 플로리다 무료 배급소나 되는 줄 아나. 여긴 이튼빌이에요, 이튼빌." 또 어느 날은 헤 저키아가 생전에 조가 입에 달고 다니던, 자신은 흰소리나 치며 엄벙텀 벙 살아가는 마을 사람들과 다르다며 들먹이곤 하던 구절을 그대로 옮 겨 읊는 것도 들었다. "난 배운 사람이야, 누가 뭐래도 내 문제는 내가 알아서 하지." 그녀는 그 자리에서 그냥 웃어버렸다. 그의 말에 상처 입 는 사람도 없는 데다가, 그런 그가 없이 그녀 혼자 무엇을 해야 할지도 몰랐던 것이다. 헤저키아는 그걸 감지하고서 그녀를 갓난 누이동생 다 루듯 하기 시작했다. 마치 "이 여리고 가여운 것, 이 오빠에게 다 맡기 렴. 오빠가 다 알아서 해줄 테니" 하고 말하는 듯. 주인 의식은 그를 정 직하게 만들기도 했다. 가게에서 없어지는 것이라곤 풍선껌 한두 통에 센센 한 꾸러미 정도가 고작이었다. 센센은 다른 동년배들이나, 그가 더 운 술 냄새를 풍기며 껴안을 암팡스런 여자 친구들에게 내는 것이다. 상 점과 여주인을 관리하는 이 일은 사내의 신경을 피곤하게 하는 일이었던 것이다. 이 일을 감당해내기 위해서는 때로 알코올 한 잔쯤은 들어가야만 했다.

재니가 검은 상복을 벗고 애도의 흰옷으로 바꿔 입고 나왔을 때, 마을 안팎으로부터 그녀를 흠모하는 자들이 한 무리를 이루었다. 이젠 감출 것도 숨길 것도 없는 것이다. 그 무리 가운데는 재산가들도 섞여 있었다. 그러나 아무도 가게 밖으로까지 그녀와의 관계를 진전시키지는 못하는 듯했다. 그녀는 늘 너무 바빠서 그들을 집으로 초대할 수가 없다고 했던 것이다. 그들은 그녀 앞에서 몹시도 쩔쩔매며 예의를 갖추었다. 마치 그녀가 일본 황실의 안주인이라도 되는 것처럼. 그들은 조지프 스탁스의 부인이었던 이에 대한 욕망을 입에 담는 것은 불경스런 일이라고 생각했다. 그녀 앞에서는 존경과 경의의 말들이 어울리는 것이다. 그러나 그들이 하는 모든 말과 행동은 그녀의 무관심의 벽에 맞아 튀겨나갔고, 허공에 대고나 울었다. 재니는 퍼비 윗슨과 왕래하며 가끔 함께 호수를 찾아 낚시를 하기도 했다. 그런 때 그녀는 대부분 아무 생각 없이 단지 자유를 만끽할 뿐이었다. 어느 날엔가는 샌퍼드에서 온 한 야심가가 퍼비를 통해 자신의 포부를 전달했다. 재니는 유쾌히 이야기를 들었지만, 조금도 동요하지는 않았다. 아 그렇다면 그 사람과 결혼해보는 것도 좋겠는데. 하지만 서두를 건 없잖아. 이런 문제 생각할 시간이 필요해. 그리고 어떤 때는 자신이 지금 바로 그 생각을 하고 있는 중이라는 듯 행동해 보이기도 했다.

"죽은 조 때문은 아냐, 퍼비. 그냥 이 자유가 좋아서 이러는 거야."

"쉬잇! 누가 들을라. 남편이 죽어서도 슬퍼하지 않는다는 말이라도 나면 어쩌려고 그래."

"맘대로들 생각하라지. 난 자기가 슬퍼하는 것 이상의 애도 의식은 필요 없다고 생각해."

제 10 장

어느 날 헤저키아가 야구 원정 경기 관람을 위해 하루 휴가를 청해
왔다. 그래서 새니는 남씻 놀다 오라고 일렀다. 가게 문이야 하루쯤 그
녀 혼자서도 닫을 수 있을 테니까. 헤저키아는 재니에게 창문이며 출입
문 단속을 거듭 주의시킨 뒤에 윈터파크를 향해 활개치며 떠났다.

장사는 종일 부진했다. 많은 사람들이 경기장에 가고 없었기 때문
이다. 이런 날 늦게까지 가게문을 열어두는 건 거의 부질없는 짓 같았
다. 그래서 그녀는 평소보다 일찍, 6시에는 문을 닫기로 했다.

5시 30분이 되어서였다. 재니가 계산대에 기대선 채 포장지 자투리
에 낙서를 끄적이고 있는데 웬 키 큰 남자 하나가 문을 열고 들어왔다.
그녀는 모르는 사람이었지만, 왠지 낯이 설지가 않았다.

"안녕하세요, 스탁스 부인." 그는 재니와 재미난 농담이라도 주고
받는 듯 장난기 어린 웃음을 머금고 인사를 했다. 내용도 듣지 못했지
만, 사람을 그처럼 미소짓게 만든 그 농담이 그녀는 맘에 들었다.

"예, 안녕하세요." 그녀가 유쾌한 목소리로 답했다. "제가 꼼짝없이
졌는걸요. 이름이 어떻게 되시는지를 모르겠으니."

"사람들이 부인을 알고 있는 것처럼 절 알고 있지는 않을 테니
까요."

"가게 일을 하다 보면 절로 얼굴이 알려지는 것 같아요. 어디선가 뵌 적이 있는 것 같은데."

"아, 뭐 전 올란다에 살고 있으니 그쯤이면 이웃이라고 할 수 있을까요? 처치 로(路)에만 오시면 언제 어느 때건 절 만날 수 있죠. 담배 좀 주시겠습니까?"

그녀가 선반의 유리문을 열었다. "어떤?"

"캐멀로 주세요."

그녀는 담배를 건네고 돈을 받았다. 그는 담뱃갑을 뜯어 한 개비를 꺼내서는 진홍빛 도타운 입술 사이에 물었다.

"숙녀께선, 불 좀, 갖고 계신지?"

둘은 함께 웃었고 그녀는 성냥 상자를 새로 뜯어 주방용 성냥 두 개비를 내줬다. 이제 그는 떠나야 할 시간이었는데, 그러지를 않았다. 오히려 계산대 위에 한쪽 팔꿈치를 괴어 짚고는 그녀의 얼굴을 뚫어져라 쳐다보았던 것이다.

"부인은 왜 야구장에 안 가셨나요? 다른 사람들은 다 거기 가고 없는데."

"글쎄, 저말고도 거기 가지 않은 분이 또 있는 것으로 아는데요. 전 보시다시피 방금 담배를 팔았으니까요." 그들은 다시 웃었다.

"제가 좀 덜 떨어진 놈이 되어놔서요. 전 완전히 착각했거든요. 경기가 헝거퍼드에서 열리는 줄로 알았지 뭡니까. 그러니까 그게 무슨 말이냐 하면, 전 길에서 어렵게 차를 얻어 타고 딕시 로(路)를 마구 달려 이튼빌로 난 교차로까지 와가지고는 거기서부터 여기까지 줄곧 걸어왔는데, 막상 여기 와서 보니 경기는 윈터파크에서 열린다 하더란 말씀이죠."

두 사람은 이 말에도 웃었다.

"그래서 이제 어떻게 하실 건가요? 이튼빌의 모든 차는 다 거기 가고 없는데."

"부인과 함께 체스를 둬보는 건 어떨까요? 부인은 이기기가 아주 어려운 상대 같아 보이는데."

"절 이길 순 없어요, 전 체스라고는 아예 두지를 못하니까요."

"그럼, 체스에 흥미가 없으신 거군요?"

"아뇨, 저도 체스를 좋아해요. 하긴 정확히 말하면, 그걸 좋아하는지 안 좋아하는지 알 수가 없다고 해야 하겠네요. 아무도 체스 두는 걸 배운 적이 없으니까."

"그런 이유는 앞으로 두 번 다시 댈 수 없게 해드리죠. 체스판은 있겠죠?"

"그럼요. 이곳 남자들이 체스를 얼마나 좋아하는데요. 단지 전 그걸 배운 적이 없을 뿐이에요."

그는 체스판을 펼쳐놓고 게임의 규칙을 가르치기 시작했다. 그녀는 속에서 무언가 뜨거워지는 것을 느꼈다. 그녀가 재미있게 놀기를 바라는 사람이 있다니. 그녀가 체스를 두고 노는 걸 당연한 것으로 받아들이는 사람이. 정말이지 그건 기분 좋은 일이었다. 그녀는 그의 생김새를 살피며 하나하나 눈길을 끄는 점을 발견할 때마다 가늘게 떨었다. 움직임이 느린 커다란 두 눈과, 공중에 뽑아든 아라비아의 단도 같은 우아한 곡선의 속눈썹. 살은 없지만 힘있고 푸근해 보이는 어깨와 잘록한 허리. 얼마나 보기 좋은지!

그가 그녀의 왕에게 뛰어들고 있었다! 그토록 어렵게 따낸 왕을 잃다니, 그녀는 아찔한 비명을 질렀다. 그리고 자기도 모르는 사이에 그의 손을 잡고 막았다. 그는 여기서 벗어나기 위해 사나이답게 싸웠다. 사나이라면 싸움을 하되, 숙녀의 손가락 하나라도 상하게 해서는 안 되는 것이다.

"난 그걸 먹을 권리가 있어요. 당신이 그걸 호랑이굴 앞에 놓아둔 거라구요."

"그래요, 하지만 난 잠깐 한눈을 팔았어요. 당신이 내 왕의 바로 옆 자리로 끼어드는 걸 난 못 봤어요. 정말 억울해요!"

"스탁스 부인, 게임을 하다 한눈을 팔면 어떡합니까. 게임에서 제일 중요한 게 바로 그 '한눈 팔지 않기!'인데. 이 손 놓으세요."

"안 돼요, 제발! 내 왕은 안 돼요. 가지려면 딴 걸 가지세요, 이건 안 돼요."

이렇게 뒤엉켜 싸우다 체스판이 엎질러졌고, 둘은 그걸 보고 웃음을 터뜨렸다.

"그러잖아도 시원한 콜라 한 잔이 마시고 싶었는데 잘됐군요." 그가 말했다. "체스는 다음에 와서 더 가르쳐드리죠."

"가르치러 오시는 거야 좋아요. 하지만 속이러는 오지 마세요."

"이래서 여자들은 이길 수가 없다니까요. 자기가 졌다는 걸 절대 인정하려 들지를 않으니. 하지만 어쨌거나 다음에 또 와서 가르쳐드리지요. 조금만 더 배우면 체스를 아주 잘 두시겠는데요."

"그렇게 생각하세요? 조디는 늘 전 체스는 못 배울 거라고 했는데. 제 머리로는 너무 어려운 게임이라고요."

"감각으로 체스를 두는 사람도 있고 그렇지 않은 사람도 있죠. 하지만 당신은 이해가 빠르세요. 곧 잘하게 될 겁니다. 제가 마실 것을 한 잔 사지요."

"아 그래 주실래요. 고마워요. 마실 것은 오늘 넘쳐날 지경이에요. 아무도 팔아주지 않았거든요. 모두 경기장에 가버렸으니."

"다음 경기엔 당신도 꼭 가보세요. 동네 사람들이 다 거기 가고 없는데 당신 혼자 여길 지키고 있어서 뭘 하겠어요. 설마 자기 돈을 내고 자기 물건을 사는 건 아닐 테고, 안 그래요?"

"정말 못 말리겠어! 물론 그렇지 않아요. 그런데 말이죠, 전 당신이 조금 걱정되는데요."

"왜요? 음료수 값을 떼어먹을 것 같아서요?"

"어머 아녜요, 그런 말이! 집에는 어떻게 돌아가실 거냐구요?"

"여기서 차를 기다리죠. 차가 오지 않으면, 그때야 뭐 튼튼한 구두 밑창이 있으니까요. 넉넉잡아도 7마일 거린데. 그 정도야 단숨에 갈 수 있습니다. 문제없어요."

"저라면, 기차를 타겠어요. 7마일은 가까운 거리가 아니에요."

"당신께야 그렇겠죠, 익숙하지 않을 테니까. 하지만 전 그보다 더 먼 길도 걸어가는 여자를 봤어요. 당신도 할 수 있을 겁니다, 그래야만 하는 상황이 되면."

"그럴지도 모르죠, 하지만 전 기찻삯이 있는 한에는 기차를 타겠어요."

"전 여자처럼 기차를 타기 위해 주머니 가득 돈을 넣고 다니진 않죠. 타고 싶은 마음이 생기면 어떻게 해서든 타고 마니까요— 돈이 있든 없든."

"참, 특이한 분이세요! 아—저, 아직 이름을 알려주지 않으셨죠."

"그랬죠. 이름씩이나 필요해질 거라고는 생각하지 않았거든요. 어머니가 제게 지어주신 이름은 버저블 우즈입니다. 하지만 사람들은 보통 절 티 케이크라고 해요."

"티 케이크! 그러니까 당신이 그렇게 달콤한 분이란 말이죠?" 그녀가 웃었고, 그는 그녀의 말뜻을 확인하기 위해 다소 날카로운 시선을 꽂았다.

"제가 유죄일 수도 있겠죠. 당신은 절 심리해보는 게 좋을 거예요."

그녀의 얼굴이 웃는 듯 일그러졌고 티 케이크는 곧 모자를 집어 썼다.

"아주 큰 실수를 저질렀던 것 같다구요. 그러니 전 이제 슬슬 내빼는 게 낫겠어요." 이렇게 말하고 그는 까치발을 하고 문을 향해 살금살금 도망치는 시늉을 했다. 그러다 사람의 마음을 사로잡는 그 미소를 가득 머금고 그녀를 돌아보았다. 재니는 자기도 모르는 사이에 웃음을 터뜨렸다. "정말 못 말릴 사람이야!"

그는 뒤돌아서서 그녀의 발치에 모자를 던졌다. "만약 그녀가 내게 이 모자를 집어 던지지 않는다면, 난 운명에 맡기고 그녀에게 다시 돌아가겠어." 가공의 전봇대 뒤로 몸을 숨기는 시늉을 해보이며 그가 선언했다. 그녀는 웃으며 그에게 모자를 집어던졌다. "그녀는 벽돌을 던진 대도 널 해치지 못할걸." 그는 이번에는 가공의 인물을 향해 이렇게 말을 했다. "그녀는 뭘 던질 줄을 몰라." 그리고 그는 그 상대에게 손짓을 해보인 뒤 다시 전봇대 밖으로 뛰어나오는 시늉을 했다. 그러더니 옷매무새를 가다듬고 가게에 이제 처음 들어온 사람처럼 두리번거리며 재니가 있는 곳으로 다가왔다.

"안녕하세요, 스탁스 부인. 제게 알밤 1파운드 어치만 먹여주시겠어요? 토요일까지는 반드시 갚아드릴 텐데요."

"제가 보기엔 10파운드 어치는 필요할 것 같군요, 티 케이크 씨. 제가 갖고 있는 알밤은 다 드릴 테니 돌려줄 생각 말고 거저 가지세요."

한참을 이렇게 농담을 주고받고 있으려니 마을 사람들이 밀려들기 시작했다. 티 케이크는 그들과 동석하고 문닫는 시간까지 함께 웃고 떠들었다. 마침내 사람들이 다 돌아가고 난 뒤 그는 말했다. "저도 벌써 떠났어야 하는 줄은 알지만, 가게 문 닫는 걸 누가 도와줘야지 않나 생각이 돼서요. 아무도 남은 사람이 없으니, 제가 도와드리지요."

"고마워요, 티 케이크 씨. 사실 저 혼자 하기엔 좀 벅찬 일이에요."

"아니 세상에, 티 케이크를 말하면서 '씨' 자를 붙이는 사람이 어딨습니까! 까다로운 격식을 차리고 싶은 거라면, 뭐 우즈 씨라고 하는 게 어울리겠죠. 하지만 절 좀 가깝게 여기고 티 케이크라고 불러주시면 그보다 더 좋을 수가 없을 텐데요." 이렇게 말하는 내내 그는 여기저기 창문을 닫고 걸쇠를 걸어 잠그고 다녔다.

"좋아요, 그럼. 고마워요, 티 케이크. 어때요?"

"부활절 새 드레스를 입은 소녀 같아요. 아주 좋아요!" 그는 출입문을 닫고 자물쇠가 단단히 잠겼는지 두어 번 흔들어 확인하고 나서 그녀에게 열쇠를 건넸다. "자 이젠 가시죠. 댁까지 바래다 드린 뒤에 전 딕시 로를 타고 갈 테니까요."

종려나무 가로수 길에 접어들고 한참이 지나서야 비로소 재니는 신변의 안전에 대해 생각이 미쳤다. 이렇게 모르는 사람과 단둘이 있어도 되는 건가, 혹시 그에게 다른 꿍꿍이속이라도 있다면! 하지만 가게도 집도 먼데 어두운 길에서 사람을 의심하는 기색을 비치는 건 현명치 못한 처사였다. 게다가 그는 그녀의 팔을 붙들고 있었던 것이다. 그러나 다음 순간에 의심은 곧 사라졌다. 티 케이크는 모르는 사람이 아냐. 평생을 사귄 사람 같아. 처음 본 순간부터 얼마나 말이 잘 통했는데! 그녀의 집에 도착하자 그는 모자를 슬쩍 들어 목례를 하며 안녕히 주무시란 한마디를 던지고는 사라졌다.

재니는 베란다에 나와 앉아 달이 떠오르는 것을 바라보았다. 노란 달빛이 땅을 적시며 하루 동안의 갈증을 식혀주고 있었다.

제 11 장

재니는 헤저키아에게 티 케이크에 관해 물어보고 싶었지만, 혹시 그에게 마음을 두고 있는 것으로 오해를 살까 두려워 그만두었다. 무엇보다 그는 그녀에겐 너무 어린 것 같았다. 아무리 봐도 그는 스물다섯 안팎인 반면 그녀는 마흔에 가까웠던 것이다. 또 그는 가진 것도 그리 많지 않아 보였다. 어쩌면 그는 그런 식으로 접근해서 그녀의 모든 것을 빼앗아 달아날 속셈인지도 몰랐다. 그러니 그를 다시 보지 않는 게 나을 것 같았다. 그는 아마도 여러 여자들과 함께 살면서 결혼은 하지 않는 그런 사람일 가능성이 높았다. 사실을 말하자면 그녀는 다시 그가 그곳에 들른다면 두 번 다신 얼씬 못 하도록 그를 냉대해 보낼 작정이었다.

그를 박대해 보낼 그 기회는 그로부터 꼬박 일주일이 지나서 찾아왔다. 어느 이른 오후, 그녀와 헤저키아가 빈 가게를 지키고 있을 때였다. 어디선가 허밍 소리가 들려와서 그녀는 문 쪽으로 고개를 돌려보았다. 그랬더니 거기 티 케이크가 기타 조율하는 시늉을 하고 서 있는 것이었다. 미간에 힘을 줘가며 줄을 죄어 음정을 맞추는 시늉을 해보이는 틈틈이, 그는 그 비밀한 미소를 가득 머금고 그녀를 곁눈질해 보았다. 마침내 그녀는 미소를 지었고, 그는 '으뜸 도'를 발성하고는 그 가상의 기타를 옆구리에 끼고서 다시 그녀에게로 왔다.

"안녕 여러분. 오늘 밤엔 모두들 노래 한 곡쯤 듣고 싶어할 것 같아서 이렇게 기타를 메고 왔죠."

"생각도 못 했던 일이에요!" 재니가 활짝 얼굴을 펴며 외쳤다.

그녀의 찬사에 그는 씽긋 미소를 지으며 자리에 앉았다. "누구 저와 콜라 한잔 하실 분?"

"전 방금 전에 마셨어요." 그녀는 이렇게 양심을 달래보았다.

"그래도 한잔 더 하셔야 할걸요, 스탁스 부인."

"왜죠?"

"그때 건 제맛나는 콜라가 아니었으니까요. 헤저키아, 여기 아이스박스 제일 안쪽 걸로 콜라 두 병만."

"그동안은 어떻게 지냈어요, 티 케이크?"

"아주 나쁘진 않았어요. 그보다 못할 수도 있었으니까. 이번 주엔 나흘을 벌었죠, 그 돈이 지금 제 주머니 속에 있어요."

"어머, 그럼 우리가 아주 큰 부자를 모신 거네요. 그 돈으로는 여객 열차를 사실 건가요, 전함을 사실 건가요?"

"부인께서 어떤 것을 원하시는데요? 그건 부인께서 원하시는 것이 무언가에 달렸습니다."

"어머, 만약 제게 사주실 거라면, 글쎄 전 여객 열차로 하고 싶은데요. 열차는 혹시 폭발 사고가 나더라도 땅 위에서 날 테니까요."

"사실은 전함을 갖고 싶은 거면 그걸로 하세요. 난 지금 그게 어디 있는지도 알고 있으니까요. 며칠 전에 키웨스트 근처에서 한 대 봤거든요."

"그걸 어떻게 얻어내려구요?"

"까짓, 그 장군이라는 님네들은 하나같이 늙은 영감 나리들뿐이거든요. 당신이 원하고 내가 얻어드리겠다는데 어떤 늙은이가 그걸 막겠어요. 감쪽같이 배를 낚아올 자신이 있어요. 그럼 그자들은 영문도 모르고 물 위를 걷는 베드로 신세가 되고 말 테죠."

그들은 그 저녁도 게임을 하며 보냈다. 마을 사람들은 모두 재니가 체스를 두는 것에 놀라했지만 곧 흥미를 보이기 시작했다. 그 중 서너 명은 재니의 뒤에 서서 한 수씩 거들기까지 했고, 그 밖의 사람들도 대부분 직접 내색은 안 했지만 그녀와 즐거운 시간을 보냈던 것이다. 마침내 모두 집으로 가고 티 케이크만 남았다.

"이제 가게문 닫아도 돼, 헤저키아." 재니가 말했다. "난 그만 집에 가볼 테니까."

이날 밤 티 케이크는 그녀 곁에 바짝 붙어 서서 현관까지 따라 들어왔다. 그런 그에게 그녀는 잠시 자리에 앉기를 권했고, 둘은 아무것도 아닌 일로도 웃음을 터뜨렸다. 11시 가까이 되었을 때 재니는 집 안 어딘가에 파운드 케이크 한 조각이 남아 있다는 것을 생각해냈다. 그 사이 티 케이크는 밖으로 나가 부엌 모퉁이께에 있는 레몬나무에서 열매 몇 개를 따 왔다. 그가 그녀에게 즙을 짜주자 케이크에 레모네이드가 곁들여졌다.

"달빛이 너무 좋은데요. 이런 밤을 잠으로 허송해서는 안 돼죠." 잔과 접시를 씻은 뒤 티 케이크가 말했다. "낚시하러 갑시다."

"낚시요? 이 밤중에?"

"그래요, 낚시요. 잉어가 있는 곳을 내가 알아요. 아까 호숫가를 지나다가 잉어떼를 봤다구요. 낚싯대는 어딨죠? 갑시다, 낚시하러."

손전등 불빛에 벌레를 잡고 자정이 넘은 시각에 새빌리아 호수로 낚시질을 가는 그 일은 너무도 얼빠진 짓만 같아서, 그녀는 마치 규칙을 어기는 어린아이와 같은 심정이 되었다. 그런데 바로 그 점이 그녀를 사로잡았다. 그들은 밤새 잉어를 두어 마리 낚아서 동트기 직전에야 집으로 돌아왔다. 그 뒤 그녀는 남의 눈을 피해 티 케이크를 뒷문으로 내보내야 했는데, 이건 마치 마을 사람들 몰래 어떤 큰 비밀을 만드는 것처럼 느껴졌다.

"재니 마님," 다음날 헤저키아는 불퉁스런 목소리로 그녀를 불렀다. "티 케이크와 집까지 같이 가다니, 그러시면 안 돼죠. 밤길이 무서운 거라면 앞으로는 제가 바래다 드리겠어요."

"티 케이크는 왜 안 되는데, 헤저키아? 그가 무슨 도둑질이라도 했니?"

"도둑질을 했다는 말은 못 들었어요."

"그럼 길이나 총 따위로 사람을 해진 거야?"

"누굴 쐈다거나 찔렀다는 얘기도 들은 적 없어요."

"그럼 ― 그 사람이 ― 그 사람한테 부인이나 그 비슷한 사람이 있는 거야? 뭐 내가 상관할 바는 아니지만." 그녀는 숨을 죽이고 대답을 기다렸다.

"아뇨. 세상에 어떤 여자가 주려 죽으려고 티 케이크한테 다 시집을 가겠어요. 서로 비슷한 처지가 아닌 담에야 말예요. 티 케이크는 어떤 것에도 붙박이지 못하는 자예요. 물론 옷은 잘도 바꿔 입고 다니죠. 하지만 그 긴 다리 티 케이크는 가축 축사만한 집 한 칸도 없다구요. 마님 같은 분하고 친해볼 건더기가 전혀 없어요. 전 그걸 알려드리고 싶었어요."

"아 그랬어, 헤저키아. 정말 고마워."

이튿날 밤 티 케이크는 재니네 현관 앞 어둠 속에서 그녀를 기다리고 있었다. 갓 잡은 송어 두름을 손에 들고서.

"내가 손질할 테니 당신이 튀겨요, 같이 먹읍시다." 재니의 동의를 믿어 의심치 않는 말투로 그가 말했다. 둘은 부엌으로 가서 바싹 튀긴 생선과 옥수수 머핀을 만들어 먹었다. 그리고 그는 그녀에게 묻지도 않고 피아노 앞으로 가더니, 어깨 너머로 연신 미소를 던지면서 블루스를 연주하고 노래했다. 그 소리에 빨려들 듯 그녀는 깜박 잠이 들었다. 그리고 잠에서 깨어났을 때는 그가 그녀의 머리를 빗으며 먼지를 털어주고 있었다. 그녀는 더욱 피로가 풀리면서 나른해지는 기분이었다.

"티 케이크, 빗은 또 어디서 났어요?"

"집에서 가져왔어요. 당신 머리를 만져보고 싶어서 내가 오늘은 준비를 단단히 해왔죠."

"왜요? 내 머리를 빗기는데 당신에게 무슨 좋을 일이 있다고? 좋은 건 나지, 당신이 아니잖아요."

"나도 좋아요. 당신 머리를 손으로 만져보고 싶어서 난 요 일주일 너머 잠도 제대로 못 잔걸요. 당신 머린 정말 아름다워요. 꼭 비둘기 날갯죽지에 얼굴을 갖다대는 느낌이에요."

"참! 감동할 일도 많으셔라. 갓 나서부터 지금까지 이 머리를 기르고 다닌 나도 그 때문에 흥분해본 적이 한 번도 없는데."

"당신이야말로, 참 인색한 거죠. 장담하는데, 당신은 당신 입술도 대단할 게 없다고 생각하겠죠."

"맞아요, 티 케이크. 입술은 그냥 입술인 거고 필요할 때 사용할 뿐, 그 밖에 달리 대단할 건 없잖아요."

"쯧! 쯧! 쯧! 거울을 보고 자기 눈이 얼마나 예쁜지 흐뭇해한 적도 없는 게 분명해. 다른 모든 사람이 그 눈을 보고 즐거워하는데, 정작 자기 자신은 아무것도 못 느끼다니."

"그래요, 난 거울을 보고 내 눈에 흐뭇해본 적이 없어요. 그걸 보고 즐거워하는 사람이 있다는 것도 전혀 들은 바 없고요."

"그건 알아요? 당신은 호리병 안에 온 세상을 가둬놓고 그걸 나 몰라라 내팽개쳐두고 있다는 거. 하지만 그걸 당신에게 말해줄 수 있어서 난 참 기쁘군요."

"그런 말을 다른 많은 여자들에게도 했겠죠."

"난 이방인에게 파견된 사도 바울이니까요. 그들에게 진리의 말씀을 주고 또 그것을 보게 해주죠."

"그럴 것 같았어요." 그녀는 하품을 하며 일어설 기색을 했다. "머리 안마를 받고 나니 정말 졸립네요. 침대까지 갈 수 있으려나 몰라." 그녀는 결연히 일어섰다, 머리를 쓸어올리며. 그러나 그는 꼼짝 않고 앉아 있었다.

"아뇨, 당신은 졸린 게 아녜요, 재니. 단지 내가 사라져주길 바라는 거죠. 날 상습적인 바람둥이로 생각하고 그런 자와 시간을 낭비한 걸 후회하는 겁니다 지금."

"어머, 티 케이크! 왜 그런 생각을 하세요?"

"내가 말할 때 날 보는 당신 눈빛이 그랬어요. 당신 눈빛이 얼마나 차갑던지 머리털이 죄다 거꾸로 서는 것 같았죠."

"당신이 하는 말이나 행동에 내가 화를 낼 이유가 어딨겠어요. 당신이 잘못 안 거예요. 난 조금도 화 안 났어요."

"압니다. 바로 그래서 난 더 수치스러운 거고요. 당신은 말 그대로 내게 넌더리가 난 거죠. 당신 얼굴은 여기서 마음이 떠난 얼굴이에요. 전혀 딴 곳에 마음이 가 있다구요. 그래요, 당신은 나한테 화를 내고 있는 게 아니에요. 그랬다면 난 기뻤을 테죠. 그랬다면 당신의 화를 풀기 위해 뭔가 해볼 수라도 있었을 테니까. 하지만 지금 당신은……"

"내 좋고 싫은 것에 그리 신경 쓰지 말아요, 티 케이크. 그런 관심은 당신의 여자에게 쏟는 거예요. 난 그저 잠시 들렀다 가는 친구에 불과하고요."

재니는 서서히 거실 중앙에 난 계단을 향해 걸어갔다. 그러나 티 케이크는 앉은 채 일어나지 않았다. 마치 지금 자리에서 일어서버리면 두 번 다시는 그곳에 돌아올 수 없을 거라는 두려움에 얼어붙은 것처럼. 그는 숨을 한 번 크게 들이쉰 뒤 멀어져가는 그녀의 등에 대고 말을 했다.

"당신에게 말씀드릴 생각은 없었는데, 적어도 당분간은요. 하지만 당신이 절 이렇게 대하는 건 정말이지 못 견디겠군요. 난 당신의 포로예요."

계단 기둥께에서 그녀는 휙 돌아섰다. 그리고 생각이 한 번 일어났다 사라지는 사이, 그녀는 존재가 변이하는 듯 환히 달아올랐다. 하지만 그 바로 다음 생각에 그녀의 마음은 그만 무너져내렸다. 그는 지금 아무 말이나 지껄이고 있는 거야. 내가 자기한테 반해서 무슨 말이건 다 믿을 거라 생각하고. 생각이 거기에 미치자 차가운 무력감이 천근만근 그녀를 내리눌렀다. 자기가 나보다 젊다는 걸 미끼로 수작을 걸어보는 거지. 노망난 여편네라고 날 비웃을 차비를 하고서. 하지만 오, 열두 살만 젊어질 수 있다면, 그래서 그의 말을 믿을 수만 있다면 세상에 무엇을 내놓기 아까울까!

"오, 티 케이크, 당신 오늘은 생선과 옥수수 빵 맛이 좋아서 그렇게 말해보는 걸 거예요. 내일이면 마음이 변하겠죠."

"아뇨, 그렇지 않을 겁니다. 내가 더 잘 알아요."

"어쨌든, 아까 당신이 부엌에서 해준 말과는 달리, 난 당신보다 열두 살이나 많다는 걸 기억하세요."

"거기 대해서도 이미 생각을 해봤죠. 그리고 어떻게든 마음을 잡으려고 애써봤습니다. 하지만 모두 허사였어요. 내가 젊다는 사실은 당신과 함께 있을 때 얻는 만족감에 비하면 아무것도 아니더란 말입니다."

"대부분의 사람에게 그건 아주 치명적인 조건이에요, 티 케이크."

"그런 걸 따지는 건 모두 편리를 위해서지, 사랑과는 아무 상관이 없어요."

"글쎄, 내일 아침 해가 뜨고 나서도 여전히 그렇게 생각할지 궁금하군요. 당신 지금은 밤 기운에 취한 거예요."

"그건 당신 생각이죠. 내 생각은 다릅니다. 내기를 해도 좋아요, 당신이 틀렸다는 데 1달러를 걸죠. 하지만 당신은 돈내기도 하지 않겠죠."

"그래요. 그런 건 한 번도 해보지 않았어요. 하긴 옛날 어른들 말씀처럼, 아직 살아갈 날이 많이 남았으니 앞으로 무슨 짓을 하게 될지는 알 수가 없지만요."

그는 벌떡 일어서서 모자를 집어들었다. "잘 자요, 재니. 이렇게 가다가는 한도 끝도 없겠어요. 잘 있어요." 그는 거의 뛰다시피 문밖으로 걸어나갔다.

재니는 계단 기둥에 기댄 채 오래 생각에 잠겨 서 있었다. 그만 그대로 서서 잠이 들 뻔할 정도로. 그러나 그녀는 침대에 들기 전에 자신의 입술이며 눈이며 머리를 거울에 비춰보는 것을 잊지 않았다.

다음날 내내 집과 가게에서 재니는 티 케이크에게 마음으로 저항해보았다. 그를 마음속으로 비웃기까지 하고 그런 사람과 어울린 것을 다소 부끄럽게 여겼다. 하지만 그 한두 시간 뒤면 또 다른 반란이 온통 들고 일어나는 것이었다. 아무리 해도 그녀는 그를 여느 남자들과 같이 생각할 수 없었다. 그는 여자들이 꿈꾸는 그 사랑의 정령 같았다. 활짝 핀 꽃송이에 날아든, 봄날의 배꽃에 찾아든 한 마리 벌인 것 같았다. 그가 내딛는 걸음걸음이 세상에서 진한 향기를 자아내는 듯했다. 한걸음 한걸음 향기로운 풀잎들을 밟고 지나오는 듯, 그의 주위엔 알싸한 향이 감돌았다. 그는 한 줄기 스쳐 보이는 신의 미소였다.

그날 밤 그는 오지 않았고 그녀는 자리에 누운 채 그를 비웃어넘기려 애썼다. "어디 또 다른 데서 미끼를 달아놓고 맴도는 게지. 냉정하게 대하길 잘했어. 거리를 나도는 그런 시시껄렁한 검둥이에게서 뭘 바랐던 거야? 다른 여자와 살면서 나를 봉으로 보고 달려들었을 게 분명해. 너무 늦기 전에 정신을 차려서 정말 다행이야." 그렇게 그녀는 마음을 달래려 노력했다.

다음날 아침 재니는 문 두드리는 소리에 잠이 깼다. 티 케이크였다.

"안녕, 재니. 잠이 다 깼다면 좋겠는데."

"깨다말다요, 티 케이크. 안으로 들어와요. 이렇게 일찍 무슨 일이에요?"

"내 아침 생각을 말해주려고요. 당신한텐 꼭 아침에 와서 내 생각을 말해야 할 것 같더군요. 밤에는 통 그걸 이해시킬 수가 없었어요."

"티 케이크! 그 때문에 이 새벽에 찾아왔다구요?"

"그럼요. 당신한테는 이렇게 분명히 말하고 보여줘야 하겠던걸요. 그래서 지금 온 겁니다. 참 딸기도 좀 따왔어요, 좋아할 것 같아서."

"티 케이크, 당신은 정말이지 종잡을 수가 없어요. 정신이 나간 사람 같아요. 들어와서 아침이라도 좀 들고 가세요."

"시간이 없어요. 일하러 가야 해요. 여덟시까지는 올란다에 도착해야 해요. 자세한 얘기는 이따 만나서 하자구요."

그는 도로로 훌쩍 뛰어내려서는 이내 사라져버렸다. 그러나 그날 밤 그녀가 가게 문을 닫고 왔을 때, 그는 그녀의 집 현관 앞 해먹에 모자로 얼굴을 덮은 채 누워 있었다. 그녀가 불러도 아무 소리도 못 들은 척 코만 더 크게 곯아대며. 흔들어 깨우는 수밖에 없었다. 하지만 그녀가 해먹 앞으로 다가서자 그는 그녀를 덥석 품에 끌어안았다. 마침내 그녀는 그가 원하는 대로 그의 곁에 잠시 함께 누웠다.

"티 케이크, 당신은 어떤지 모르겠는데, 난 배가 고파요. 가서 함께 저녁을 먹어요."

그들은 안으로 들어갔고, 뒤이어 부엌과 온 집 안에서 웃음 소리가 울려났다.

다음날 아침 재니는 숨이 멎을 것 같은 입맞춤에 잠이 깼다. 티 케이크가 그녀를 꼭 끌어안아 쓰다듬고 있었다. 마치 그녀가 자기 품에서 미끄러져 날아가기라도 할 것처럼. 그러다 그는 시간에 쫓겨 허둥지둥 옷을 입고 일을 나갔다. 그는 그녀가 아침을 차리겠다는 걸 극구 말렸다. 그는 그녀가 푹 쉬기를 바랐다. 그래서 그대로 누워 있게 했다. 그녀는 그에게 꼭 아침을 지어주고 싶었지만 그가 집을 떠난 한참 뒤까지 그냥 그대로 누워 있었다.

온몸의 보공으로 어찌나 가쁘게 숨을 뿜어냈던지 티 케이크는 여전히 방 안에 머물고 있는 것 같았다. 그녀는 그를 느낄 수 있었다. 그가 방안 구석구석을 껑충거리고 돌아다니는 모습이 눈에 보이는 것도 같았다. 그녀는 밀려드는 행복감에 오랜 시간 몸을 맡기고 누워 있었다. 그리고 마침내 자리에서 일어나 티 케이크가 바람을 타고 하늘로 뛰어오르도록 창문을 활짝 열어젖혔다. 새 삶이 시작되었다.

그러나 오후 늦게쯤 되어서는, 특히 연인들을 찾아오는 그 지옥의 전령이 그녀의 마음을 두드렸다. 의심이었다. 그러자 상황이 허락하고 상상력이 꿈꿀 수 있는 모든 종류의 두려움이 그녀를 사방 천지에서 공격해왔다. 이건 생전 처음 갖는 느낌이었지만, 그렇다고 고통이 덜하지는 않았다. 티 케이크가 곁에 서서 의심을 떨쳐줄 수 있다면! 하지만 그날도 다음날도 그는 돌아오지 않았다. 그리고 그녀는 심연으로 내던져져 빛이라곤 미쳐본 적이 없는 아홉째 어둠 속으로 떨어져갔다.

그러나 나흘째 되던 날 오후 다 찌그러진 차를 한대 몰고 티 케이크가 나타났다. 그리고 마치 수사슴처럼 차에서 훌쩍 뛰어내려서는, 가게 현관 기둥에 차를 대는 시늉을 해보였다. 얼굴에 그 미소를 가득 떠우고! 그녀는 그를 경모했다. 그리고 동시에 증오했다. 그토록 자신을 괴롭혀놓고 어쩜 저리 사랑스런 미소를 짓고 나타날 수 있는가? 그는 가게 안으로 들어서며 슬쩍 그녀의 팔을 꼬집었다.

"당신을 태우고 다닐 물건을 하나 구해왔지." 그가 그 비밀스런 웃음을 지으며 소곤거렸다. "원하면 모자를 쓰든지. 장을 보러 가야 하니까."

"티 케이크, 이 가게에서 내가 하는 일이 바로 그 찬거리를 파는 일이란 사실을 혹시 알고 있는지 모르겠네." 그녀는 쌀쌀맞은 표정을 지으려 했지만, 자기도 모르게 웃고 있었다.

"아 이건 특별한 경우니까. 당신은 사람들 일반을 위해 찬을 파는 거고. 우린 지금 당신을 위해 장을 보러 가는 거야. 내일이 일요학교 큰 소풍 날인데, 당신은 분명 그걸 까먹고 있었겠지, 우린 거기 먹을 것을 한 바구니 가득 싸가지고 가는 거라구."

"그건 잘 모르겠고, 티 케이크. 어쨌든 지금 당신이 할 일은, 집에 가서 날 기다리는 거야. 곧바로 뒤따라갈게."

그리고 그녀는 기회가 되는 대로 곧 뒷문으로 빠져나와 티 케이크를 만났다. 그러는 동안 그녀는 너무 좋아할 건 없다고 스스로를 타일렀다. 어쩌면 그는 단지 의례적인 말을 해본 것인지도 몰랐다.

"티 케이크, 당신 정말로 나랑 소풍 가고 싶은 거야?"

"당신을 소풍에 데려가려고 갖은 애를 써서 돈을 모았는데, 꼬박 두 주를 개처럼 일해서 돈을 모았는데, 그런데 당신은 나한테 와서 한다는 말이 정말 당신이랑 가고 싶냐! 당신을 윈터파크나, 아님 올란다에 데려가서 필요한 것들을 사주려고 그 고생을 마다 않고 차를 구해왔는데, 글쎄 그 차에 올라타서 한다는 말이 정말 당신이랑 가고 싶냐고!"

"화내지 마, 티 케이크. 난 그냥 당신이 예의상 이러는 건 싫어서

해본 말이었어. 혹시 따로 데려가고 싶은 사람이 있으면, 난 괜찮으니까 그렇게 하라고."

"아니, 그렇지 않아. 만약 정말 괜찮았으면 그런 말을 하지도 않았 겠지. 용기를 내서 자기 느낌을 솔직하게 말하라구."

"좋아, 그럴게. 난 정말이지 당신이랑 같이 가고 싶어, 하지만— 오, 티 케이크, 제발 나에게 마음에 없는 말은 하지 말아줘!"

"재니, 만약 내가 거짓말을 하는 거면 천벌을 받아도 좋아. 이 세상 에 당신에 비할 사람은 아무도 없어. 당신은 천국 문의 열쇠를 갖고 있 는 사람이라구."

제 12 장

마을 사람들이 눈치를 채고 분개하기 시작한 것은 바로 그 소풍이 있은 다음부터였다. 티 케이크와 스탁스 시장 부인이! 그 쟁쟁한 남자들을 다 놔두고, 하필 티 케이크 같은 자와! 그뿐인가, 조 스탁스를 여읜 게 이제 겨우 아홉 달인데 연분홍 리넨 치마를 저리 펄럭이며 소풍을 나다니다니. 줄곧 나오던 교회도 안 나오고. 티 케이크와 차를 타고 샌퍼드를 갔대. 그것도 온통 옷에 푸른 물을 들이고! 부끄러운 일이야. 하이힐 구두와 10달러짜리 모자에 재미가 붙어서! 애들처럼, 티 케이크가 입으란다고 꼭 푸른 옷만 골라 입고는. 불쌍한 조 스탁스. 장담하는데 그 사람 무덤 속 잠자리가 편치 않을 거야. 티 케이크와 재니가 사냥을 갔다며. 티 케이크와 재니가 낚시를 갔다는데. 티 케이크와 재니가 올란다에 영화를 보러 갔다네. 티 케이크와 재니가 춤추러 갔대. 티 케이크가 재니 집 앞마당에 꽃밭을 만들고 재니 보라고 꽃씨를 뿌렸대. 재니가 늘 못마땅해하던 부엌 옆의 그 나무도 베었다는데. 몸이 끈으로 묶인 것처럼 붙어다니는 저 꼴들 좀 봐. 티 케이크가 승용차를 빌려와서 재니에게 운전 연습을 시킨대. 남들 이목일랑 아랑곳없이 가게 앞에서 한나절 내내 체스를 두고, 플로리다 플립과 쿤캔[7]을 한다네. 날이면 날마다, 달이면 달마다.

"퍼비." 어느 날 밤 샘 웟슨이 자리에 들며 말했다. "당신 친구는 그 티 케이크에게 완전히 넘어간 거 같애. 처음에는 그게 곧이들리질 않더니만."

"아유, 걔가 무슨 딴맘을 갖고 그러는 건 아니에요. 내가 보기엔 샌퍼드의 그 사업가를 마음에 있어하는 거 같던데요, 뭘."

"누군가 있기는 있어, 요즘 들어 얼굴이 아주 활짝 폈더라니까. 그새 옷들하며, 머리 모양도 하루가 멀다 하고 바뀌는 게 말야. 여자가 머리를 가꾸는 데는 뭔가 있는 거야. 여자가 제 머리에 그리 공을 들일 때는, 누가 됐든 그걸 보여줄 남자가 있어서 그러는 거라고."

"걔가 어디 제 머리 하나 맘대로 못 할까. 하지만 샌퍼드의 그 혼처는 아주 괜찮았어요. 그 사람은 부인하곤 사별한 처지인 데다가, 재니와 같이 살겠다는 그 집도 아주 근사하더라니까요— 가구까지 다 갖춰서 말예요. 조가 남긴 집보다도 더 낫더라구요."

"그럼 당신이 재니도 그걸 깨닫게 해줘야지. 티 케이크는 재니의 재산을 까먹는 것밖에 더 하겠어. 사실 그가 노리는 게 바로 그거겠지만. 조 스탁스가 애써 모아놓은 것들을 흥청망청 써 없애는 거."

"그렇겠죠. 하지만 만약 그렇다 하더라도, 재닌 성인이에요. 자기가 하고 싶은 일은 누구보다 자신이 잘 알 거라구요."

"오늘 과수원에서는 남자들이 재니와 티 케이크 둘 다를 욕하더라구. 그 사람들은 티 케이크가 지금은 재니한테 돈을 쓰고 있지만 그건 다 나중에 더 큰 돈을 따내 쓸 속셈인 걸로 보던데."

"흥!"

"아, 그 사람들이 모든 내막을 꿰차고 있더라니까. 그 사람들 말을

---

7 카드 게임의 일종.

곧이곧대로 믿을 거야 없겠지. 하지만 사람들이 말을 그렇게 하고 있고, 분위기가 재니한테 아주 좋지 않게 돌아가고 있단 말이야 지금."

"그건 질투고, 악의예요. 자기들 가운데 몇 사람이야말로 지금 티 케이크의 속셈이라고 주장하는 그런 수작들을 걸어보고 싶어 안달이면서."

"목사는 또 그러더라구, 티 케이크는 헌금 낼 돈으로 기름 값을 대려고 재니를 좀체 교회에 안 내보낸다는 거야. 교회가 아닌 딴 곳으로만 내돌린다고. 아무튼, 재니는 당신의 단짝 친구잖아. 그러니 당신이 찾아가서 한번 얘기를 해보는 게 좋잖겠어? 가서 귀뜸을 좀 해주라구. 만약 그자가 재니의 돈을 뺏으려 드는 거라면 그녀가 냉큼 알아차릴 수 있게 말이지. 난 재니가 좋아, 그래서 정말 재니가 타일러 부인처럼 되는 건 보고 싶지 않다구."

"아이고 끔찍해라, 그건 절대 안 될 일이죠! 내일 재니한테 잠깐 들러서 얘기를 해봐야겠어요. 그앤 지금 별생각 없이 그러는 거예요. 그뿐이라구요."

다음날 아침 퍼비는 이웃집 마당을 찾아든 암탉처럼 고개를 이리 기웃 저리 기웃 하면서 조심조심 재니의 집으로 향했다. 사람을 만날 때마다 멈춰 서서 잠시 대화를 나누고, 이 집 저 집 대문간에서 쨈쨈이 숨도 돌리면서—— 빙글빙글 맴을 돌다간 조금씩 앞으로 나아가는 것이다. 그렇게 해서 그녀는 재니를 만나겠다는 자신의 확고한 의도를 감추고 단지 우연히 재니네 집으로 향하게 된 것으로 가장할 수 있었고, 도중에 만난 사람들에게 자신의 견해를 피력하지 않아도 되었다.

재니는 퍼비를 반갑게 맞이했고 얼마 뒤 퍼비는 재니의 마음을 이렇게 떠보았다. "재니, 요즘 사람들이 다 네 얘길 하고 있어. 그 티 케이크이란 사람이 널 전에 안 다니던 곳들로 끌고 다닌다고 말야. 야구장이며 사냥이며 낚시질이며. 티 케이크는 네가 그보다 더 수준이 높다는 걸 모르나 보지. 넌 항상 우리와는 다른 계층에 속했는데."

"조디가 날 그렇게 만들었지, 내가 그랬던 적은 없어. 정말이야, 퍼비, 난 지금 내가 원하지 않는 곳들로 끌려다니는 게 아냐. 난 항상 많은 곳을 돌아다니고 싶었어. 그런데 조디가 그걸 허락하지 않았던 거야. 조디는 내가 가게에 있지 않으면 그냥 두 손 포개고 한 자리에 앉아 있기만 바랐지. 그리고 난 그렇게 앉아 있을 때면, 사면 벽이 죄어들어 내 안에서 모든 생명을 쥐어짜가는 느낌이 들었어. 퍼비, 그 왜 교육을 많이 받은 그런 여자들은 자리에 앉아서 생각할 거리들이 수북할 거야. 그런 여자들은 누군가로부터 앉아서는 무엇을 할 수 있는지 일러줬던 거지. 하지만 불행히도 내게는 아무도 그런 걸 일러준 적이 없어, 그러니 난 앉아 있어도 여전히 괴로운 거지. 난 내 삶을 온전히 활용하며 살고 싶어."

"하지만, 재니, 티 케이크는…… 그 사람이 나쁜 사람이라는 건 아니지만…… 하지만 그는 내세울 만한 돈 한푼이 없잖아. 그 사람 목적이 네 돈일 수 있단 생각은 안 해봤어? 너보다 나이도 어린데."

"그 사람은 이제껏 내게 십 원 한 닢 요구해본 적 없어. 또 만약 그 사람이 재산을 사랑한다고 해도, 그건 우리들 모두 마찬가지인 거잖아. 내 주위에 포진하고 있는 이 나이 지긋하다는 사람들도 바라는 건 한 가지야. 이 마을에만도 과부가 셋이나 더 있는데, 왜 그들을 위해서 목을 매는 사람은 없다니? 그건 그 과부들에게 돈이 없기 때문이지, 그게 이유인 거야."

"사람들은 네가 색깔 있는 옷을 입고 나다니는 게 죽은 네 남편에 대한 예의가 아니라고 생각해."

"난 지금 슬퍼하고 있지 않은데, 왜 내가 상복을 입어야 해? 티 케이크는 내가 푸른 색깔 옷을 입는 걸 좋아하고, 그래서 난 그걸 입는 거야. 조디는 살아생전에 내게 옷 색깔을 골라준 적이 없어. 희고 검은 옷은 세상 사람들이 상복으로 정해준 거지, 조가 골라준 게 아니란 말이지. 그러니 내가 흰옷을 입었던 때도 조를 위해 입었던 건 아니야. 다른 모든 사람들을 위해서였지."

"하지만 어쨌든 조심해야 해, 재니. 이용당하면 안 돼. 너도 알잖아, 이런 나이 어린 남자들이 나이 든 여자를 어떻게 이용해 먹는지. 그치들은 줄곧 자기가 얻고 싶은 것들만 구하다가 그걸 손에 넣었다 싶으면 옥수수 밭의 칠면조처럼 감쪽같이 사라져버린다구."

"티 케이크는 그런 식으로 말하는 게 아냐. 그 사람은 나와 평생을 같이하려는 거야. 우린 곧 결혼하기로 했어."

"재니, 넌 성인이야. 그러니 네가 지금 무슨 일을 하고 있는지 스스로 잘 알고 있길 바래. 난 정말이지 네가 나이를 먹을수록 분별력을 잃어가는 주머니쥐 같지 않기를 바란다구. 내 맘 같아선 네가 샌퍼드의 그 사람과 결혼한다면 훨씬 더 좋겠는데. 그 사람은 네 재산에 보탤 재물도 있고, 그걸 더 키울 능력도 있어. 그 정도면 괜찮은 사람이잖아."

"그럼에도 불구하고 난 티 케이크와 살고 싶어."

"그래 — 네 마음이 그렇게 정해졌다면 아무도 어쩔 수 없지. 하지만 넌 아주 위험한 모험을 하고 있는 것 같아."

"전에 내가 모험했던 것이나, 또 결혼을 하는 사람 누구나가 모험하는 것보다 더 큰 모험이라고 할 순 없어. 결혼은 항상 사람을 변화시키지, 어떤 때는 자기 자신도 모르고 있던 내면의 때와 저속함을 밖에 드러내기도 하고. 너도 그거 알지. 어쩌면 티 케이크도 그런 사람으로 드러나게 될지 모르지. 아닐 수도 있고. 어쨌든 난 준비가 되어 있고 기꺼이 그를 겪어보려고 해."

"그럼 — 결혼은 언제 할 건데?"

"그건 잘 모르겠어. 우선 가게가 팔려야 할 거고, 그러고 나면 어디 다른 곳으로 거처를 옮겨서 결혼을 할 거야."

"가게를 왜 팔아?"

"티 케이크는 조디 스탁스가 아니니까. 만약 그가 그렇게 되려고 한다면 오히려 모든 게 뒤죽박죽이 되어버릴 거야. 그런데도 내가 그와 결혼하는 그 순간부터 사람들은 그를 스탁스와 비교하기 시작하겠지. 그래서 우린 어디 다른 곳으로 가서 그의 방식으로 모든 걸 다시 시작하려고 해. 이건 무슨 사업을 경영하거나, 사회적인 지위와 재산을 얻기 위해 질주하는 일이 아니니까. 이건 그냥 사랑의 게임일 뿐이야. 난 할머니의 방식으로는 충분히 살아봤어. 그러니 이젠 내 방식으로 살아볼 작정이야."

"할머니의 방식이라고?"

"할머닌 노예 시대에 나셨어. 그 시대 사람들, 그러니까 흑인 노예들은 앉고 싶어도 아무 때나 앉을 수가 없었지. 그래서 할머닌 백인 마나님처럼 현관께에 의자를 놓고 앉아 지내는 걸 그렇게 선망하셨던 거야. 할머니가 내게 바라셨던 게 바로 그거였지—거기 어떤 희생이 뒤따를지 가려보지도 않으시고. 할머닌 그냥 높은 자리에 올라 거기 앉게 되기만 바라셨어. 아무 일을 않는 그 자리에 오른 뒤에는 무엇을 할 것인지 생각해볼 겨를도 없이. 목표는 무조건 거기에 오르는 것이었어. 그래서 난 할머니가 말씀하신 대로 그 높은 자리에 올라 앉았지. 하지만 퍼비, 그 위에서 난 숨이 막혀 죽을 뻔했어. 마치 온 세계가 탈출을 외치는데 난 여태껏 그 소식을 듣지 못하는 느낌이었다구."

"그럴 수도 있겠구나, 재니. 하지만 그렇더라도 난 딱 일 년만 그렇게 살아봤으면 좋겠다. 나 있는 곳에서 보면 그곳은 천국 같은데."

"그럴 거라고 생각해."

"하지만 어쨌든, 재니, 모르는 사람과 가게를 팔아 떠나는 건 조심해야 해. 애니 타일러를 생각하라구. 그 왜 얼마 되지도 않는 전 재산을 팔아서 후 플렁이라는 젊은 총각과 탐파로 도망을 갔던. 그건 생각해볼 만한 문제야."

"그건 정말 그래. 하지만 난 타일러 부인이 아니고 티 케이크는 후 플렁이 아니잖아. 그리고 티 케이크는 내가 모르는 남도 아니고. 우린 벌써 결혼한 거나 다름없는 사이라구. 공공연하게 밝히고 싶지는 않지만. 너니까 말하는 거야."

"난 병아리와 같아. 병아리는 물을 마셔도 오줌을 찔끔거리지 않지."

"오, 네가 말 흘리고 다닐 사람이 아닌 건 잘 알아. 그리고 사실 우린 부끄러운 것도 없고. 아직은 큰 소동을 일으키고 싶지 않을 뿐이지."

"사람들에게 말을 안 한 건 잘 한 거야. 하지만 재니, 넌 정말 큰 모험을 하고 있는 거야."

"겉으로 보이는 것처럼 그렇게 위험한 모험은 아니야, 퍼비. 내가 티 케이크보다 나이가 많은 건 사실이야. 하지만 난 그 사람한테서 사람들이 나이를 따지는 게 어디서 비롯된 생각인지를 알게 됐어. 사람들도 티 케이크와 같이 생각하게 되면 나이 같은 것에 신경 쓰지 않고 살 수 있을 거야. 무엇보다 먼저 새롭게 생각할 필요가 있고 그러면 새로운 언어가 생기는 거 같아. 일단 거기 익숙해지고 나니까 난 정말 아무 거리낌없이 지낼 수가 있더라. 그 사람이 내게 전혀 새로운 언어를 가르쳐준 거지. 조금만 기다려봐, 그 사람이 우리 둘이 짝지어 입을 옷으로 내게 골라준 푸른 공단 옷을 보여줄게. 하이힐 구두와 목걸이와 귀고리, 그가 내게 골라준 모든 걸 말이야. 이제 앞으로 얼마 안 가서, 네가 아침에 일어나 날 불러도 난 떠나고 없을 거야."

제 13 장

잭슨빌. 티 케이크는 편지에서 잭슨빌이라고 했다. 그는 전에 그곳 철도 매점에서 일을 했으며 그 옛 주인이 돌아오는 임금 지불일에 그에게 일자리를 주기로 약속했다고. 그러니 더 이상 그녀가 기다릴 이유가 없다고. 기차에서 내리자마자 결혼식을 올릴 작정이니 새로 산 그 푸른 정장을 입고 오라구. 서둘러야 해, 당신 생각에 난 몸이 곧 솜사탕이 될 지경이라구. 어서 와, 사랑하는 내 아기, 티 케이크 이 아빠는 우리 아기라면 눈에 넣어도 아프지 않을 거야!

기차는 그날 아침 너무 이른 시각에 출발했기 때문에 그녀가 떠나는 것을 본 사람은 그리 많지 않았다. 하지만 그 모습을 지켜본 몇 안 되는 사람들은 자세한 목격담을 전했다. 그녀의 모습이 좋아 보였단 점은 그들 모두가 인정하는 바였다. 그러나 동시에 그것은 부질없는 일이기도 했다. 여자 고운 것과 바닷물 고운 건 바람을 타게 마련이지 않던가.

기차는 은빛 철로 위에 제 몸을 치대며 몇 마일이건 춤을 추듯 달음박질해갔다. 스쳐 지나는 마을들에 간간이 경적도 울려주면서. 마침내 기차는 점차 속도를 늦추어 잭슨빌 — 그녀가 궁금해하고 또 보고 싶어 했던 그 모든 것 — 에 접어들었다.

그리고 그 크고 낡은 역사(驛舍)에 새로 산 푸른 양복에 밀짚모자를 눌러 쓴 티 케이크가 기다리고 있었다. 그는 무엇보다 먼저 그녀를 목사관으로 데리고 갔다. 그리고는 곧장, 지난 두 주 동안 그녀가 도착하기를 기다리며 그가 홀로 지냈던 그들의 방으로 안내했다. 그리고 그는 다시금 격렬한 포옹과 뜨거운 키스를 퍼부으며 온통 떠들썩한 환영의 의식을 벌였다! 그녀는 너무 기뻐서 더럭 겁이 날 정도였다. 그날 그들은 집에 머물며 쉬었다. 하지만 이튿날 저녁부터는 쇼 구경을 필두로 전차를 타고 시내 곳곳을 둘러보았다. 그러는 동안 모든 비용은 티 케이크가 치렀기 때문에, 재니는 속옷 갈피에 숨겨놓은 200달러에 대해 일언반구도 비치지 않았다. 속주머니를 다는 것은 퍼비의 생각이었다. 퍼비는 재니가 그 돈을 가져가야 하며, 만약의 경우를 대비해 티 케이크에게는 그것을 비밀로 해야 한다고 고집했던 것이다. 차비 몫으로 10달러는 지갑에 있었다. 티 케이크는 그 정도만 알고 있으면 되는 것이다. 앞으로의 일이란 재니의 생각대로만 되지 않을 수도 있는 것이니까. 그러나 재니는 잭슨빌에 첫발을 내디딘 이래 퍼비의 염려가 기우였음을 한 순간도 의심해본 적이 없었다. 재니는 티 케이크가 마음 상하지 않으리라는 확신이 서는 언젠가 이 소동에 대해 웃으며 이야기할 작정이었다. 이렇게 해서 결혼한 뒤로도 일주일이라는 시간이 흘렀고 재니는 퍼비에게 사진을 담아 엽서를 부치기도 했다.

　　그날 아침 티 케이크는 재니보다 먼저 눈을 떴다. 재니는 미처 잠을 다 떨치지 못하고 그에게 어물전에 가서 아침 찬거리를 봐다달라고 부탁했다. 한숨만 더 붙이고 나면 그녀도 가뿐히 일어날 것 같다고. 그는 그러마고 대답을 했고 그녀는 돌아누워 다시 잠이 들었다. 그리고 그녀가 눈을 떴을 때 티 케이크는 돌아와 있지 않았고 시계는 시간이 꽤 오래 되었음을 알려줬다. 그녀는 우선 일어나 세수부터 했다. 어쩌면 그는 그녀의 잠을 방해하지 않으려고 아래층 부엌에서 아침을 짓고 있는지도 몰랐다. 그녀는 아래층으로 내려갔다가 집주인을 만나 함께 커피를 마셨다. 주인은 남편을 여읜 뒤로 모닝커피를 혼자 들어야 하는 게 싫다고 했던 것이다.

"우즈 부인, 남편은 오늘 일을 나갔나 봐요? 아까 일찌감치 집을 나서던데. 우리 둘은 말동무가 될 수 있겠어요, 안 그래요?"

"아 예, 그럼요, 새뮤얼스 부인. 부인을 보면 이튼빌의 제 친구 생각이 나요. 정말, 꼭 그애처럼 부인도 친절하고 다정해요."

결국 재니는 집주인에게는 아무것도 묻지 못한 채 커피만 마시고 방으로 돌아왔다. 디 케이크는 그 생선 때문에 분명 온 시내를 뒤지고 있는 거야. 그녀는 그렇게 생각을 한 뒤 그 이상으로는 너무 많은 생각을 하지 않으려 애썼다. 그러다 정오의 사이렌까지 들은 그녀는 일어나서 외출복으로 갈아입을 채비를 했다. 자신의 200달러가 사라진 것을 발견한 것은 그때의 일이었다. 안전핀이 달린 그 작은 속지갑은 의자 위 옷더미 사이에 묻혀 있었지만 돈은 방안 어디에도 있지를 않았다. 분홍 비단 속옷에 달아놓은 그 작은 지갑 안이 아니라면, 돈은 어디에고 있을 턱이 없다는 것을 그녀는 처음부터 알고 있었다. 하지만 그녀는 분주하게 방을 뒤지고 다녔고, 끊임없이 몸을 움직이는 그 일이 그녀에게는 도움이 되었다. 비록 늘 그 자리를 맴도는 것에 불과했지만.

하지만 아무리 결심이 굳다 한들, 연자맷돌을 돌리는 말처럼 언제까지나 한곳을 맴돌 수는 없었다. 마침내 재니는 바닥에 주저앉았다. 그리고 주위를 둘러보았다. 방 안은 악어의 벌린 입 속 같았다 ─ 무언가를 집어삼킬 듯 쩍 벌어진. 그리고 창 밖으로는 잭슨빌이, 거대한 말뚝에라도 붙들어매놓지 않으면 대기 중으로 붕 떠오를 것 같은 기세로 펼쳐져 있었다. 그것은 어떤 따뜻함을 간직하기엔 너무도 덩치가 컸고, 그래서 그녀와 같은 사람은 필요로 할 리 만무했다. 산송장처럼 그녀는 하루 낮과 밤을 걱정으로 지냈다.

정오가 다 되어가던 무렵 재니는 애니 타일러와 후 플렁의 일이 생각났었다. 쉰두 살에 과부가 되면서 꽤 쓸 만한 집과 보험금을 물려받았던 애니 타일러.

스트레이트 파마를 한 염색 머리에 새로 맞춘 의치가 불편해 보였던, 가죽처럼 질기고 건조한 피부에 덕지덕지 분을 처바르고 마냥 행복하게 웃어대던 그녀. 그녀는 십대 후반 혹은 이십대 초반의 청년들과 사랑에 빠졌고, 그들에게 옷이며 구두, 시계 따위를 선물하면서 자신의 돈을 썼으며, 그들 모두는 한결같이 자신의 필요만 충족되면 그녀를 버리고 떠났다. 그렇게 손 안의 돈을 다 잃고 나자 이번에는 후 플렁이 나타나 앞서의 상대들을 사기꾼이라 욕하면서 자신은 그녀의 집 주위를 맴돌았다. 그가 그녀를 설득해서 집을 팔고 탐파로 떠나게 했다. 발을 절뚝거리며 그녀는 마을을 떠났다. 물집에 짓물러 터진 발은 꼭 끼는 하이힐 구두에 고문을 당하고, 상체를 턱 밑까지 치받쳐 올리는 짱짱한 코르셋 속에서 몸은 몸살을 앓는 채. 그러나 그녀는 확신에 차서 웃으며 떠났다. 재니 그녀만큼이나.

그로부터 2주 후 애니 타일러는 짐꾼과 차장의 부축을 받으며 어느 북행 완행 열차에서 메이트랜드 역에 내려섰다. 머리는 부분부분 검고 희고 붉으며 푸른 물이 들어 있는 게, 온갖 싸구려 염색술이 총동원되어 있는 것 같았다. 꼿꼿하던 구두굽은 온통 휘고 뒤틀려 있었으며 피곤에 전 두 발 역시 마찬가지였다. 코르셋은 어디 두고 왔는지, 노인은 몸을 덜덜 떨며 그 적나라한 체형을 그대로 드러내놓고 있었다. 눈에 보이는 모든 것이 힘없이 늘어져 있었다. 그녀의 턱은 귓전에서부터 시작해 목을 따라 휘장처럼 물결져 내렸고, 가슴과 뱃구레와 엉덩이가, 심지어 종아리까지도 복숭아뼈 위로 늘어져 내리고 있었다. 그녀는 신음을 할 뿐 결코 웃지 않았다.

그녀는 가슴이 무너지고 긍지도 꺾였으며, 자초지종을 묻는 사람들에게 일어났던 모든 것을 다 말했다. 후 플렁은 어느 초라한 거리 초라한 숙소의 초라한 방에 그녀를 데려다놓고 다음날 결혼을 할 것을 약속했다. 그리고 사흘째 되던 날 아침에 그녀는 후 플렁과 돈이 함께 사라진 것을 발견했다. 그녀는 자리에서 일어나 이곳저곳을 찾아보고 다녔지만, 그를 찾는다는 것은 그녀의 힘으로는 가당찮은 일이었다. 그녀가 발견한 것은 고작 자신은 새 포도주를 담기에는 너무 낡은 부대라는 사실뿐. 배고픔은 그 이튿날로 그녀를 거리로 내놓았다. 거리에서 그녀는 웃고 또 웃다가, 웃다가 구걸하다가, 결국에는 무작정 구걸만 했다. 천신만고의 일주일을 보내고 고향 출신의 한 젊은이를 길에서 우연히 마주쳤다. 그녀는 그에게 사실 그대로를 말할 수가 없었다. 그냥 기차에서 내리고 보니 누군가 지갑을 훔쳐갔더라고 말했을 뿐. 당연히 젊은이는 그 말을 믿었고, 그녀를 자기 집으로 데려가 하루 이틀쯤 쉬게 한 뒤 고향 가는 차표를 끊어준 것이다.

사람들은 그녀를 자리에 뉘고 오컬라 근처에 시집가 살고 있는 그녀의 딸에게 연락을 했다. 딸은 연락을 받은 즉시 달려왔고 어머니의 평안한 임종을 바라고 자신의 집으로 모시고 갔다. 애니 타일러 그녀는 평생 동안 그 무언가를 기다리며 살아왔지만 그것을 만난 순간, 그것은 그녀의 목숨을 끊고 말았다.

이러한 애니 타일러의 삶이 마치 한 편의 영화처럼 밤새 재니의 머리맡을 맴돌았다. 어쨌든, 재니는 이튼빌로 돌아가 놀림과 동정의 대상이 되지는 않을 것이다. 그녀는 아직 지갑에 10달러가 있고 은행 계좌에는 1,200달러가 있었다. 하지만, 오 하느님, 티 케이크가 어딘가에 다쳐 쓰러져 있지는 않게 해주십시오. 제가 그것도 모르고 있지는 않게 해주십시오. 그리고, 제발 그이가 저 외에 다른 누구와도 사랑에 빠지지 않게 해주십시오. 어쩌면, 주여, 사람들이 말하듯 제가 바보인지도 모르겠습니다. 하지만 주여, 전 그토록 외로웠습니다. 그리고 전 기다려왔습니다. 정말이지 오랜 세월을 기다려왔단 말입니다.

졸다 깜박 잠이 든 재니는 어슴새벽 무렵에 잠이 깼다. 태양은 얼굴을 붉힌 채 하늘가에 빠끔히 눈만 내밀어놓고 정찰병을 파견하여 어둠이 감춘 길들을 드러내가고 있었다. 그러다간 언제 그랬냐는 듯, 태양은 그 모든 것을 떨치고 일어나 눈부신 흰빛을 두르고 제 일에 착수했다. 그러나 조만간 티 케이크가 돌아와주지 않는다면 재니에게는 언제까지나 어둠만 계속될 것이었다. 그녀는 침대에서 의자로 옮겨 앉았다. 그러나 의자가 그녀를 지탱해주지는 못했다. 그녀는 바닥에 몸을 쪼그리고 내려앉았다. 흔들의자에 머리를 파묻은 채.

잠시 후 그녀는 누군가 문밖에서 기타를 치는 소리를 들었다. 음악은 아주 짧았다. 선율도 아름다웠다. 그러나 재니의 울적한 기분에는 그것조차 슬프게만 들렸다. 그런데 이번엔 누군가가 노래를 부르는 것이다. "은총의 종을 울려주소서. 죄 많은 이 사람 받아주소서." 그녀는 숨이 멎는 줄 알았다.

"티 케이크, 당신이야?"

"그래, 나야, 재니. 그런데 왜 방문은 안 열어주는 거야?"

그러나 그는 더 기다리질 않고 곧장 문을 밀고 들어왔다. 진홍 비단으로 된 밴드를 드리운 기타를 어깨에 둘러메고, 양 입가가 귓불에 닿도록 미소를 띄운 채.

"그동안 어디 있었느냐고 물어볼 필요 없어, 왜냐면 난 오늘 종일 그 얘기만 할 거니까."

"티 케이크, 난—"

"아니 이런, 재니, 당신 바닥에 꿇어앉아 뭐 하는 거야?"

그는 두 손 안에 그녀의 머리를 감싸안으며 차분히 의자에 몸을 앉혔다. 그녀는 여전히 아무 말도 하지 못했다. 그녀의 머리를 쓰다듬고 얼굴을 들여다보며 그가 말했다.

"옳아. 당신 그 돈에 관해 날 의심했구나. 돈을 훔쳐 도망간 줄 알고. 그렇게 생각하는 것도 이해는 되지만, 하지만 당신이 생각하는 그런 건 아니었어. 만약 어떤 여자가 출산을 하다 죽어간다면 그런데 뱃속의 여자 아이는 아직 나오지 못하고 있다면, 그럼 나도 당신 아닌 다른 여자한테 돈을 쓸 수 있겠지. 하지만 그렇지 않은 담에야 그런 일은 없어. 내가 전에 말했잖아. 당신은 천국의 열쇠라고. 내 말을 믿어줘."

"하지만 당신 하루 온종일을 날 버려두었으면서."

"그건 내가 일부러 그랬던 게 아니야, 하늘에 맹세코, 여자 때문은 더더욱 아니고. 당신이 날 옴쭉달싹못하게 단단히 붙들어매지 못했다면, 애시당초 당신을 우즈 부인이라고 부르지도 않았을 거야. 당신을 알기 전에 많은 여자를 만나고 얘기도 많이 해봤지, 하지만 한 번이라도 결혼을 생각해본 사람은 없었어. 당신 한 사람뿐이라구. 나이가 많은 건 전혀 문제가 되지 않아. 그런 생각은 다신 하지 말란 말야. 만에 하나 내가 다른 여자 곁을 맴도는 일이 생긴다면, 그건 그 여자가 젊어서가 아닐 거야. 그 여자가 지금의 당신처럼 날 사로잡아서겠지— 그래서 나도 어쩔 수 없게 되는 경우 말야."

그는 의자에서 내려앉아 그녀에게 키스를 했다. 그리고 그녀가 미소지을 때까지 손가락으로 그녀의 양 입아귀를 밀어올렸다 잡아내렸다 하며 장난을 쳤다.

"아이고오 여러분들, 여기 좀 보오." 그가 가공의 청중을 향해 소리쳤다. "우즈 부인이 자기 서방을 내팽개치고 떠나려 한다오!"

그 소리에 그만 웃음을 터뜨린 재니는 그에게 몸을 맡겨 기댔다. 그리고 그가 소리친 곳에 대고 다시 외쳤다. "우즈 부인이 새로 젊은 수탉을 한 마리 얻어왔는데, 글쎄 외박을 하고 온 그 잘난 수탉이 자초지종도 말 안 하려 한다오."

"첫째는, 뭐니뭐니 해도, 함께 아침을 드는 거야, 재니. 얘기는 그 후에 하자구."

"첫째로, 난 또다시 당신을 생선 가게에 심부름 보낼 생각이 없다구."

그는 그녀의 옆구리를 꼬집으며 못 들은 척했다.

"오늘 아침엔 번거롭게 식사 준비 따위는 하지 말지. 새뮤얼스 부인을 불러서 뭐든 당신이 먹고 싶은 걸 준비해달라고 하라구."

"티 케이크, 어서 빨리 자초지종을 말하지 않으면, 그 머리를 두들겨서 아주 납작하게 만들어놓고 말겠어."

티 케이크는 뭔가 요기를 하기까지는 끝내 입을 열지 않았다. 그리고 막상 말을 시작해서는 손짓 발을 섞어가며 이야기를 했다.

그는 넥타이를 매는 도중에 언뜻 그 돈을 보았다. 호기심에 그는 그것을 집어들었고 밖에 나가 액수를 세어볼 생각으로 호주머니에 넣고 나왔던 것이다. 그것이 얼마나 큰돈인지를 알고 나서는 그는 흥분했고, 사람들에게 자신을 과시하고 싶은 기분이 되었다. 그리고 미처 생선 가게에 도착하기도 전에 그는 옛날 기관차고에서 함께 일했던 동료 한 사람을 만났는데, 그 친구에게 한마디 비친다는 것이 그만 두 마디가 되고 세 마디가 되어 마침내 그 돈 일부를 쓰기로 마음을 먹게 된 것이다. 그는 평생 그처럼 큰돈을 쥐어본 적이 없었기 때문에, 백만장자가 된다는 것이 어떤 기분인지 한번 경험해보고 싶었다. 그들은 철도 매점 부근 식당인 캘러헌으로 가서, 그날 밤 닭고기와 마카로니 파티를 열기로 했다.

파티는 모든 사람에게 무료로 개방할 것이다.

그가 음식거리들을 샀고 그들은 춤곡을 연주할 기타 맨을 찾아왔다. 그렇게 해서 온 사방에 초대 전갈이 보내졌다. 그리고 정말 사람들이 몰려왔다. 마침내 커다란 테이블 가득 닭튀김과 비스킷이 차려 올려지고 커다란 양푼에는 치즈가 듬뿍 발린 마카로니가 담겨 나왔다. 그리고 그 기타 맨이 연주를 하기 시작하면서부터는 그야말로 동서남북, 심지어 오스트레일리아에서까지 사람들이 밀려들기 시작했다. 티 케이크 자신은 출입문 입구를 지키고 서서 얼굴이 빠지는 여자들은 출입을 엄금하며 2달러씩을 손에 쥐어 되돌려 보냈다. 어떤 우중충한 빛깔의 몸집 비대한 여자는 어쩌나 인물이 아니던지 5달러를 주어서라도 돌려보내야 할 것 같았다. 그래서 그는 정말 5달러를 쥐어 보냈다.

중간에 자신의 거친 성깔을 뻐기는 웬 인사가 나타나 게정을 부리는 바람에 무르익은 멋진 분위기가 깨진 적도 있었다. 그 사내는 파티장의 닭튀김 접시들을 모조리 제 앞에 끌어다 놓고 그중 간과 모래주머니만 찍어 먹는 것이었는데, 누구도 그를 어쩌지 못했다. 그래서 그들은 티 케이크에게 무슨 방법이 없겠느냐고 물어왔다. 그는 사내의 앞으로 가서 물었다. "이봐, 대체 왜 이러는 거야?"

"난 남에게 뭘 건네받는 게 성에 안 차. 특히 내 식량을 배당받는 거. 내가 먹을 건 내가 직접 찍어." 그리고 그는 계속 닭튀김 더미를 쑤셔 헤집었다. 티 케이크는 열이 받쳤다.

"이놈이 간이 배 밖으로 튀어나왔나. 너, 이 자식 대체 어느 우체국에서 오줌발 자랑을 해봤다고 이 지랄이야? 어디 한번 말 좀 들어보자."

"그게 지금 무슨 걸레 씹어뱉는 소리야?" 사내가 물었다.

"내 말은…… 내가 연 파티에 와서 이리 구리칙칙하게 구는 건 미연방 정부 우체국에 가서 오줌을 싸갈기며 난동질을 하는 것만큼이나

간이 부은 짓이라는 거야. 어디 한번 덤벼보시지. 오 그래 너 오늘 매운 맛 한번 톡톡히 봐라."

사람들은 티 케이크가 과연 이 건달을 다뤄낼 수 있을 것인지가 궁금하여 모두 밖으로 따라 나왔다. 티 케이크는 사내의 앞니를 두 개나 부러뜨렸고 사내는 거기서 말없이 사라졌다. 그랬더니 이번엔 어떤 다른 두 사내 사이에 시비가 붙었다. 티 케이크는 그들에게 서로 화해하라고 했다. 그러나 그들은 막무가내였다. 콩밥을 처먹게 되는 한이 있더라도 상대를 그냥 둘 수 없다는 것이다. 하지만 다른 모든 사람이 티 케이크의 생각에 동의했고 그래서 두 사람을 등을 떠밀다시피 악수를 시켰다. 결국, 두 사람은 침을 칵 뱉은 뒤 입가를 손등으로 쓱 문질러 닦는 것으로 끝냈다. 그러나 한 사람은 밖으로 나가 속이 불편한 개처럼 풀줄기를 뜯어 물고 잘근잘근 씹어대고서야 분이 삭혀지는 모양이었다. 그는 상대방을 죽이고 싶은 걸 참고 있는 중이라고 말했다.

이제 사람들은 다투어 기타 맨을 나무라기 시작했다. 그는 아는 곡이 세 곡밖에 없었던 것이다. 그래서 티 케이크가 기타를 받아 연주를 했다. 그것이 그는 무척 반가웠다. 도대체 얼마 만에 기타를 만져보는 것인지. 재니를 만나고 얼마 지나지 않아 그녀를 태우고 다닐 자동차를 빌리느라 기타를 저당잡히고 나서는 이번이 기타를 처음 만져보는 거였다. 음악이 그리웠다. 그는 곧 그 기타를 사고 싶어졌다. 그래서 그 자리에서 흥정을 하고 현금 15달러를 지불했다. 그만한 기타면 어느 자리에서건 65달러는 족히 나갈 것이다.

해뜨기 직전에 파티는 끝이 났다. 그래서 티 케이크는 서둘러 그의 신부에게 달려온 것이다. 부자가 어떤 기분인지를 알았고 기타와 호주머니 속에 남은 12달러도 있으니, 이제 그에게 필요한 것은 재니의 그 넓고 푸근한 포옹과 입맞춤뿐이었던 것이다.

"당신은 분명 당신 부인이 끔찍이도 못생겼다고 생각하는 거야. 2달러를 주고 돌려보냈다는 그 여자들은 그래도 파티장 문전까지는 갔었는데. 난 거기도 못 가봤으니." 그녀가 입을 샐쭉였다.

"재니, 당신을 데려오기 위해서라면 난 잭슨빌만 아니라 탐파까지라도 한걸음에 내달아왔을 거야. 사실 당신을 데려오려고 문밖을 나선 것만도 두세 번은 된다구."

"그런데, 왜 안 데리러 왔어?"

"재니, 그랬다면 당신 날 따라왔겠어?"

"물론이지. 나도 당신만큼이나 즐겁고 싶다구."

"재니, 나도 그러고 싶었어, 무척. 하지만 난 두려웠지. 당신을 잃을까봐 너무 두려웠어."

"왜?"

"그 사람들은 세상에서 잘 나가는 그런 빵빵한 사람들이 아니잖아. 고작 철도청 일꾼들에 그 마누라들뿐이지. 당신은 그런 사람들과 어울려본 적이 없어. 그래서 난 당신이 그 사람들 사이에 끌려온 것이 분해서 떠나버리지 않을까 두려웠지. 그렇지만 난 여전히 당신이 내 옆에 있어주길 바랐어. 결혼하기 전에 난 당신한테 내 막돼먹은 기질을 내보이지 않겠다고 다짐했었어. 내 고질적인 습관이 도질 때는 어디 다른 데로 가버리든지 해서라도 당신한테 그런 모습을 보이지 말자고. 당신을, 내 수준으로 끌어내리는 건 내 의지와 상관없는 일이야."

"나 좀 봐, 티 케이크. 당신 앞으로 한 번만 더 그랬다가는, 날 팽개치고 혼자서 실컷 즐기고 와서는 내 매력 운운하는 날에는, 그날로 당신 생명은 다한 줄 알라구. 알겠어?"

"그럼 당신 무엇이든 나와 함께할 거야, 응?"

"그래, 티 케이크, 뭐든."

"그게 내가 알고 싶은 전부야. 이제 당신은 내 부인이고 내 여자고 그리고 세상에서 내가 필요로 하는 전부야."

"그건 나도 바라던 바야."

"그리고 여보, 그깟 200달러에 대해선 걱정 마. 철도 관련 업자들의 총 임금 지불일이 오는 토요일이란 말야. 호주머니 속의 이 12달러로 200달러, 아니 그보다 더 큰 돈을 되벌어올 테니까."

"어떻게?"

"당신이 날 있는 그대로 받아주고 나에 대해 무슨 말이든 할 수 있게 날 인정해줬으니까, 내 솔직히 고백할게. 당신은 이 세상 최고의 도박꾼 가운데 하나와 결혼한 거야. 카드건 주사위건 날 당할 자가 없어. 난 구두끈 하나만 갖고도 제혁 공장을 벌어들일 수 있을 정도야. 내가 주사위 던지는 걸 당신도 한번 볼 수 있다면 좋을 텐데. 하지만 이번 토요일은 그야말로 거친 종자들의 싸개판이 될 테니 당신을 데리고 갈 수가 없어. 다만 시간은 그리 오래 걸리지 않을 거야."

그 뒤 토요일이 되기까지 티 케이크는 하루도 빠지지 않고 주사위 던지기를 연습했다. 그는 각각 마루 맨바닥 위와, 깔개 위, 그리고 침대 위에 주사위 던지는 연습을 했다. 그는 바닥에 쪼그려 앉아서 던지기도 하고, 의자에 앉아서 던지기도 하고, 똑바로 서서 던지기도 했다. 주사위라고는 전에 만져본 적도 없던 재니였지만, 그녀는 넋을 빼앗긴 듯 그 모습을 지켜보곤 했다. 그리고 그는 카드 한 벌을 꺼내서는 그것을 섞고 떼고 섞고 떼다가 패를 돌리고 그 각각의 패를 자세히 살피는 연습을 몇 번이고 반복했다. 그렇게 토요일이 왔다. 토요일 아침 그는 먼저 밖에 나가 신형 스위치블레이드[8]와 카드 두 벌을 사온 뒤 정오쯤 해서 집을

---

8 자동으로 날이 튀어나오게 되어 있는 칼의 일종.

나섰다.

　"이제 조금 있으면 임금 지불이 시작될 거야. 어서 가서 큰돈이 돌 때 끼어들어야지. 오늘 난 푼돈 따위를 위해 가는 게 아냐. 200달러를 만들어 오든지 아니면 들것에 실려 오든지 할 거야." 그는 행운의 상징으로 그녀의 머리카락 아홉 올을 세어 뽑은 다음 휘파람을 불며 사라졌다.

　재니는 자정이 되기까지 아무 걱정 없이 티 케이크의 귀가를 기다렸다. 하지만 자정이 넘고부터는 슬그머니 두려운 마음이 일기 시작했다. 그녀는 자리에서 일어나 두렵고 암담한 마음으로 앉아 있었다. 온갖 위험한 상상을 다 하면서. 그리고 지난 한 주 동안 이미 여러 번 곱씹어 본 그 질문을 다시금 자신에게 던지면서. 티 케이크가 도박을 한다는데도 놀라지 않다니. 하지만 도박을 하는 티 케이크도 역시 티 케이크인 것이고, 그러므로 문제될 것은 없었다. 오히려 그녀는 자신이 지금 그를 판단하고 나설 그런 치들에게 분노를 느끼고 있음을 발견했다. 아 지긋지긋한 위선자들이여, 당신들 일에나 신경 쓰고 다른 사람들일랑 가만 내버려두라. 티 케이크가 돈을 벌면서 대체 당신들이 거짓된 혀로 늘상 불화를 불러일으키는 것보다 어디가 얼마나 더 해로운 일을 한단 말인가. 티 케이크의 발톱 밑에는 당신들, 소위 기독교도의 심령에 깃들인 것보다 더 선한 심성이 깔려 있다. 그 넌더리나는 중상모략가들이 내 남편에 대해 지껄이는 말 따위는 깨끗이 무시해버리는 게 낫겠다! 주여, 제발, 그 거친 사내들이 나의 그이를 해치지 않게 해주세요. 만약 무슨 일이 일어난다면, 오 주여, 제게 일급의 총과 또 그들을 끝장내버릴 기회를 허락해주세요. 그이도 칼을 갖고 있긴 합니다, 그건 사실입니다, 하지만 그건 자기를 방어하기 위한 것일 뿐입니다. 당신도 아십니다, 그이는 파리 한 마리 해치지 않을 사람인 것을."

　아침이 세상의 갈라진 틈을 비집고 오르기 시작한 무렵 재니는 문밖에서 희미한 노크 소리를 들었다. 그녀는 한걸음에 내달아 문을 열어젖혔다. 티 케이크였다. 그러나 선 채로 잠이 든 듯한 그의 모습은 어쩐지 보기에 섬뜩했다. 그녀는 급히 그를 흔들어 깨우려고 팔을 내밀었다. 그러자 그가 앞으로 굴러 쓰러졌다.

"티 케이크! 우리 아기! 자기 대체 어떻게 된 거야?"

"그치들한테 찔렸어, 그뿐이야. 울지 마. 어서 이 코트 좀 벗겨줘."

그는 두 군데밖에 찔리지 않았다고 말했지만 그녀는 기어이 그를 발가벗겨 몸 전체를 살펴본 뒤에야 응급 처치를 해도 할 수가 있었다. 그는 그녀에게 상태가 더 나빠지기 전에는 의사를 부르지 말라고 당부했다. 피를 흘린 것 외에는 별 문제가 없을 것이라고.

"당신에게 말한 대로 내가 그 돈을 땄어. 자정쯤 되어서 벌써 당신의 200달러를 다 땄지. 그래서 난 그만 손을 떼려고 했어, 내기 판에는 아직 돈이 많이 돌고 있었지만. 그런데 돈을 잃은 쪽에서 자기들도 돈을 딸 기회를 달라고 붙잡아서 말이야, 그래서 다시 자리에 앉았지. 더블어글리 그놈이 완전히 거덜날 지경이 되어서는 그 때문에 싸움이라도 걸기세였거든. 그래서 놈한테 만회할 기회를 주고 싶었지. 하지만 놈이 호주머니 속의 그 면도칼에 손끝이라도 갖다 댄다면 단칼에 지옥으로 보내버릴 작정이었어. 자기는 모르겠지만, 요즘 녀석들은 면도칼 따위를 들고 설치지 않거든. 그 정도 걸로 덤볐다간 상대방의 스위치블레이드에 멱이 끊기고 마니까. 더블어글리 그놈은 자긴 너무 날렵해서 면도날만으로도 충분하다고 장담하지만, 내가 더 잘 알아.

그래서 4시쯤 되어서 내가 완전히 평정을 해버린 거야—— 아직 먹을 것이라도 살 돈이 남았을 때 먼저 일어선 두 사람과, 운이 좀 따라준 다른 한 사람만 빼고 모두 내게 돈을 잃었지. 난 다시 인사를 하고 일어섰어. 아무도 달가워하진 않았지만 다들 게임은 공정했다는 걸 알고 있었어. 난 자기들에게 공정한 기회를 줬으니까. 하지만 더블어글리가 문제였지. 글쎄 내가 주사위에서 눈속임을 했다고 우기지 않겠어. 난 내기에서 딴 돈을 호주머니 속 깊숙이 쑤셔넣고, 왼손으로는 모자와 코트를 집어들고 오른손으로는 칼을 단단히 그러쥐었어. 그리고 놈이 무슨 말을 씹어뱉든 허튼수작을 보이지 않는 한에는 그냥 내버려뒀지. 그리고 문간까지 왔어. 모자는 머리에 쓰고 한 팔을 코트 소매에 끼운 채. 그런데 거기서 잠깐 바깥 계단 쪽을 살피러 몸을 트는 사이에 놈이 내 뒤를 찌른 거야, 두 번.

자기야, 난 코트 소매에 끼웠던 팔로 잽싸게 놈의 넥타이를 낚아챘어. 그리고는 오므라이스에 소스 끼얹듯이 놈을 아주 꼼짝 못하게 덮쳐눌렀지. 발버둥을 치던 그놈은 면도칼까지 놓쳐버렸고. 놈은 그만 놓아달라고 고함을 지르더군. 하지만 자기야 난 놈의 숨통을 더 바짝 죄어주었어. 그러다 놈을 계단 발치에서 놓아주고 난 당신에게 달려온 거야. 상처는 그리 깊지 않을 거야. 그 정도로 가까이 달려들 녀석도 못 되었으니까. 반창고 같은 걸로 어떻게 잘 해보라구. 하루 이틀이면 곧 괜찮아질 거야."

상처에 소독약을 바르며 재니는 울었다.

"당신이 울 게 뭐가 있어, 재니. 울 사람은 놈의 마누라지. 당신은 내게 행운을 가져다줬어. 내 바지 왼쪽 호주머니 좀 뒤져봐, 당신 서방이 당신에게 뭘 가져왔는지. 내가 그걸 가져오겠다고 말할 때는 허튼소리 한 게 아냐."

그들은 함께 돈을 셌다 ─322달러였다. 마치 임금 지불원의 가방이라도 털어온 것 같았다. 그는 그녀에게 200달러를 주며 그것을 다시 속주머니에 잘 간직해두라고 했다. 그러자 재니는 은행에 있는 나머지 돈에 대해 말을 했다.

"그럼 이 200달러도 거기 함께 넣어둬, 재니. 내 행운의 주사위. 내 여잔 나 혼자 힘으로 먹여 살릴 수 있으니까. 이제부터는, 내가 버는 것으로 먹고 입는 거야. 내가 아무것도 벌지 못하면 당신도 아무것도 없는 거고."

"좋아."

그는 의식이 점점 흐려졌다. 하지만 그녀가 자기를 따라주는 것이 기뻐서 장난스레 그녀의 다리를 꼬집으며 말했다. "있지, 사랑하는 내 자기. 이거 금방 다 낫고 나면, 우린 아주 기찬 일을 하게 될 거야."

"기찬 일?"

"습지⁹에 가는 거야."

"습지가 뭐야, 그건 또 어디 있는 거고?"

"아, 저 반도 남쪽의 에버글레이즈에 있는 곳이야. 클루이스턴과 벨 글레이드 근방에. 거기선 그 모든 수수며, 콩이며, 토마토 따위를 재배하지. 거기 사람들은 돈 벌고 즐기고 바보처럼 사는 게 전부인 사람들이야. 우린 거기 가야 해."

그리고 그는 잠에 빠져들었다. 재니는 그런 그를 내려다보며 가슴이 으깨지는 사랑을 느꼈다. 그렇게 해서 그녀의 영혼은 은신처에서 빠져나온 것이다.

---

9 에버글레이즈는 미국 제일의 습지 지역이다. 일 년 중 반 이상이 물에 잠겨 있던 이 땅을 1880년대부터 제방과 운하를 건설하여 주거지와 농경지로 이용하기 시작했다. 티 케이크가 지금 말하는 곳은 그 개간된 농지를 말한다. 그러나 이 일대의 지형 및 지질이 오키초비호와 열대성 호우 등에 크게 영향을 받고 있으므로 편의상 그대로 습지로 번역하기로 한다.

제 14 장

낯선 재니의 눈에는 에버글레이즈에 있는 모든 것이 크고 새로웠다. 광활한 오키초비호[10]와, 옹골찬 콩깍지와, 길게 치뻗은 수숫대와, 잡풀들, 온갖 것이 다 기장차고 옹골졌다. 북부에서는 허리까지 오면 잘 자랐다고 했던 잡풀들이 이곳 남부에서는 8피트, 심지어 10피트까지 자랐고, 토양은 기름져서 어떤 식물도 푸르고 싱싱하게 키워냈으며, 야생 수수들은 말 그대로 점령군처럼 일대를 장악하고 서 있었다. 벌판 길은 그 반 마일분 흙만 퍼다 옮겨도 캔자스의 온 밀밭을 기름지게 할 수 있을 만큼 찰진 윤기가 돌았고, 그 길가에는 야생 수수들이 바깥 세상을 막고 서 있었다. 걱실거리기는 사람들 역시 마찬가지였다.

"시즌은 9월말에나 시작이 되지만, 방 구하기가 어려워서 좀 서둘렀지." 티 케이크가 설명했다. "앞으로 2주만 지나도 여긴 사람들로 온통 북새통이 될 거야. 방이 다 뭐야, 어디 한데라도 몸 눕힐 만한 곳을

---

10 Lake Okechobee: 습지 에버글레이즈의 원류 키시미 강은 '키시미'호와 '오키초비'호를 이어 흐른다. 두 호수 사이의 직선 거리는 90km에 불과하지만 강은 2~3km의 폭으로 165km를 굽이굽이 돌아 흐르며, 5~10월 우기 때에는 키시미호, 키시미 강 및 주변 호수와 강이 일제히 범람하여 폭 50~60Km의 거대한 물살이 오키초비호를 지나 반도 끝까지 흘러내려간다. 오키초비호는 넓이 1,800km²로 미국 제2의 담수호이나 수심은 3m에 불과한 습지로, 인디언들은 거대한 물살이 흐르는 이 방동사니 saw-grass 숲을 '풀의 강'이라 불렀다고 한다.

찾기가 어려워진다구. 하지만 지금은 호텔에 욕조가 딸린 방을 구할 수 있을 거야. 습지에서 살려면 매일 목욕을 해야 해. 여기 흙은 개미가 물어뜯는 것 같거든. 이 근방에서 욕조가 딸린 방은 여기 한 군데밖에 없지. 방도 충분치 않은 판에."

"여기서 뭘 할 건데?"

"난 해가 뜨면 종일 콩을 따고, 해가 지면 종일 기타를 치고 주사위를 던질 거야. 일도 놀이도 난 빼놓을 수 없어. 좀 전엔 밖에 나가서 이 일대에서 최고 가는 농장주를 만나 일자리를 따왔지. 다른 사람들이 도착하기 전에. 여기선 일자리야 시즌엔 얼마든지 구할 수 있지만, 항상 제대로 된 사람들이랑 일하게 되는 건 아니거든."

"일은 언제 시작되는 거야, 티 케이크? 여기 있는 사람들은 다 그 일을 기다리고 있는 것 같은데."

"그래, 맞아. 다른 모든 일과 마찬가지로 이 분야에서도 거대 업주들은 시즌 개시일이 따로 있어. 내가 일할 농장주는 종자량이 모자라서, 지금 그걸 두어 부셸[11]쯤 더 구하고 있는 중이지. 그 일이 해결되면 이제 우리가 씨를 뿌리는 거야."

"부셸?"

"그래, 부셸. 여기 농산 무슨 푼돈이나 바라고 하는 소꿉장난이 아니거든. 없는 놈은 명함도 못 내미는 거대 산업이라구."

이튿날 티 케이크는 몹시 흥분해서 방 안으로 뛰어들어왔다. "방금 농장 주인이 다른 사람 하나를 더 샀다며 나한테 호수 지구로 내려가래. 먼저 도착하는 사람들에게는 집도 줄 수 있다고. 빨리 가자구!"

차를 빌려 타고 울퉁불퉁한 길을 9마일이나 달린 끝에 그들은 숙소

---

11 bushel: 32리터. 약 두 말.

지구에 도착했다. 말은 숙소 지구지만 사발허통 머다랗게 뻗어 있는 오키초비호에 어찌나 바짝 달라붙어 쪼그리고 있던지 가운데 제방만 없었더라면 어디가 숙소고 어디가 호수인지 구분할 수 없을 정도였다. 그러나 재니는 그 초라한 막사의 구석구석을 수선스레 정리하고 다듬으며 살림집의 형색을 갖추어갔다. 그리고 티 케이크는 밖에 나가 콩을 심었다. 하루 일과가 끝나면, 두 사람은 함께 낚시질을 갔다. 때로 그들은 인적 드문 곳 길고 좁은 굴 속에서 조용히 자신들의 삶을 살고 있는 인디언 무리들을 만나기도 했다. 마침내 콩 이삭이 패기 시작해서 이젠 수확기까지 기다리는 것 외에 달리 할 일이 없는 철이 되었다. 티 케이크는 재니를 위해 기타를 연주하며 많은 시간을 보냈지만, 시간은 여전히 남아돌았다. 아직 노름을 할 철은 아니었다. 강물처럼 흘러들고 있는 그 사람들은 모두 빈털터리들이었던 것이다. 그들은 돈을 갖고서가 아니라, 그것을 벌어보려고 오는 사람들이었다.

"근사한 생각이 있는데, 재니. 우리 총을 사서 근방에 사냥이나 다녀볼까?"

"그것도 좋은 생각이긴 한데, 티 케이크, 난 총을 쏠 줄 모르잖아. 하지만 당신이 사냥하러 간다면 정말 나도 함께 가고 싶어."

"아 당신, 총 쏘는 법을 가르쳐줘야겠군. 당신이 그걸 배워서 안 될 이유가 없지. 백번 양보해서 숲속에 사냥감이 전무하다고 해도, 미련 없는 총살이 필요한 악당은 주변에 언제고 있는 법이라구." 그가 웃었다. "팜비치에 나가서 우리 돈을 좀 쓰자."

그 뒤 그들은 매일같이 사격 연습을 했다. 그는 그녀에게 정확한 조준술을 익혀주기 위해 작은 물체들을 맞추게 했고, 그녀는 권총과 새총 그리고 소총을 다룰 수 있게 되었다. 그러던 언젠가부터는 그들 주위로 구경꾼들이 몰려들기 시작했다. 그 가운데 어떤 남자들은 자기들도 총을 한 번 쏘게 해달라고 청해오기도 했다. 사격장은 이제 이 지역에서 가장 각광받는 장소가 되었다. 특별한 밴드의 공연이 있지 않는 한 댄스홀이나 당구장보다도 더 신나는 곳이 그곳이었다. 그리고 그 모든 사람들을 사로잡은 것은 바로 재니가 사냥감을 쏘아 맞추는 방식이었다. 그녀는 소나무 가지 위의 매를 몸체는 다치지 않고 쏘아 떨어뜨릴 줄 알았던 것이다. 바로 새의 머리 부분을 한 방에 날려버리는 것이었다. 마침내 재니는 티 케이크보다도 뛰어난 사수가 되었다. 그들은 오후 아무 때고 총을 메고 나갔다가 사냥감을 잔뜩 짊어지고 집에 돌아오곤 했다. 어떤 날은 한밤중에 보트를 타고 악어 사냥을 나선 때도 있었다. 그리고 어둠 속에 번득이는 시퍼런 인광의 두 눈에 대고 방아쇠를 당겼다. 그날 그들은 온몸이 녹초가 되기까지 함께 즐겼을 뿐 아니라 악어의 가죽과 이빨을 팜비치에 내다 팔 수 있었다.

이제는 나날이 노동자 무리들이 큰물 지듯 몰려들었다. 어떤 사람들은 장기간의 행보와 둔중한 신의 무게에 지쳐 다리를 절뚝이며 왔다. 발을 써서 걸어다니는 게 아니라 발에 끌려 걸어가는 것은 참으로 고달픈 노릇이었다. 어떤 사람들은 화물차를 타고 조지아에서 왔으며, 어떤 사람들은 트럭의 짐 사이에 끼여 동·서·남·북에서 원정을 왔다. 아무 연고도 없이 혈혈단신 떠도는 영원한 뜨내기 노동자들과, 자신의 골동품 차에 가족과 가축들을 싣고 찾아드는 지친 표정의 남자들. 그들은 콩 거두는 일을 위해, 온밤을 새워 온 낮을 달려 하루 스물네 시간 쉴 틈 없이 몰려들었다. 고물차 지붕 위에는 양은 냄비와 이부자리와 더덕더덕 기워낸 스페어 타이어들을 주렁주렁 매단 채, 그리고 그 안에서는 기대감에 찬 사람들끼리 빠듯한 자리를 나눠 앉은 채 그들은 가쁜 숨을 토해내며 습지를 향해 나아오고 있었다. 배우지 못해 추하고, 가난 때문에 짓뭉개진 사람들이.

이제 댄스홀은 온밤 내내 요동을 치며 꿍꽝거렸다. 피아노는 목숨이 세 개라도 되는 듯 굉음을 쏟아냈고 즉석에서 블루스가 만들어지고 연주되었다. 그 속에서 사람들은 매시간 춤추고, 싸우고, 노래하고, 울고, 웃고, 사랑을 얻고 잃었다. 그들은 낮에는 왼종일 돈을 위해 일하고, 밤에는 내내 사랑을 위해 싸웠다. 풍요로운 검은 흙은 온몸에 달라붙어 개미처럼 살점을 물어뜯고.

마침내 방이란 방은 다 들어찼다. 이제 남자들은 모닥불을 지피고 불 하나에 오륙십 명씩 둘러누워 잠을 자야 했다. 그러나 그 자리마저도 주인에게 값을 치러야 했다. 모닥불은 하숙집처럼 수입을 위해 운용되어 있던 것이나. 그러나 아무도 개의치 않았다. 그들은 지금 많은 돈을 벌고 있었다, 심지어 어린아이들까지. 그러므로 그들은 씀씀이도 헤펐다. 다음 달과 다음 해는 그들에게는 다른 세계였다. 그것을 현재와 섞어 생각할 필요는 없었다.

이러한 중에 티 케이크의 집은 일종의 자석처럼, 이 '현장'의 비공식 중앙청이 되었다. 그가 문가에 앉아 기타를 치는 때면 사람들은 가던 길을 멈추었고 어떤 때는 댄스홀에 가는 것마저 포기했다. 그는 항상 웃었고, 신기한 재주들을 잔뜩 지니고 있었다. 들에서도 그는 사람들을 늘 웃게 만들었다.

재니는 집에 머물면서 큰 솥 가득 검은눈완두콩 밥을 지어놓았다. 어떤 때는 커다란 팬에 네이비콩 반죽을 깔고 그 위에 설탕 시럽과 베이컨 조각을 듬뿍 뿌려 구운 요리를 만들어 내놓기도 했다. 티 케이크가 이 구운 콩 요리를 어찌나 좋아하든지, 어떤 때 그들은 주중에 두세 번이나 먹어놓고도 일요일에 다시 그것을 요리해 먹는 때도 있었다. 그녀는 또 후식을 준비하는 것을 잊지 않았다. 남자들은 후식을 먹을 때 하루의 피로를 서서히 잊게 된다고 티 케이크가 말했기 때문이다. 때로 그녀는 방 두 개짜리 그들의 집을 말끔히 정돈해놓은 뒤 사냥을 나가서 티케이크의 저녁 찬으로 토끼 튀김을 준비하기도 했다. 또한 그는 집에 돌아와서 작업복을 그대로 입은 채 가려워하거나 몸을 긁적이는 일이 없었다. 그의 귀가 시간쯤이면 부엌 화로 위에는 뜨거운 물이 한 솥 가득 끓고 있었던 것이다.

그런데 언제부턴가 티 케이크가 낮 시간에도 불쑥불쑥 부엌에 뛰어들기 시작했다. 어떤 때는 아침을 먹고 나가서 채 점심때도 되지 않았는데 집에 들이닥치는 경우가 있었고, 그렇지 않은 경우에도 오후 2시쯤에는 거의 어김없이 돌아와 반시간 가량 장난을 치고 씨름을 하다가 돌아가는 것이다. 어느 날 재니는 그에게 물었다.

"티 케이크. 남들은 다들 아직 일하고 있는데 당신은 집에 와서 뭐하는 거야?"

"당신이 잘 있나 보러온 거야. 나 없는 사이에 건달이라도 와서 당신을 업어갈까봐."

"무슨 건달이 날 어떻게 한다고 그래. 혹시 내가 뭘 숨기고 있다고 생각하는 거야? 그래서 날 감시하러 오는 거냐고."

"아냐, 아냐, 재니. 내가 그 정도도 모를까. 하지만 기왕 말이 나왔으니, 내 솔직히 말할게, 당신이 오해하지 않게. 재니, 난 종일 밖에서 당신 없이 지내는 게 외로워. 당신도 이제부턴 다른 여자들처럼 밖에 나와 일을 하면 좋겠어 ── 그럼 나도 집에 오고 가느라 시간을 뺏기지도 않을 거고."

"티 케이크, 정말 당신 괴짜야! 그 잠깐도 혼자 못 지내다니."

"잠깐이라니. 거의 하루 왼종일인데."

그래서 이튿날 아침 재니는 티 케이크를 따라 콩을 거두러 나설 차비를 했다. 그녀가 그렇게 바구니를 들고 들에 나오자, 사람들은 숨죽여 소곤거렸다. 그녀는 이미 습지에서 예외적인 인물이 되어가고 있었던 것이다. 그녀는 여느 아낙들처럼 밭에 나와 일하는 걸 격이 떨어지는 일로 생각하며 '그렇게 바람을 넣은' 건 티 케이크이라는 게 공공연한 여론이 되어가고 있었다. 그러나 그날 하루 종일 주인이 보지 않는 틈을 타 춤추고 뜀박질하고 노는 사이에, 그녀는 대번 인기를 얻게 되었다. 그렇게 때때로 뜀박질을 하고 노는 때면 온 들녘이 다 놀이마당이었다. 그러면 티 케이크는 집에 돌아와서 식사 준비하는 것을 거들어주곤 했다.

"재니, 당신더러 밖에서 같이 일을 하잔다고 당신 혹시 내가 당신을 더 이상 소중히 생각하지 않는 줄로 아는 건 아니겠지, 응?" 들일을 시작하고 첫 일주일이 지나자 티 케이크가 물었다.

"오, 그렇지 않아, 자기야. 난 이렇게 사는 게 좋아. 하루 종일 집에 앉아 있는 것보다 이게 훨씬 더 즐겁다구. 예전에 그 가게에서는 점원 일을 보는 게 힘이 들었어. 하지만 여기서는 달리 복잡할 게 없잖아, 밖에서 우리 일을 하고 집에 돌아와 사랑하는 것밖에."

그들의 집은 매일 밤 사람들로 가득 들어찼다. 문께까지 사람들이 가득 들어섰다. 어떤 사람은 티 케이크의 기타 연주를 듣기 위해, 어떤 사람은 이야기나 잡담을 나누기 위해. 그러나 대부분은 이미 벌어진, 혹은 곧 벌어질 성싶은 놀이판에 끼러 오는 것이다. 때로 티 케이크는 큰 돈을 잃기도 했는데, 호수 지역에는 몇몇 '꾼'들이 있었던 탓이다. 어떤 때는 그가 그 꾼들을 제압하여 재니를 자랑스럽게 했다. 그러나 두 곳 댄스홀을 제외한 여타의 영역에서, 현장의 모든 일이 이 두 사람을 중심으로 돌아가는 것에는 변함이 없었다.

가끔씩 재니는 예전의 그 큰 하얀 집과 상점에서의 삶을 생각하고 혼자 웃을 때가 있었다. 이튼빌 사람들이 푸른 무명 작업복에 둔중한 장화 차림의 그녀를 본다면 어떻게 될까? 그녀 주위의 이 시끌시끌한 무리들과 마룻바닥에서 벌어지고 있는 주사위 노름을 본다면! 그녀는 그곳에 남아 있는 친구들에게 안쓰러운 마음이 들었다. 그러나 그외의 사람들에게는 조소를 뱉어주고 싶었다. 그들이 가게 현관에서 그랬던 것처럼 이곳 사람들도 떠들썩한 논쟁을 했다. 다만, 여기서는 그녀도 그것을 듣고 웃을 수 있었으며 원한다면 자신이 직접 이야기를 할 수가 있었다. 이제 그녀는 다른 사람의 이야기를 듣는 것에서 스스로 구성진 이야기를 만들어 할 수 있게 된 것이다. 그녀가 그것을 듣기 좋아하고 또 그들 스스로도 흥에 겨웠기 때문에 그들은 노름을 하면서 극한의 '허풍'과 '말장난'을 곁들이곤 했다. 하지만 그 내용이 아무리 험하다고 해도 그 때문에 화를 내는 사람은 거의 아무도 없었다. 왜냐하면 모든 것이 한바탕 웃음을 위한 것이었기 때문이다. 모든 사람이 에드 도커리와 부티니와 숍드버텀의 카드놀이를 구경하기를 좋아했다. 어느 날 밤 에드 도커리가 패를 돌리게 되어서의 일이었다. 그는 숍드버텀의 패를 대충 어림짐작해보고 또한 숍이 승리를 자신하고 있는 것을 보았다. 그러자 그는 소리쳤다. "저놈의 저 얄팍한 패를 아주 박살을 내주겠어." 그러자 숍이 쳐다보며 말했다. "점수판에 핀이나 고정시켜." 부티니도 말했다. "아 시방 뭣들 하는 거야? 빨리들 좀 하잖고!" 모든 사람이 다음 카드가 내려오는 것을 지켜보았다. 에드는 자기 카드를 뒤집으려다 말고 소리쳤다. "지옥을 싹쓸이하고 그 빗자루까지 태워 없애주지." 그리고는 1달러를 하나 더 꺼내 바닥에 소리나게 놓는 것이다. "에드, 그만 좀 깝죽대." 부티니가 쏘아붙였다. "웬놈의 설레발을 그리 치는 거야." 그러나 에드는 개의치 않고 카드의 한 끝을 쥐어 들었다. 그러자 이번엔 숍이 또 1달러를 꺼내 얹었다. "상여에 실려 나가는데 미안하지만, 확인 사격을 한 방 더 때려주지. 까짓 장례식이야 아무리 슬퍼진대도 내 상관할 바는 아니니까." 그러자 에드가 말했다. "저놈이 어떻게 지옥불을 불러들이는지 다들 똑똑히 봤겠지?" 티 케이크가 숍의 옆구리를 찌르며 내깃돈을 물리라고 충고했다. "그러다 잘못하면 총알 세례로 되받을 수도 있어." 그러자 숍이 대꾸했다. "어휴 아냐, 저 자식은 허풍만 세지 알고 보면 아무것도 없어. 내 눈은 흙탕물도 꿰뚫고 마른 바닥을 들여다본다구." 마침내 에드가 카드를 뒤집으며 소리쳤다. "스가랴, 내가 말하노니 넌 그만 무화과나무에서 내려오너라. 넌 아무짝에도 쓸모가 없어." 그러자 아무도 그 카드에는 관심을 두지 않았다. 그렇다면 두려워해야 할 것은 그 다음 카드였던 것이다. 에드는 주위를 휘둘러보았다. 그리고 게이브가 등뒤에 서 있는 걸 보고 소리쳤다. "저리 비켜, 게이브! 검다 검다 너같이 검은 놈이 또 있을까. 너 때문에 내가 다 덥단 말이야! 숍, 아직 기회가 있을 때 내깃돈을 거두는 게 어때?" "천만에, 에드. 집개가 천 개라면 천 개 다 그 돈을 박아두는 데 쓰겠어." "그래서, 내 말을 안 듣겠다 이거군, 어? 미련퉁이 깜둥이에게 무료 자선 교육이라. 정 그렇담 뭐 내가 한 수 가르쳐줄밖에. 이젠 정말 직방으로 쏘아주지." 에드가 다음 카드를 내던졌다. 숍의 패배였다. 모두 기함을 터뜨리며 웃었고 에드는 껄껄대며 말했다. "습지를 떠나라! 넌 아무것도 아냐. 바로 그 점만 알고 있으면 돼! 펄펄 끓는 물도 지금 네 낯짝처럼 뜨겁진 않겠구나." 에드는 웃음이 그치지가 않았다. 그만큼 그는 불안에 떨어온 것이다. "숍, 부티니, 다들 내게 돈을 저다 바치는군. 이 돈으로는 시어스 로벅 점에 옷이나 주문해볼까. 아, 이걸 다 옷을 해 입으면 크리스마스쯤 내가 나타나서는 질식사 진단이라도 안 받을까 몰라. 하하하."

제15장

질투가 무언지 재니도 이젠 알 수 있었다. 몸집이 작고 바라진 여자아이 하나가 들에서 또 집 근처에서 티 케이크에게 장난을 걸곤 했던 것이다. 그가 무슨 말이라도 하면, 그 아이는 일단 거기에 반대를 하고 나섰다. 그리고는 그를 치거나 밀고 냅다 도망을 쳐서 그로 하여금 자기를 쫓아오게 만드는 것이다. 재니는 그 속셈이 무엇인지 잘 알고 있었다. 그를 사람들 무리로부터 꼬셔내려는 것이다. 이런 일이 2, 3주 계속되었고 그동안 넌키의 행동은 점점 더 과감해져갔다. 자기가 먼저 그의 몸 여기저기를 장난스레 쳐놓고는 그가 자기 몸에 손가락이라도 댈라치면 그의 품안으로 혹은 땅바닥으로 쓰러져서는 부축해서 일으켜주기를 기다리는 것이다. 넌키는 거의 몸을 가누지 못하는 시늉을 했고, 그런 사람을 제 발로 서게 하는 데는 상당한 보살핌이 필요했다. 그런데 티 케이크는 재니의 생각만큼 그렇게 신속하게 넌키를 물리치지 못했다. 재니는 다소 신경질적이 되어갔다. 두려움의 작은 씨앗이 한 그루의 나무로 자라갔다. 어쩌면 언젠가는 그의 마음도 약해질지 모른다. 어쩌면, 그는 진작에 넌키에게 비밀스런 언질을 주었고, 이 모든 행동은 그것을 과시하는 넌키 나름의 방식인지도 모른다. 차츰 들녘의 다른 사람들도 이런 상황을 눈치채기 시작했고, 그래서 재니는 더욱 불안해져갔다.

어느 날 그들이 콩밭과 사탕수수밭의 경계 부근에서 작업을 하던 중의 일이었다. 재니는 다른 아낙네와 수다를 떠느라고 티 케이크보다 몇 발치 앞서 나아가고 있었다. 그런데 문득 주위를 둘러보니 그가 보이지 않는 것이다. 넌키 역시 보이지 않았다. 그녀는 분명 알 수 있었다.

"티 케이크는 어딨어요?" 그녀가 솝드버텀에게 물었다.

솝드버텀은 사탕수수밭을 가리켜 보이고는 서둘러 자리를 떠났다. 재니는 아무 생각도 나지 않았다. 다만 감정에 따라 행동할 뿐이었다. 그녀는 사탕수수밭으로 내달렸다. 그리고 그 다섯째 이랑쯤에서 티 케이크와 넌키가 뒤엉켜 싸우고 있는 것을 보았다. 그녀는 숨 한번 제대로 쉬기도 전에 그들 앞에 나타났다.

"대체 이게 무슨 짓이야?" 서슬 푸른 어조로 재니가 물었다. 그들은 용수철처럼 튀겨 떨어졌다.

"아무 일도 아니야." 계면쩍은 표정으로 티 케이크가 대답했다.

"그럼, 여기서 뭘 하고 있던 건데? 왜 사람들하고 같이 안 있고?"

"넌키가 내 주머니에서 전표를 채 달아나더라고. 그래서 그걸 뺏으러 온 거야." 싸움통에 여기저기 심하게 뜯겨나간 전표를 내보이며 그가 설명했다.

재니가 넌키를 붙잡으려 하자 넌키가 도망을 쳤다. 재니는 구붓한 수숫대들을 뛰어넘고 누비며 넌키의 뒤를 쫓았지만 도저히 잡을 수 있을 것 같지가 않았다. 그래서 결국 그녀는 집으로 발길을 돌렸다. 들녘도 행복한 사람들의 모습도 그날 그녀에겐 너무 벅차기만 했다. 그녀는 깊은 생각에 잠긴 채 무거운 발걸음으로 집에 돌아갔다. 얼마 되지 않아서 티 케이크가 집으로 왔다. 그는 그녀에게 말을 붙여보려고 했다. 그러나 그녀는 그의 말허리를 끊어 지르며 주먹질을 했고, 두 사람은 이 방 저 방을 전전하며 싸움을 시작했다. 그녀는 그를 치려 들고 그는 그녀의 손과 팔목 따위를 붙잡아 지나친 행동을 저지하면서.

"그애랑 바람이 난 거야!" 그녀가 사납게 부르짖었다.

"절대 그런 게 아니라니까!" 티 케이크가 반박했다.

"분명히 그래."

"하기야 믿으려고 작정하면 어떤 터무니없는 생각인들 못 믿겠어!"

싸움은 계속되었다. "아깐 내 가슴을 후벼놓더니, 이젠 그따위 거짓말로 내 귀까지 멍들이려고! 이 손 놔!" 재니가 어깻숨을 몰아쉬며 소리질렀다. 그러나 티 케이크는 결코 손을 놓지 않았다. 그들은 옷자락이 찢겨나가고, 온몸이 땀과 열기로 범벅이 될 때까지 씨름을 했다. 결국 그가 그녀를 바닥에 쓰러뜨리고 말로 표현할 수 없는 것들을 몸으로 표현하며, 그녀의 저항을 그의 더운 열기로 녹여 없애기까지. 그래서 마침내 그녀도 자신의 몸을 옹송그리며 그의 키스를 받아들일 때까지. 둘은 달콤한 소진감에 젖어 잠이 들었다.

다음날 아침 재니는 상냥하게 물었다. "당신 아직도 넌키를 사랑해?"

"아니라니까. 난 그앨 사랑한 적이 없어. 당신도 그걸 알잖아. 난 그앨 원치 않아."

그녀는 '아니, 당신은 그앨 원하고 있어' 하는 말 따위는 하지 않았다. 그녀도 그의 말을 믿었기 때문이다. 그녀는 단지 그에게서 사실이 아니라는 말을 듣고 싶었을 뿐이었다. 넌키의 판정패를 외치고 싶었을 뿐이었다.

"당신이 옆에 있는데 내가 그 둥글넓적한 앨 데리고 뭘 하겠어? 부엌 난로께에 세워놓고 이마로 장작이나 패게 하면 모를까, 도대체 무슨 쓸모가 있겠냐고. 하지만 당신은 남자에게 늙음도, 죽음까지도 잊게 하는 여자야."

제 16 장

시즌은 끝이 났고 사람들은 떼를 지어 몰려왔듯이 떼를 지어 떠나갔다. 티 케이크와 재니는 늪시에서 한 시즌을 더 나기로 하고 그곳에 남았다. 할 일은 없었다. 다음 해에 농장주에게 팔 씨앗으로 콩 몇 부셸을 건조시켜둔 뒤에는. 그래서 재니는 주변 곳곳을 돌아다니며 시즌 동안에는 그저 건성으로 보고 지나쳤던 사람과 사물들에 관심을 기울이기 시작했다.

가령 그 여름에 그녀는 바하마의 북 치는 사람들이 울리는 미묘하고도 강렬한 북 장단 소리를 들으면 그곳까지 걸어가 그들의 춤을 구경하곤 했다. 그녀는 지난 시즌에 뭇사람들이 그랬던 것처럼 이들 '소'[12]들을 우습게 여기지 않았다. 그녀는 그들을 매우 좋아하게 되었고, 그래서 그녀와 티 케이크는 매일같이 그곳을 방문해 어울려 지냈다. 심지어 다른 사람들한테 놀림을 받을 정도로.

한편 재니는 터너 부인과도 알고 지내게 되었다. 터너 부인과는 시즌 동안 몇 번 얼굴을 마주친 적은 있지만 한 번도 이야기를 나눈 적은 없었는데, 이제는 서로 집을 방문하는 사이가 되었다.

---

12 saw: 바하마 군도 출신 노동자들.

터너 부인은 피부가 젖빛이었다. 어깨는 약간 둥그랬으며, 자기 허리 곡선에 대해 자신하고 있음이 분명했다. 왜냐하면 그녀는 골반을 약간 몸 앞쪽으로 내민 듯하게 하고 다니며 늘 그것을 자기 눈으로 음미했기 때문이다. 티 케이크는 그녀의 외모에 대해 그녀 몰래 자주 농담을 하곤 했다. 그녀의 체형은 황소에게 뒤를 걷어차인 꼴이어서, 옷가지가 아무렇게나 던져져 있는 다림질판과 닮았다는 것이다. 그런데 사실 황소는 뒤만 걷어찬 게 아니라 그녀의 안면 역시도 짓밟았으며, 그래서 그녀의 얼굴은 입술이 크고 납작하며 코와 턱이 맞닿을 지경이 되고 말았다는 게 그의 지론이었다.

그러나 터너 부인 자신의 눈에 그녀의 체형과 이목구비는 완벽했다. 그녀의 콧날은 살짝 날이 서 있었고 그럼으로 해서 그녀는 자부심을 가졌다. 얄따란 입술은 언제 보나 매혹적이었고, 얕은 돋을새김 양식의 밋밋한 엉덩이조차 그녀에게는 긍지의 원천이 되었다. 그녀의 생각으로는 이 모든 것들이 자신을 검둥이들로부터 구분시켜주는 증표들이었다. 그리고 바로 그런 이유에서, 그녀는 재니와의 교제를 원하고 나선 것이다. 재니의 크림커피 빛 피부와 감태 같은 머릿결을 보면, 그녀가 들판의 다른 아낙들과 같이 작업복을 입고 다니는 것도 용서하게 되곤 했다. 그렇다고 재니가 티 케이크처럼 새까만 깜둥이에게 시집을 간 것까지 용서가 되는 것은 아니었지만, 그러나 그 점은 그녀가 개선시킬 수 있을 것 같았다. 바로 그것을 위해 그녀의 남동생은 태어났던 것이다. 그녀는 티 케이크가 집에 있을 때는 거의 오래 머무는 적이 없었다. 그러나 요행히 재니 혼자 집에 있는 때 방문을 하면 몇 시간이고 눌러앉아 수다를 떨곤 했다. 그녀가 불쾌해 마지않는 주제는 깜둥이였다.

"우즈 부인, 내 우리 남편한테도 자주 말하지만, 난 대체 부인 같은 사람이 어떻게 그리 본데없는 깜둥이들을 늘 옆에 끼고 지낼 수 있는지

통 이해가 안 가네."

"그 사람들 때문에 불편한 건 전혀 없는걸요, 터너 부인. 오히려 그 사람들 이야기 덕분에 제가 즐겁죠."

"부인은 나보다 비위가 좋군 그래. 난 어떤 사람이 우리 남편한테 여기다 식당을 차려보라고 하는 걸 들을 때만 해도, 설마 이렇게 많은 흑인들이 한데 모여 살고 있으리라고는 생각도 못 했어. 그걸 알았다면 절대 오지 않는 건데. 난 검둥이들과 어울리는 게 체질에 안 맞아. 내 아들도 그렇게 주장하는걸, 검둥이는 벼락을 빨아들인다고." 그들은 조금 웃었다. 그리고 한참 동안 그런 식으로 말을 하다가 터너 부인이 물었다. "남편이 재산이 상당했나 보지."

"왜요, 부인?"

"아, 부인 같은 여잘 붙잡았으니까 하는 말이지. 아무튼 부인은 나보다 비위가 좋은 거야. 난 검둥이하고 결혼하는 건 상상하는 것만도 끔찍하더라구먼. 세상에 검둥이는 이미 너무 많아. 우린 인류를 더 밝은 색조로 바꿔야 한단 말이지."

"어머, 아닌데요. 제 남편은 재산이라곤 없었어요. 자기 자신밖에는요. 부인도 겪어보면 아시겠지만, 그인 쉽게 애정이 가는 사람이에요. 전 그이를 사랑해요."

"아니 원 세상에, 우즈 부인! 난 그런 말은 안 믿네. 지금은 부인이 잠깐 눈에 뭐가 씌운 거야. 그럼, 그렇고말고."

"아녜요, 사실이에요. 만약 그 사람이 절 떠난다면 전 정말 견디지 못할 거예요. 그땐 제가 무슨 짓을 하게 될지 모르겠어요. 그인 아무리 작은 일을 갖고도 단순하고 변화 없는 일상을 굉장한 것으로 바꿔놓지요. 그럼 우린 그 기쁨으로 사는 거예요. 그러다 보면 더 큰 행복이 오고요."

"난 달라. 난 검둥이는 딱 질색이야. 백인이 그자들을 미워하는 것도 탓할 게 없단 말이지, 나부터도 그들을 참을 수 없으니까. 그리고 난 말이야, 나나 부인 같은 사람이 그런 패들과 한 족속으로 분류되는 걸 참을 수가 없어. 우린 별도로 구분되어야만 해."

"그럴 수야 있겠어요. 우린 모두 핏줄이 섞여 있는데. 사실 백인이나 흑인이나 모두 우리 친척들이잖아요. 그런데 어쩌다 그렇게 흑인을 싫어하게 되셨어요?"

"그리고 검둥이들이라면 아주 신물이 나. 검둥이들은 항상 웃고 다니지! 너무 자주 웃고, 너무 시끄럽게 웃어. 노상 입에 달고 다니는 그구식 노예 노래들 하며! 또 왜 늘 그 모양으로 백인들 앞에 웃음거리만 되는 거냐구. 검둥이들이 그렇게 많지만 않았으면 인종 문제도 없었을 거야. 그랬더라면 백인들도 우릴 자기들 가운데 끼워줬을 테고. 그런데 그 검둥이들이 그걸 가로막고 있단 말이지."

"그렇게 생각하세요? 물론 전 그 점에 대해 생각을 많이는 못해봤어요. 하지만 백인들이 우리를 자기들의 상대로 생각하기야 하겠어요. 우린 이렇게 가난한데."

"가난이 문제가 아니고, 피부 색깔과 생김새가 문제인 거야. 세상에 어떤 사람이 유모차에 깜둥이 아길 태우고 싶겠어, 버터 우유에 파리 떨어진 것 같게? 세상에 누가 쳇소리 질러대는 흑인 남자와, 야단스런 염색옷 차림으로 거리를 휘젓고 다니면서 아무것도 아닌 일을 가지고 환호성을 지르고 고함을 치고 깔깔거리고 웃는 그 흑인 여자들과 어울리고 싶겠냐고? 내가 알기로 세상에 그런 사람은 없어. 난 병이 나도 검둥이 의사가 와서 깐작이는 꼴은 못 보지. 이제껏 아이 여섯을 낳으면서 — 운이 따라주질 않아서 그 중에 한 명밖에는 건사하지 못했지만 — 난 검둥이라면 맥 한번 짚게 해본 적이 없으니까. 내 뒷수발은 늘 백인

의사들이 도맡았지. 물건을 살 일이 있어도 난 검둥이 가게엔 가질 않아. 아 유색인이 사업에 대해 알긴 뭘 안다고 저리 깝작거리는지 모르겠다니깐. 주여 저를 구하소서!"

이제 터너 부인은 비상한 신념에 불타 거의 악을 쓰고 있었다. 재니는 먼저 놀라고 당황하여 말을 잇었다. 그리고 동정조로 감탄사만 연발하며, 무슨 말을 해야 할지 고민을 하는 것이다. 터너 부인은 분명 흑인들을 자신에 대한 직접적인 모욕으로 여기고 있었다.

"날 좀 보라구! 내 코가 어디 납작하고 내 입술이 어디 검붉고 두터운가. 난 제대로 모양이 잡힌 여자라구. 내 눈 코 입은 백인의 것 그대로야. 그런데도 난 다른 모든 검둥이들과 똑같이 취급을 당한단 말이야. 이건 정말 부당해. 사람들은 우릴 백인으로 대해주진 못한다 해도, 적어도 독자적인 부류로는 인정을 해줘야 한다구."

"전 그런 게 전혀 고민되지 않는데, 하기야 뭐 그건 제가 제대로 생각하는 머리가 없어서겠지만요."

"부인이 꼭 내 남동생을 만나봐야 하는데. 그 아인 정말 멋져. 머리카락도 아주 일자로 쭉 뻗었고. 일요학교 모임에도 파견이 돼서 부커 워싱턴[13]에 관한 논문을 발표했어. 그자를 아주 묵사발을 만들었다구!"

"부커라고요? 그 사람은 위대한 사람이었잖아요, 아닌가요?"

"일반적으로 그렇게 생각돼왔지. 하지만 그자가 한 일이라곤 백인 앞에서 원숭이 노릇을 한 것밖엔 없어. 백인들은 그래서 그자를 추켜세웠던 거고. 하지만 옛말에도 있잖아, 높이 오른 원숭이일수록 밑구멍이

---

13 Booker T. Washington(1856~1915): 미국의 교육자·개혁가. 1895~1915년 사이에 미국 흑인들에게 가장 큰 영향력을 끼친 지도자의 하나로서 그들에게 당분간은 차별을 당하더라도 경제력을 높이고 자기 향상을 꾀함으로써 백인의 존경을 얻는 데 힘쓸 것을 당부하였다. 한편 많은 혁명적 흑인 운동가들로부터 보수주의자라는 비판을 받기도 했다.

더 잘 드러나 보인다고. 부커가 바로 그랬어. 내 동생은 연설을 할 기회가 날 때마다 그자를 아주 난도질했지."

"전 그가 아주 위대한 사람이라고 배우고 자랐는데." 재니가 할 수 있는 말은 그것이 전부였다.

"그잔 다만 우릴 방해했을 뿐이야. 우린 일말고 다른 건 해본 적이 없는 종자들인데, 그런 우리들 앞에서 우리는 일을 해야 한다고 연설을 하면서 말이지. 그잔 우리의 적이었어. 꼭 그래. 백인의 시종에 불과했다구."

재니가 배워온 모든 것에 비추어볼 때 이것은 신성 모독일 뿐 다른 것이라고는 생각이 되지 않았다. 그래서 그녀는 입을 다물어버렸다. 하지만 터너 부인은 말을 멈추지 않았다.

"내 동생에게 이곳에 내려와서 좀 지내다 가라고 편지를 해뒀지. 그애가 지금은 일을 쉬고 있는 편이거든. 난 특히 부인이 그앨 만나봤으면 해. 부인이 결혼만 안 했다면 둘은 아주 멋진 한 쌍이 될 수 있었을 텐데. 동생은 아주 실력 있는 목수라네, 일거리만 있다면."

"아, 예— 그랬을지도 모르겠네요. 하지만 전 결혼을 했고, 그러니 그런 건 생각해볼 필요가 없겠죠."

터너 부인은 그후에도 자신이나 자신의 아들 혹은 남동생이 갖고 있는 몇몇 견해에 대해 매우 힘을 주어 연설을 한 뒤에야 자리에서 일어났다. 그녀는 재니에게 언제라도 좋으니 꼭 자기 집에 놀러오라고 신신당부를 했지만, 티 케이크에 대해서는 한마디도 꺼내지 않았다. 마침내 그녀가 돌아가고 재니는 저녁을 차리기 위해 부엌으로 걸음을 서둘렀다. 그리고 그곳에서 두 손으로 머리를 쥐어싸고 앉아 있는 티 케이크를 발견했다.

"티 케이크! 당신이 집에 와 있는 걸 몰랐네."

"그럴 줄 알았어. 여기서 다 들었어. 저 잘난 여편네가 날 깔아뭉개는 소리. 당신을 나한테서 떼어내려고 말야."

"아 그게 그 여자가 바랐던 거군? 난 몰랐네."

"두말하면 잔소리지. 그 여잔 웬 시시껄렁한 동생 하나를 갖고는, 당신이 그자와 연분을 맺고 돌봐주길 바라는 거야."

"맙소사! 그게 그 여자가 바라는 바라면 그 여잔 전혀 엉뚱한 나무 아래 와서 짖은 거야. 나한텐 이미 엄연한 임자가 있는데."

"그리 말해주니 고맙군. 난 그 여자가 정말 싫어. 이 집에 다신 얼씬도 못 하게 해. 생기기노 꼭 백인같이 생겨가지고! 메리노 양저럼 희멀건 얼굴 색이며 머리에 착 달라붙은 머리카락이며! 검둥이가 그렇게 미우면, 그럼 자기 식당 손님도 검둥이는 사절이겠네. 야 이건 온 동네에 방 붙일 소식감인데. 우린 백인 식당에 가도 잘 대접을 받을 수 있어. 그 여자며, 그 시들머들한 남편이며! 그리고 그 아들! 그 녀석은 그 여자의 자궁이 그 여자한테 사기를 친 게 아니면 뭐겠어. 가서 그 남편한테 마누라 단속 좀 잘하라고 말해둬야겠어. 난 이 집에서 다신 그 여잘 안 봤으면 좋겠으니까."

그러던 어느 날 티 케이크는 길에서 터너 부자를 만났다. 터너를 보면 뭔가가 퇴화된 느낌을 받곤 했다. 한때는 분명한 구석들을 지녔지만 지금은 무엇 하나 시들고 흐려지지 않은 것이 없어 보이는. 꼭 사포에 갈고 갈려서 둥글길쭉하게 닳아진 물건처럼 말이다. 티 케이크는 왠지 모르게 그에게 동정심이 갔다. 그래서 그는 마음먹었던 대로 모욕을 줄수는 없었다. 그렇다고 모든 걸 다 참을 수도 없었다. 그래서 그는 다가오는 시즌에 대해 잠시 말을 하다가, 이렇게 말을 꺼내보았다. "선생님 부인께서는 할 일이 별로 없으신가 보죠, 남의 집에 자주 들르시는 걸 보니. 제 집사람은 일이 너무 바빠서 남의 집을 찾아간다거나 집에 찾아온 사람과 이야기를 나눈다거나 하기가 어려운 것 같던데."

"그 여잔 자기가 하고 싶은 일은 남의 눈치 보지 않고 멋대로 다 하니까. 그쪽으로는 정말 말릴 재간이 없어. 아무렴." 그의 웃음 소리가 높고 공허하게 울렸다. "이젠 아이들이 발목을 잡는 일도 없으니 원하면 아무 때고 밖에 나가는 거지."

"아이들요?" 티 케이크가 놀라 물었다. "아니 저 아드님 밑에 다른 동생이 또 있었나요?" 그는 스무 살 가량 되어 보이는 터너 2세를 가리키며 말했다. "동생들은 본 적이 없는데."

"그랬겠지, 다른 녀석들은 저놈이 태어나기 전에 모두 죽었으니까. 우린 정말 자식 복이 없었어. 저놈을 키워낸 건 그중 운이 따라줘서였지. 저놈은 내 고갈된 성정을 마지막으로 받고 태어난 거야."

그가 다시 한 번 힘없이 웃었고, 티 케이크와 그의 아들은 멋쩍게 따라 웃었다. 티 케이크는 집으로 돌아와 재니에게 말했다.

"그 뿔난 망아지 같은 여편네는 남편이 어떻게 해볼 수도 없는 것 같아. 이제 남은 길은 하나야. 그 여자가 여기 오면 당신이 차갑게 대하라구."

재니도 그렇게 해보았지만, 딱 부러지게 대놓고 말을 하지 못하는 이상, 터너 부인을 완전히 단념시키는 것은 불가능했다. 터너 부인은 재니와 사귀는 것을 자신의 영예로 알았고 그것을 유지하기 위해 타박 따위는 금세 잊고 용서했던 것이다. 그녀의 기준으로는 누구든 자기보다 더 백인에 가깝게 생긴 사람은 자기보다 더 나은 사람이었다. 그러므로 그런 사람은 가끔씩 자기에게 잔인할 수도 있는 것이다. 자기 자신이 자기보다 더 검은 사람을 그 검기의 정도에 정확히 비례하여 잔인하게 대하는 것이 당연한 것처럼. 그것은 닭장의 위계 서열과도 같았다. 자신이 채찍질해도 될 사람에게는 비정하게 잔인하고, 그럴 수 없는 사람에게는 철저하게 고개 숙일 것. 일단 자신의 우상을 정하고 그 앞에 제단을 쌓은 이상 그녀가 거기 경배를 바치는 것은 필연적이었다. 그리고 다른 모든 진실한 숭배자들과 마찬가지로, 그녀 역시도 자신의 우상의 것이라면 어떠한 모순이나 잔인함까지도 받아들여야 하는 것이다. 무릇 경배를 받는 모든 신은 잔인하게 마련이었다. 모든 신은 이유 없이 고통을 부과한다. 그렇지 않았다면 그들은 숭배를 받는 일도 없었을 것이다. 불가해한 고난을 통해 인간은 두려움을 알게 되며, 이 두려움이야말로 인간의 가장 신성한 감정인 까닭이었다. 모든 제단의 기초석과 지혜의 근원은 두려움이었다. 되다 만 신들은 술과 꽃으로 경배를 받는다. 그러나 진정한 신은 피를 요구한다.

터너 부인은, 다른 모든 숭배자들처럼, 자신이 움켜쥘 수 없는 것들에 대해 제단을 세웠다. 그녀에게는 백색 인종적 특질이 바로 그것이다. 비록 그녀의 신이 그녀를 난타하고, 절벽 아래로 집어던지고, 사막에다 내다버린다 해도, 그녀는 그의 제단을 저버리지 않을 것이다. 그녀의 이러한 전투적인 신앙 고백 뒤에는 그와 같은 경배를 통해 그녀와 여타의 사람들도 어떻든 낙원에 도달할 수 있으리라는——곧은 머리카락과, 얇은 입술과, 높은 콧대를 가진 백인 천사들의 낙원에 도달할 수 있으리라는 신념이 어려 있었다. 이것이 물리적으로 불가능한 일이라는 것은 결코 그녀의 믿음을 깨뜨릴 수 없었다. 거기에 바로 신비가 있고 신비를 행하는 것이 신의 일인 것이다. 그리고 그녀의 이 믿음 너머에는 자신의 신전을 수호하겠다는 광신이 도사리고 있었다. 비밀한 내면의 사원 문을 열고 나왔을 때 이방 검둥이들이 문밖에서 껄껄거리며 웃고 있는 것을 대면하는 것은 너무도 괴로운 일이었다. 그럴 때면 그녀는 이렇게 외치는 것이다. 오, 군대가 있다면, 군기와 날 선 검으로 무장을 한 군대가!

그러므로 그녀는 인간 재니 우즈에게 매달리는 것이 아니라 재니의 백색 인종적 특질에 경배를 바치는 것이었다. 재니와 함께 있을 때 그녀는 마치 자신의 피부가 더 하얘지고 머릿결이 더 곧게 펴진 것 같은 느낌을 받았다. 그리고 그녀는 자신의 이 거룩한 존재를 더럽히고 또 자신을 조롱하는 티 케이크를 미워했다. 오 그자의 비웃는 말에 보기좋게 응대할 수 있다면! 하지만 그 길을 그녀는 알 수가 없었다. 한번은 그녀가 댄스홀의 행태에 대해 불평을 하는데 티 케이크가 따갑게 말을 받아쳤던 것이다. "허어 참, 하느님을 어찌 그리 우스꽝스럽게 만드시는 겁니까. 지금 부인께서 타박을 놓는 그 모든 것이 다 그분이 만드신 작품들인데."

그래서 터너 부인은 늘 인상을 찌푸리고 다녔다. 맘에 안 차는 게 너무 많았다. 그러나 재니와 티 케이크는 거기에 그다지 신경을 쓰지 않았다. 그것은 다만 습지의 무료하기만 한 여름날, 소일할 수 있는 이야깃거리를 제공해줬을 뿐이었다. 그런 이야기도 지루해지면 그들은 팜비치나, 포트마이어스 그리고 포트로더데일 등지로 짧은 여행을 다녀오기도 했다. 그러는 동안 어느새 태양이 서늘해지고, 습지에는 다시 사람들 물결이 밀려들기 시작했다.

제 17 장

지난 시즌에 함께 일했던 사람들 중 많은 이들이 다시 돌아왔다. 하지만 이곳에 처음 온 사람들 역시 많아서 그 중 어떤 사내들은 재니에게 수작을 걸어왔고, 사정을 모르는 어떤 여자들은 티 케이크의 뒤를 쫓아다녔다. 물론 그들은 머지않아 곧 정리가 되었다. 그럼에도 불구하고, 재니와 티 케이크는 가끔씩 질투심에 휩싸이고는 했다. 터너 부인의 남동생이 도착하고 터너 부인이 그를 자기 집에 데려와 인사를 시켰을 때는, 티 케이크는 한바탕 격정의 소용돌이에 휘말렸다. 그리고 그 주가 다 가기 전에 그는 재니를 쳤다. 그녀가 그의 질투를 살 만한 행동을 해서가 아니었다. 그렇게 함으로써 그가 자기 내부의 끔찍한 공포를 덜 수 있기 때문이었다. 그녀를 때릴 수 있다는 것이 그가 그녀를 소유하고 있다는 사실을 확인시켜주었다. 그것은 결코 어떤 무지막지한 폭행이 아니었다. 그는 자신이 그녀의 주인임을 보여주기 위해 그저 가볍게 몇 대 때렸을 뿐인 것이다. 다음날 들에서는 모든 사람이 그 사건에 대해 이야기를 했다. 그것은 남녀를 막론하고 동경에 가까운 감정을 불러일으켰다. 손찌검 몇 대로 그녀가 죽기라도 할 것처럼 재니를 감싸안고 어루만지는 티 케이크의 모습에서 여자들은 환상을 보았고, 어찌해볼 수도 없이 티 케이크에게 매달리는 재니의 모습에서 남자들은 꿈같은 광경을 본 것이다.

"티 케이크, 넌 정말 복 받은 놈이야." 솝드버텀이 말했다. "재니는 얼굴에 맞은 흔적이 다 났더라. 장담하는데, 재니는 너한테 얻어맞았다고 맞대들지도 않았겠지. 우리네 그 쇳소리 질러대는 늙은 마누라들 같았어봐, 그 여편네들은 한 대라도 얻어맞았다간 밤이 꼴딱 새도록 너한테 덤벼들고 싸웠을걸. 그리고 다음날 아침엔 누구한테 얻어맞았다고는 도저히 상상할 수가 없는 말짱한 얼굴이 되어 있었을 거라고. 바로 그래서 난 마누라 패는 걸 그만둔 거야. 도대체가 이 여편네들은 때려도 때린 흔적이 안 난다니까. 아아! 재니처럼 부드러운 여잘 나도 한번 손대봤으면! 장담하는데 재니는 소리조차 지르지 않겠지. 그냥 울기만 할 테지, 안 그래 티 케이크?"

"그래."

"글쎄 그것 보라니까! 우리 마누라만 같았어봐. 팜비치가 다 떠내려가라고 악을 써댈 텐데, 물론 내 이 턱주가리를 박살내놓는 건 말할 것도 없고 말야. 넌 몰라, 그 여자가 어떤 여잔지. 그 여편네 아구통 좀 봐라. 화통을 삶아 먹고도 남을 아구통이야. 그뿐이냐, 일단 그 성미를 건드렸다 하면 바위도 밀어붙이고 나간다니까."

"재니는 점잖고 교양 있는 여자야. 재닌 행길에서 눈 마주쳐 데려온 게 아니라구. 번듯한 부자집에 살고 있는 걸 데려온 거야. 지금도 은행 통장엔 이 동네 모든 남자를 몽땅 사고 처분할 수 있는 돈이 있고."

"설마! 아니 그런 여자가 아무렇지도 않게 이 습지에 와서 산다고!"

"재니는 내가 원하는 데는 어디든 가거든. 그런 여자야, 재니는. 그래서 난 그녀를 사랑하고. 재니를 때린다는 건 있을 수 없는 일이야. 어젯밤에도 재니를 때리고 싶지는 않았는데, 그 터너네 여편네가 제 남동생을 불러와서 재니를 나한테서 꼬셔내려고 하잖아. 그렇다고 재니가 무슨 행동을 해서 때린 건 아냐. 난 단지 그 터너네 식구들한테 보여주고 싶었다구, 누가 재니의 주인인지. 요전에 난 부엌에서 그 여자가 재니한테 하는 말을 들었거든. 나 같은 깜둥이는 재니의 상대가 될 수 없다고. 도대체 어떻게 나 같은 놈을 견디고 사는지 이해할 수가 없다고."

"그 여자 남편한테 확 일러버려."

"쓸데 없는 짓이야! 그 남잔 자기 마누라한테 잡혀 사는 것 같더라구."

"이빨을 왕창 뽑아버리든가."

"그럼 꼭 그 여자 때문에 정말 무슨 일이 나서 그러는 것 같잖아, 사실은 그렇지 않은데. 난 그냥 그 여자에게 내가 재니를 잡고 있나는 걸 확인시켜주기만 한 거야."

"그러니까 그 여잔 벌어먹기는 우리들 때문에 벌어먹으면서 깜둥이는 싫어한다 그 말이야, 응? 좋아. 내 앞으로 2주 안에 그 여자를 이 동네에서 내쫓아주지. 지금 당장 애들을 모아서 그 여자를 박살낼 방법을 찾아봐야겠어."

"난 그 여자가 무슨 짓을 했다고 화를 내는 게 아냐. 아직 나한테 직접적인 해를 끼친 적은 없으니까. 다만 그 여자의 생각에 화가 나는 거지. 그 일당들은 여기서 나가야 해."

"우린 네 편이야, 티 케이크. 너도 알지. 그런데 그 터너네 여자는 머리 쓰는 게 보통내기가 아닌 거 같아. 그게 다 네 마누라의 그 은행돈에 대해 뭔가 들은 게 있어서 수작을 부린 거 아니겠어. 너네 마누라를 자기 집 안에 꾀어들이려고."

"아냐 숍, 그 여자한테 돈의 가치는 외모의 반에도 못 미치는 거 같아. 그 여잔 피부 색깔에 신들린 여자라구. 보통 사람들하고 생각하는 게 다르다니까. 인간 같지도 않고 어떻게 설명을 해보려 해도 잘 그려지지가 않아."

"아 그래, 자긴 너무 고상해서 이런 시궁창에서 썩을 수가 없다는 거지. 우릴 아주 바보 빙충이로밖에 안 본 거야. 그래서 엉덩이에 뿔이 난 거지. 하지만 천만 만만의 말씀. 그 잘난 엉덩이 뿔을 내 몽땅 뽑아 버릴 테니."

인부들이 전표를 현금으로 환불받는 토요일 오후, 사람들은 모두 쿤딕을 사들고 술에 취하기 시작했다. 해질 무렵이 돼서는 벨 글레이드 전체가 온통 소란한 술주정과 갈지자 걸음의 취객들로 북새통을 이뤘다. 많은 아낙들도 서로 어울려 즐거운 시간을 가졌다. 그 잘 나가는 포드를 탄 경찰서장은 치안 질서를 확립코자 댄스홀에서 댄스홀로 또 음식점으로 분주하게 돌아다녔지만, 사람을 잡아들이는 경우는 거의 없었다. 온 거리가 주정꾼들로 넘쳐나고 그들을 모두 잡아 가둘 장소도 없는 판에 그 중의 한둘을 놓고 옥신각신할 필요가 어디 있단 말인가? 그가 할 수 있는 일이란 싸움을 자제시키는 것, 그리고 흑인 구역 내에 있는 백인들을 9시 전에 귀가 조치시키는 것이 전부였다. 딕 스터렛과 쿠드 메이가 그 중 최악인 것 같았다. 술기운이 그들에게 밀고 치고 악을 쓰며 이곳저곳을 헤집고 다니라고 충동질을 했고, 그들은 그대로 따라 실행했던 것이다.

얼마 뒤 그들은 터너 부인의 음식점에 도착했다. 그곳은 더 이상 발 디딜 틈이 없을 정도로 사람이 가득 차 있었다. 티 케이크, 스튜 비프, 솝드버텀, 부티니, 모터 보트 그리고 그 밖의 모든 낯익은 얼굴들이 거기 다 모여 있었다. 쿠드메이는 놀랐다는 듯 허리를 꼿꼿이 세우며 외쳤다. "아니, 니들 모두 여기서 뭐 하는 거야?"

"밥 먹고 있다." 스튜 비프가 말했다. "비프 스튜가 있는 곳에 스튜 비프가 와 있는 건 당연한 일 아니냐."

"우리도 가끔은 여편네들이 차려주는 밥상에서 해방되고 싶잖아. 그래 오늘은 우리들 모두 외식을 나온 거야. 음식이라면 어쨌든 터너 부인네가 최고니까."

홀 안을 이리저리 바쁘게 질러 다니던 터너 부인이 이 말을 듣고 얼굴 가득 미소를 지었다.

"지금 막 들어온 두 사람은 자리가 날 때까지 좀 기다려야겠네. 지금은 빈자리가 없으니."

"그게 무슨 상관인데요." 스터렛이 항의조로 말했다. "걱정을 하덜 말고, 생선 튀김 하나 주시오. 커피 한 잔 하고. 난 서서 먹을 수 있으니까."

"나도 비프 스튜와 커피 하나 줘쇼, 부인. 스터렛 이 자식은 나하고 술이 같이 취했는데, 놈이 서서 먹을 수 있다면, 나라고 그렇게 못 할깝쇼." 쿠드메이가 비틀거리며 벽에 몸을 기대며 말했다. 사람들이 웃음을 터뜨렸다.

얼마 안 가서 터너 부인을 도와 홀 서빙을 하고 있는 아가씨가 주문한 음식을 내왔고, 스터렛은 자신의 생선 튀김과 커피를 손에 받아들었다. 그러나 쿠드메이는 그 당연한 일을 하려 들지 않았다.

"아니, 우리 아가씨가 그냥 좀 들고 있어봐, 내가 먹을게." 그는 이렇게 말하고 종업원 아가씨에게 음식 쟁반을 들린 채로 포크질을 하기 시작했다.

"아저씨 코앞에다 음식상을 받쳐주고 있을 시간이 어딨어요." 그녀가 말했다. "자요, 이거 받아요."

"하긴 그렇지." 쿠드메이가 말했다. "그럼 그거 이리 줘봐. 숍이 자리를 내주겠지."

"얼레, 이게 누굴 함부로." 숍이 대꾸했다. "난 아직 식사가 안 끝났고 자리 내줄 준비도 안 됐어."

　그러자 쿠드메이가 강제로 숍을 의자에서 밀어내려 했다. 숍은 안간힘을 쓰며 버텼다. 그렇게 그들은 서로 엎치락뒤치락 의자를 탈환코자 한바탕 힘 겨루기를 했고 그 와중에 숍에게 커피가 엎질러졌다. 그러자 숍은 커피 잔 받침을 들어서 쿠드메이에게 던졌다가 그만 부티니를 맞췄다. 그랬더니 이번엔 부티니가 자신의 두터운 머그잔을 쿠드메이를 향해 던졌다가 하마터면 스튜 비프를 맞힐 뻔했다. 싸움은 이내 대규모 전으로 확산되었고 터너 부인도 주방에서 달려나왔다. 이때 티 케이크가 일어나 쿠드메이의 멱살을 움켜쥐었다.

　"야 니들, 내 말 잘 들어. 이 가게에선 소란을 피우면 안 돼. 터너 부인이 얼마나 점잖은 분인데. 사실 부인은 이 습지의 누구보다도 점잖은 분이라구." 터너 부인이 티 케이크를 보고 활짝 웃었다.

　"나도 그건 알지. 그걸 모르면 여기 사람이 아니게. 하지만 터너 부인이 고상하든 말든, 난 지금 자리에 앉아서 식사를 해야겠단 말씀이야. 숍 저 자식 들까부는 꼴통도 더는 두고 못 보겠고. 놈더러 사내답게 덤벼보라고 해. 티 케이크, 너도 이 손 놔."

　"아니, 나도 그렇겐 못 하겠어. 싸우려면 여기서 나가."

　"아니, 누가 날 내쫓아?"

　"나야, 내가 내쫓아. 이 티 케이크가, 알아들어? 터너 부인 같은 점잖은 양반을 공경하진 못하더라도, 이 티 케이크는 받들어모실 줄 알게 해줄 테다! 이리 나와, 쿠드메이."

　"그앨 가만두지 못해, 티 케이크!" 스터렛이 소리쳤다. "걘 내 친구야. 우린 오기도 같이 왔고, 나 없이 걔 혼자는 아무 데도 못 데려가."

　"그럼, 너희 둘 다 나와!" 티 케이크가 소리치며 쿠드메이의 멱살을 단단히 그러쥐었다. 이와 동시에 도커리가 스터렛을 잡아끌었고 둘은 홀 안을 이리저리 구르며 몸싸움을 했다. 그리고 또 몇몇이 더 싸움에 가담했고 탁자와 접시들이 부서지기 시작했다.

터너 부인은 자신의 기대와 반대로 티 케이크가 그들을 쫓아내려 한 것이 오히려 그들을 자극시켜 상황을 악화시킨 것을 깨달았다. 그녀는 뒤꼍 어딘가로 달려나가 남편을 데리고 돌아왔다. 싸움을 진정시켜야 했다. 그러나 그는 가게 안을 쓱 훑어보더니 저만치 귀퉁이에 따로 있는 의자로 꽁무니를 빼고, 거기 가만 앉은 채 입도 뻥긋 않는 것이었다. 어쩔 수 없이 터너 부인은 싸움판 한가운데로 파고들어가 티 케이크의 팔을 붙잡았다.

"이제 됐네, 티 케이크. 뜻은 고마워. 하지만 이 사람들은 그냥 놔두게."

"무슨 말씀이세요, 부인. 제가 이 마을에 있는 한 점잖은 어르신 댁에 몰려와서 시끄러운 소란 따위를 피우는 일은 절대 없게 할 겁니다. 저 자식들은 여기서 내쫓아야 해요!"

이제는 가게 안팎의 모든 사람이 다 편을 짓고 싸웠다. 그 와중에 어쩌다 터너 부인도 바닥에 넘어지게 되었다. 하지만 그녀가 거기 그 분규의 현장 한가운데, 깨어진 접시와 뒤엎어진 탁자와 동강난 의자 다리, 그리고 창틀이며 그 밖의 잔해들 사이에 널브러져 있다는 것을 아무도 알지 못했다. 홀 바닥은 온통 쓰레기가 된 물건들로 바다를 이뤘다. 하지만 티 케이크는 결코 싸움을 멈추지 않았다. 결국 쿠드메이가 손을 들었다. "내가 잘못했어. 내가 잘못했다구! 그래, 네 말이 옳았고 내가 공연한 고집을 피운 거야. 난 이제 아무 유감도 없어. 정말이야, 믿어줘, 화해의 뜻으로 내가 스터렛과 한턱 내지. 파호키 근방에 비커네란 술집이 있는데 거기 아주 좋은 쿤딕이 있거든. 다들 그리로 가자구. 가서 즐겁게 한번 놀아보는 거야." 사람들은 모두 유쾌한 기분이 되어 몰려나갔다.

터너 부인은 악을 쓰고 경찰을 부르며 바닥에서 일어났다. 그녀의 가게를 보라! 그런데 어떻게 아무도 경찰을 부르지 않았단 말인가? 그녀는 사람들 발길에 짓밟힌 자신의 손과 붉은 핏방울이 떨어지는 손가락도 보았다. 싸움이 났던 것을 모르는 두어 사람 정도만이 무슨 일인가 싶어 가게 안을 기웃거리며 그녀의 처지를 동정했지만, 그것은 더욱 그녀의 성질을 돋굴 뿐이었다. 가서 자기 할 일들이나 하라구! 그녀는 소리쳤다. 그리고 그녀는 자신의 남편이 식당 한쪽 구석에서 그 긴 다리를 꼬고 앉아 여유 있게 파이프 담배를 피우고 있는 것을 보았다.

"당신은 도대체 어떻게 된 남자예요? 그 개숫물에 뜬 개똥 같은 깜둥이들이 내 집을 이렇게 다 부숴놨는데! 어떻게 자기 부인이 발에 차이고 짓밟히는 걸 보고도 가만 앉아 있을 수가 있난 말예요? 남자도 아냐. 티 케이크가 날 넘어뜨리는 걸 봤으면서! 그랬으면서! 그걸 보고도 외눈 하나 깜짝 않고 앉아만 있어."

터너가 입에서 파이프를 꺼내며 말했다. "그래, 그럼 당신 내가 가슴이 터질 뻔한 것도 봤겠군, 안 그래? 당신이 티 케이크한테 가서 말해주면 좋겠어, 앞으로 내가 다시 흥분하는 일이 없게 조심해달라고." 말을 마치고 터너는 다리를 반대 방향으로 바꿔 꼬며 파이프를 다시 물었다.

터너 부인은 다친 손으로 있는 힘껏 남편을 내리친 뒤 반시간 동안 장광설을 토해냈다.

"일이 났을 때 동생이 이 근처에 없었던 게 다행이지. 안 그랬으면 누구 한 사람은 죽어나갔을 거야. 우리 막내도 그렇지. 내 동생과 막내는 남자다운 애들이니까. 우린 교양 있는 동네 마이애미로 돌아갈 거야."

그러나 그 막내아들과 동생이란 자는 이미 밖에서 뼈 있는 경고를 받은 즉시 자기들 갈 길을 가고 없다는 사실을 아무도 그 자리에서 말하지 않았다. 그 남자다운 터너 2세와 그의 외숙은 한시도 머무적거릴 때가 아니라고 판단했던 것이다. 그들은 팜비치로 서둘러 떠나버렸다. 터너 부인이야 나중에 다 알게 될 테니까.

월요일 아침 쿠드메이와 스터렛은 가게에 들러 그녀에게 연신 용서를 구하면서 각각 5달러씩을 내놓았다. 쿠드메이는 말했다. "제가 토요일 밤에 술에 꼭지가 돌아서는 망나니짓을 했다면서요. 아 글쎄 전 전혀 기억이 없는데 말입니다. 하지만 전 술만 취했다 하면 아주 넝마가 된다고들 하니까요."

제 18 장

티 케이크와 재니가 글레이즈의 바하마 출신 노동자들과 사귀기 시작한 뒤로, 그들 '소'들은 차츰 미국인 노동자들에 동화되어갔다. 그리고 그들이 두려워했던 것과 달리 그 미국인 친구들이 그들을 비웃지 않는다는 것을 알게 되면서, 춤의 축제를 위해 은밀한 장소를 찾아 숨어드는 일도 그만두었다. 많은 미국 노동자들이 뜀뛰기 춤을 배웠으며, '소'만큼이나 그것을 좋아했다. 그래서 그들 '소'들은 매일 밤마다 숙소 지역에서 ─ 그것은 주로 티 케이크네 뒷마당이 되는 경우가 많았는데 ─ 춤판을 벌이기 시작했다. 티 케이크와 재니는 그 불춤을 구경하느라 자주 밤을 샜고, 그런 다음날이면 티 케이크는 재니를 들에 내보내지 않으려 했다. 그녀는 쉬어야 했다.

세미놀[14] 무리의 행렬을 목격한 것은 재니가 집에서 혼자 쉬고 있던 어느 날 오후의 일이었다. 인디언 남자들이 앞장을 서 걷고, 튼실한 체구의 인디언 여자들이 짐보따리를 진 나귀처럼 그 뒤를 따라가고 있었다. 글레이즈에서 인디언이라면 두엇씩 모여 사는 모습을 이미 여러 차례 본 적이 있지만, 이날 그녀가 본 것은 대단위의 무리였다. 그들은

---

14 Seminole: 북미 인디언의 한 종족.

팜비치로드를 향해 꾸준히 행진하고 있었다. 그리고 한 시간 가량 지나자 또 한 무리가 같은 방향으로 행진을 해갔다. 그리고 해지기 직전에 또 다른 무리가 지나갔다. 이번에는 재니도 그들에게 어디를 가느냐고 물어보았는데 무리 가운데 한 남자가 마침내 입을 열었다.

"고지로 가오. 방동사니가 꽃피었소. 허리케인이 오는 것이오."

그날 밤 모든 사람이 그 사건에 대해 이야기들을 했다. 하지만 아무도 걱정을 하지는 않았다. 불춤은 새벽 어스름까지 계속되었다. 다음날엔 더 많은 인디언들이 동쪽으로 이동해 갔다. 서두르는 법 없이, 꾸준하게. 하지만 하늘은 높푸르고 날씨는 맑았다. 콩 작황도 좋고 가격도 높이 매겨졌는데, 어쩌면 인디언이 틀릴 수노, 아니 분명히 틀린 것이다. 하루에 콩을 떨어 7달러, 혹은 8달러를 버는 이런 때에 허리케인이 들이닥칠 수는 없는 것이다. 어떻든 인디언은 바보가 아닌가. 언제나 그랬다. 그리고 다시 밤이 되었다. 이 밤에도 스튜 비프의 저돌적이면서 미묘한 북 장단과, 조각상처럼 기괴한 인물상들을 흉내내는 춤사위가 계속되었다. 그 다음날은 이동하는 인디언 무리를 볼 수 없었다. 날씨는 찌는 듯 무더웠으며 재니는 일찍 집으로 돌아와야 했다.

아침은 숨소리도 내지 않고 다가왔다. 갓난아기의 숨결 같은 바람 한 자락도 구경해볼 수 없었다. 태양이 빛을 내뿜기도 전부터, 숨통을 죄어 누르는 듯한 하루가 덤불에서 덤불로 인간을 주시하며 밝아왔다.

토끼 몇 마리가 숙소 지역을 가로질러 동쪽을 향해 서둘러 갔다. 주머니쥐들도 어디선가 살금살금 기어나와서는 역시 그 방향으로 잔걸음질을 쳐갔다. 처음엔 한 번에 한 마리 혹은 두 마리씩. 그러다간 더 많은 수가 무리를 지어 몰려갔다. 그리고 사람들이 들일을 끝내고 돌아올 무렵에는 그것들은 간단없는 행진의 대열을 이루었다. 이제는 뱀들, 방울뱀들이 숙소 지역을 지나가기 시작했다. 남자들이 그중 한두 마리를 잡아 죽이기도 했지만, 그 정도로는 표시도 나지 않을 정도로 많은 수의 뱀들이 떼를 지어 옮겨갔다. 사람들은 날이 새기까지 바깥출입을 삼갔다. 재니는 밤새 여러 번 들노루 따위 커다란 산짐승들이 우는 소리를 들었다. 한번은 나지막이 표범 우는 소리도 들렸다. 그 모두가 동으로 동으로 멀어져가고 있었다. 그 밤에 종려나무와 바나나나무는 비구름과의 대화를 시작했고, 겁을 집어먹은 몇몇 사람들이 짐을 꾸려 팜비치로 떠났다. 수리 수천 마리가 떼를 지어 구름 위로 오르더니 내려오지 않았다.

바하마 소년 하나가 티 케이크의 집 앞에 차를 대고 소리쳤다. 티 케이크는 연신 집 쪽을 뒤돌아보며 웃으면서 걸어나왔다.

"안녕, 티 케이크."

"안녕, 리아스. 짐 싸서 가는 거구나."

"그래요. 혹시 우리랑 같이 가고 싶은 생각 없어요? 우리 차에 자리가 남걸랑요. 뭣보다 티 케이크와 재니가 자리를 필요로 하는지 알아본 뒤에 남한테 자릴 줘도 주려고 온 건데."

"정말 고마워, 리아스. 그런데 우린 그냥 여기 있기로 했거든."

"아니, 크로족[15]도 다 떠나고 없는데."

"그런 게 뭐 중요해. 그런 식으로 말하면 우리 농장주가 떠나지 않은 건 어떻게 설명하려고, 안 그래? 아무튼 여긴 요즘 돈벌이가 너무 좋아. 날씨는 아마 내일이면 말짱해질 텐데. 내가 너였다면 난 떠나지 않겠어."

"난 우리 아저씨가 데리러 왔어요. 팜비치에 폭풍 경보가 났다고요. 그쪽이야 그렇게 나쁘지도 않겠지만. 있지요 티 케이크, 이 동넨 지

---

15 Crow: 수Sioux족에 속하는 북아메리카 평원 인디언.

대가 너무 낮아요. 호수가 금세 넘칠 수도 있어요."

"아휴 아냐, 그런 게. 지금 저 안에 있는 친구들도 그 얘길 하고 있는데, 여기서 벌써 몇 년을 살아온 녀석들도 말이지, 이건 그냥 잠시 훑고 지나는 바람일 뿐이라는 거야. 내일이면 넌 여기 다시 돌아오느라 또 하루를 몽땅 보내게 될 거라구."

"아니, 인디언이 동쪽으로 갔다니까요. 이건 위험한 징조예요."

"인디언이라고 항상 맞는 건 아니야. 사실을 말하자면, 인디언은 아는 게 별로 없지. 안 그랬으면 왜 나라를 뺏겼겠어. 백인들은 아무 데도 가지 않았잖아. 위험했다면 그 사람들이 모르고 있을 리가 없지. 그러니 너도 그냥 여기 있는 게 좋겠어, 리아스. 여기 있다가 오늘 밤 신명나게 춤이나 추자구. 그때쯤이면 날씨는 말짱해질 거야."

리아스는 잠깐 생각을 해보다가 차에서 내리려 했다. 그러나 그의 아저씨가 그를 붙잡고 놓아주지 않았다. 그의 아저씨는 티 케이크에게 말할 가치도 없다는 표정으로 "내일 이맘때면 크로족을 따라가지 않은 걸 후회하게 될걸." 한마디 내뱉고는 급히 차를 몰아 떠났다. 리아스는 티 케이크를 향해 쾌활하게 손을 흔들며 소리쳤다.

"만약 이 세상에서 얼굴을 못 보게 되면, 우리 아프리카에서 다시 만나자고요."

다른 많은 사람들도 인디언과 토끼와 뱀과 너구리를 따라 동쪽으로 서둘러 떠났다. 그러나 대부분의 사람들은 그냥 그대로 남아 있었다. 태양이 다시 우호적으로 나와주기를 기다리면서.

그 중 남자들 몇 명은 티 케이크네 응접실에 모여서 서로 용기를 북돋우며 시간을 보냈다. 재니는 그들을 위해 특별 콩찜구이와 자신이 스위트 비스킷이라고 부르는 것을 한판 가득 구워 내왔으며, 그들은 분발하여 충분히 유쾌한 시간을 만들어냈다.

습지 제일의 이야기꾼들이 대부분 그곳에 와 있었기 때문에, 그들은 자연히 정복왕 존과 그의 위업에 대한 이야기를 했다. 그가 어떻게 이 땅에서 그 모든 위업을 이루었으며, 산 채로 하늘에 들려올라갔는지. 하늘에 오르며 그가 어떻게 기타를 연주했고 모든 천사들이 그를 따라 합창을 하여 하늘 보좌 주위로 둥근 화음이 퍼져나갔는지. 그리고 그가 어떻게 하느님과 늙은 베드로만 제외한 모든 천국 시민의 여리고 성 돌아오기 비행 대회에서 일등을 했으며, 지옥에 내려가서는 어떻게 그 지긋지긋한 악마를 무찌르고 그곳의 모든 사람들에게 얼음물을 건네줬는지에 대해. 그 중 어떤 사람이 존이 연주한 것은 아코디언 하프였다고 우기기도 했지만, 그 주장에 귀를 기울이는 사람은 아무도 없었다. 그 누가 제아무리 하프를 잘 탄다고 한들, 하느님이 설마 기타보다 그걸 좋아하실까. 여기서 이야기의 화살은 티 케이크에게로 돌아갔다. 티 케이크가 기타로 한 곡 연주해보면 어떻겠는가? 그래, 아 그럼 좋아, 한번 들어보자구.

모두들 그 생각에 찬성을 하자, 먹보이가 잠에서 깨어나 리드미컬하게 노래를 읊조리기 시작했다. 그리고 사람들은 그 가사의 매구절마다 마지막 단어들을 큰 소리로 따라 불렀다.

너네 엄마는 속곳을 안 입었지.
너네 엄마가 그걸 벗는 걸 내가 봤어.
너네 엄마는 술에 속곳을 담가 절였지.
그리고 산타클로스에게 그걸 팔아 넘겼어.
그때 산타클로스가 너네 엄마한테 하는 말이.
이 더러운 속곳을 입는 건 법에 저촉되는 일이야.

그러고 나자 먹보이의 발이 발동기를 단 듯 어지럽게 움직이기 시작하더니, 다른 모든 사람들까지 광란적인 춤 속으로 끌어들였다. 춤이 끝나자 그는 녹초가 되어 다시 바닥에 쓰러져 잠이 들었다. 이제 사람들은 플로리다 플립과 쿤캔 놀이를 시작했다. 그리고 그 다음엔 주사위놀이를 했다. 이것은 돈을 위한 게임이 아니었다. 그들 모두의 최고의 솜씨를 과시하는 경연이었다. 모두가 자신이 가장 자신 있어하는 기법으로 승부에 임했다. 그러나 역시 대국은 티 케이크와 모터 보트간의 승부로 압축되었다. 수줍은 미소를 짓고 있는 티 케이크와, 교회 지붕 탑에 걸터앉은 채 그 누구의 주사위로든 놀라운 일을 행해 보일 것만 같은 까만 아기 천사 얼굴의 모터 보드. 두 사람의 내걸을 보느라 사람들은 일도 날씨도 잊었다. 그것은 예술이었다. 한 판에 천 달러의 판돈이 모이는 메디슨 스퀘어의 경기도 이보다 더 긴장되지는 않을 것이다. 거기엔 그저 사람이 더 많이 모일 수 있다는 것뿐.

　　그러다 얼마 뒤 누군가가 밖을 내다보며 말했다. "바깥 날이 전혀 개지 않았는데. 집에 가봐야겠어." 모터 보트와 티 케이크는 여전히 경기에 열중해 있었기 때문에 사람들은 그들을 그대로 두고 떠났다.

　　그날 밤 언젠가부터 바람이 다시 불기 시작했다. 세상 모든 것이 마치 스튜 비프가 손가락으로 북 가장자리를 두드릴 때와 같은 짧고 예리한 소리를 토하며 덜거덕거렸다. 그리고 아침녘에 그것은 천사 가브리엘이 큰북의 정중앙을 쳐서 내는 것 같은, 깊고 굵은 음으로 변해 있었다. 재니가 창 밖을 내다보았을 때 그녀는 물안개가 서쪽 하늘가에 뭉쳐 있고, 그 하늘구름밭이 천둥으로 무장을 한 채 이 땅으로 곧 진군을 할 듯 서 있는 것을 볼 수 있었다. 천둥과 구름은 더 크고 높게 울리며, 더 낮고 넓게 퍼져갔다. 높이 퍼져올랐다간, 낮게 잦아들고, 그러는 사이 하늘은 점점 어두워만 가며.

천둥은 잠자던 호수를 깨워 일으켰고, 그 늙은 괴물은 자리에 누운 채 요동하기 시작했다. 그 거대한 호수가 엎치락뒤치락 넘실거리는 소리가 마치 온 세상이 불만스레 투정을 부리는 것 같았다. 숙소 지역의 판자촌 거주민들, 그리고 그보다 호수에서 더 멀리 떨어진 저택가의 주민들 모두가 그 소리에 놀랐다. 하지만 저택가의 주민들은 불안한 느낌이 드는 한편으로 자신들은 안전하다고 믿었다. 이 야만스런 괴물의 발을 묶어둘 방파제가 있었기 때문이다. 한편 판자촌 숙소의 거주민들은 저택가의 주민들에게 사리 판단을 맡겼다. 성에 사는 사람들이 안전하다고 생각한다면, 막사들도 걱정할 필요는 없었다. 그들의 결정은 이미 언제나처럼 내려져 있었다. 갈라진 틈새나 메우고 젖은 침대 위에 떨고 앉아 신의 은총을 기다리는 것. 어쨌든 하느님께서는 아침까지는 모든 걸 멈춰주실 것이기에. 사실 우리가 낮 동안에 희망을 갖기는 매우 쉬운 일이다. 그때는 우리가 바라는 것들을 눈으로 볼 수 있으니까. 그러나 지금은 밤이다. 그들에겐 밤이 계속되고 있었다. 밤이 온 세상을 제 손 안에 장악한 채 공중에 걸터앉아 있었다.

꽈르르 꽝꽝 따그르르…… 천둥 번개가 그들의 지붕 위를 마구 짓밟고 갔다. 티 케이크와 모터 보트도 그만 주사위를 내려놓았다. 모터 보트는 그 천사 같은 모습으로 하늘을 쳐다보며 말했다. "조물주께서 이층에 의자를 끌어가시는군."

"거기 두 사람 주사위놀이를 그만두어서 다행이야, 돈내기는 아니더라도." 재니가 말했다. "주께서 지금 당신의 일을 하고 계신데. 우린 조용히 있어야지."

그들은 바짝 붙어앉아 눈을 크게 뜬 채 현관을 응시했다. 손끝 하나 까딱하지 않고, 문 이외의 어떤 것에도 눈 돌리지 않고. 그 문을 통해 무엇을 볼 것인지 이제 백인들에게 묻고 있을 수는 없었다. 지금 세 사람은 그것을 신께 묻고 있었다.

고막을 에는 듯한 바람 소리 사이로 그들은 물체들이 서로 부딪치고, 가공할 만한 속력으로 내던져지고 돌진하는 소리를 들었다. 겁에 질린 새끼 토끼 한 마리가 마룻바닥의 빈 틈새로 바둥바둥 기어나오더니 그 가까운 쪽 벽 그늘에 가만 웅크리고 앉았다. 마치 이런 때에 제 고기 따위는 원할 사람은 아무도 없다는 것을 안다는 듯이. 그리고 그들과 둑 하나만을 사이에 둔 호수는 시시각각 사나움을 더해갔다.

그러다 바람이 잠시 수그러들자 티 케이크가 재니의 손을 잡으며 말했다. "당신 지금 이런 데가 아닌 당신의 큰 집에 있었으면 좋았을 뻔했지, 응?"

"아니."

"아냐?"

"그래, 아냐. 사람은 어쨌든 자기 때가 오기 전에는 죽지 않는 법이야, 어디에 있든지간에. 난 지금 내 남편과 함께 폭풍 속에 있는 거지, 그게 다야."

"고마워, 여보. 하지만 당신이 죽게 된다고 해봐, 지금. 그래도 당신 내가 당신을 이리 끌고 온 데 대해 화나지 않겠어?"

"아니. 당신과 2년을 함께 살았잖아. 사람이 아침 해가 돋는 걸 볼 수 있다면, 저녁이 돼서 죽는 것도 상관없을 거야. 세상엔 아침 해를 구경도 못 해본 사람이 얼마나 많은데. 나도 어둠 속을 더듬어 헤매고 있었지. 그런데 신이 내 앞에 문을 열어주셨어."

티 케이크는 마루로 내려앉아 그녀의 무릎에 머리를 파묻었다. "그렇다면, 재니, 당신 지금 진심을 말하는 게 아닐 거야. 난 당신이 나한테 그렇게 만족하고 있는 줄은 정말 몰랐으니까. 난—"

바람이 세 배나 무서운 기세로 덮쳐왔다. 그리고 마지막엔 불마저

꺼뜨렸다. 그들은, 이웃 동료들과 마찬가지로, 헐벗은 벽을 뚫어져라 응시하며 마음으로는 신께 묻고 있었다. 신은 지금 신 앞에서의 인간의 미약함을 증명하고자 하는 것인지. 그들은 어둠을 응시하고 있는 것 같았지만, 그들의 눈은 신을 향해 있었다.

티 케이크는 바람을 헤치고 밖으로 나갔다. 그리고 그는 보았다. 바람과 큰물이 사람들이 이제껏 죽었다고 여겨온 많은 것들에 생명을 불어넣고, 살아 있던 그토록 많은 것들에 죽음을 부여한 것을. 온 천지가 물이었다. 제 고향을 잃은 물고기들이 그의 집 앞 마당에서 헤엄치고 있었다. 이제 3인치만 더 차면 물은 집 안으로 들어올 것이다. 어느 정도는 이미 스며들고 있었다. 그는 더 궂은 일이 생기기 전에 글레이즈를 떠나야겠다고 생각하고 차편을 알아보기로 했다. 그는 먼저 집으로 돌아와서 재니에게 떠날 차비를 하게 했다.

"보험 서류들을 챙겨, 재니. 난 기타와 다른 중요한 것들을 챙길께."

"장롱 서랍의 돈은 다 챙겼고?"

"아니, 그것도 어서 꺼내와, 탁상보도 좀 뜯어오고. 물이 목까지 찰 수 있어. 기름 먹인 천으로나 서류와 돈을 지킬 수 있을 거야. 우린 떠나야 해, 너무 늦은 게 아니라면. 둑도 이젠 더 못 믿어."

티 케이크가 탁상보를 잡아채며 칼을 빼들었다. 재니가 그 끝을 팽팽히 잡아당겼고 그는 칼로 천을 북 찢었다.

"그런데 티 케이크, 밖은 너무 끔찍한데. 그보다는 젖더라도 여기 그냥 있는 게 혹시ㅡ"

티 케이크는 재니의 반론을 한마디로 끊어질렀다. "꿰매"라고 말하고 그는 다시 바람 속으로 나갔다. 재니가 본 것보다 더 많은 것을 그는 보았던 것이다.

재니는 커다란 바늘을 주워들고 허겁지겁 기다란 자루를 만들었다. 그리고 신문지 조각으로 종이돈과 서류들을 말아 싼 다음 그것을 자루에 넣고 바늘로 입구를 감쳤다. 그리고 미처 옷 주머니에 자루를 다 꿰매 달기도 전에 티 케이크가 들이닥쳤다.

"차가 없어, 재니."

"그럴 것 같았어! 그럼 이제 어떻게 하지?"

"걸어야지."

"이런 날씨에, 티 케이크? 난 마을 입구까지도 자신이 없어."

"아냐 당신도 할 수 있어. 나, 당신, 모터 보트 이렇게 셋이서 한데 팔짱을 끼고 잡아끌어주면서 가면 돼. 어, 모터?"

"모터는 지금 침대에서 자고 있어." 재니가 말했다. 티 케이크는 자리에 선 채 소리쳤다.

"모터 보트! 자리에서 일어나는 게 좋을 거야! 조지아에 지옥물이 터졌어. 어서 일어나라구! 넌 어떻게 이런 때 잠을 잘 수가 있냐? 마당에 물이 무릎까지 찼어."

그들은 거의 엉덩이까지 차는 물구덩이 속으로 걸어나와서 간신히 동쪽으로 방향을 잡았다. 도중에 티 케이크는 그의 기타를 내던질 수밖에 없었고 재니는 그가 그 때문에 얼마나 상심하는지를 보았다. 그들은 공중에 날아다니는 물체들이며 물에 쓸려 떠내려오는 위험물들을 피하고, 자칫 깊은 곳에 발이 빠지지 않도록 조심해가면서, 그리고 이제는 등뒤에서 불어와주는 바람에 힘을 얻기도 하여서 비교적 침수가 덜 된 지역에 가 닿을 수 있었다. 그러나 자칫 엉뚱한 방향으로 바람에 떠밀려서는 안 되기 때문에 그들은 서로 단단히 부둥켜잡고 바람과의 싸움을 계속해야 했다. 그들은 자신들처럼 바람과 싸우며 나아가는 또 다른 사람들을 보았다. 쓰러져 누운 집과, 여기저기, 공포에 질린 소들도 보았다. 그러나 무엇보다도 거센 바람과 물살을 보았다. 그리고 그 호수가 있었다. 호수가 뿜어내는 괴성 속에서 바위와 나무가 쪼개지는 소리, 그리고 사람들이 울부짖는 소리가 들려왔다. 그들은 뒤돌아보았다. 사람들이 사납게 물결치는 물구덩이 속에서 뛰어보려고 갖은 애를 쓰고, 그것이 불가능함을 알고는 비명을 질러대고 있었다. 그리고 저만치 판자촌 움막들이 다닥다닥 붙어 있는 대제방의 장벽이 솔기가 미어지듯 투두둑 금이 가기 시작하는 것이 보였다. 호수는 하나의 천문학적 규모의 도로 압착기 같았다. 장벽은 호수의 이 가공할 수압에 밀려서 마지막 신음을 토하며 하늘로 10피트나 솟구쳐 저만치 떠밀려갔다. 마침내 이 당혹스런 괴물이 자리를 털고 일어선 것이다. 시속 200마일의 바람이 그 사슬을 끊었다. 괴물은 제방을 거머쥔 채 단숨에 숙소 지구로 닥쳐들었고, 잡초처럼 그것을 밀어 엎은 뒤, 여세를 몰아 휘몰아치듯 돌진해왔다. 둑을 부수고 집을 부수고 집 안의 사람들과 그 밖의 재목들까지 한데 휩쓸면서. 바다가 땅 위로 저벅저벅 걸어오고 있었다.

"호수가 온다!" 티 케이크가 눈을 홉떴다.

"호수!" 공포에 전율하며 모터 보트가 외쳤다. "호수다!"

"우리 쪽으로 와!" 재니가 몸서리를 쳤다. "날 수도 없잖아!"

"하지만 뛸 수는 있어." 티 케이크가 외쳤고 그들은 뛰기 시작했다. 제방이 점점 더 거센 물줄기들을 토해냈다. 호수의 몸체는 아직 저지되고 있었지만, 제방의 터진 틈으로 강줄기들이 물보라를 일으키며 뿌옇게 치솟아올랐다. 세 도주자는 다소나마 지대가 융기해 있는 또 다른 숙소 지역에 다다라 잠깐 숨을 돌렸다. 그리고 그들은 있는 힘껏 외쳤다. "호수가 온다!" 그러자 걸어 닫혔던 문들이 열리고 사람들이 뛰어나와 같은 외침을 외치며 그들과 함께 도망했다. "호수가 온다!" 그러면 그 뒤를 쫓는 해일이 사나운 이빨을 번득이며 앞에 대고 소리치는 것이다.

"그래, 호수가 납신다!" 뛸 힘이 있는 사람은 젖 먹던 힘까지 자아내어 도망을 쳤다.

그들은 가까스로 한 둔덕진 땅 위의 큰 집 앞에 도착했다. 그러자 재니가 말했다. "여기서 쉬었다 가. 더는 못 가겠어. 너무 지쳤어."

"우리 모두 지쳤어." 티 케이크가 고쳐 말했다. "우린 폭풍을 뚫고 가는 거야. 죽기 아니면 살기로." 티 케이크가 휴대용 칼자루로 현관문을 두드렸다. 그들 모두 앞으로 고꾸라지듯 벽에 얼굴과 몸을 기대고 선 채였다. 그는 한 번 더 문을 두드렸다. 그리고 나서 그와 모터 보트는 집 뒤쪽으로 돌아가서 문 하나를 부수었다. 안에 사람은 없었다.

"이 사람늘은 나보다 더 생각이 깊었어." 모두들 마룻바닥에 쓰러져 숨을 고르는 사이 티 케이크가 말했다. "리아스가 말할 때 같이 갔어야 했는데."

"이렇게 될 줄은 당신도 몰랐잖아." 재니가 논박했다. "몰랐던 건 어쩔 수 없는 거야. 폭풍은 분명 오지 않을 수도 있었고."

그들은 곧 곯아떨어졌지만 재니가 먼저 눈을 떴다. 그녀는 물이 닥쳐오는 소리를 듣고 일어나 앉았다.

"티 케이크! 모터 보트! 호수가 와!"

정말로 호수가 오고 있었다. 더 느리고 더 넓게 분명 호수가 다가들고 있었다. 그것은 제 길을 막아섰던 제방을 산산조각으로 깨부수고 전선을 넓게 확장하며 고도를 낮추었다. 그러나 그것은 추호도 변함 없이, 지친 맘모스처럼 낮게 신음하고 투덜거리며 다가오고 있었다.

"이 집은 크기가 크고 높아. 물이 여기까지는 못 미칠지도 몰라." 재니가 제안했다. "또 만약 그런다고 해도, 건물 이층까지야 물이 차지 않을 수도 있고."

"재니, 오키초비호는 너비가 40마일 길이가 60마일이야. 엄청난 물이라구. 만약 바람이 호수 전체를 이쪽 방향으로 밀어붙이면, 이런 집쯤은 한 입에 넘어가는 거야. 우린 떠나는 게 나아. 모터 보트!"

"왜 그래, 또?"

"호수가 오고 있어!"

"어휴—— 아냐, 아닐 거야."

"그렇다니까, 정말 호수가 오고 있어! 들어봐! 저 소리."

"그럼 까짓, 오라고 해. 난 여기서 기다릴 테야."

"어휴—— 일어나라니까, 모터 보트! 팜비치로드까지 가보자. 거긴 흙을 높이 쌓고 낸 둑길이니까, 거기까지만 가면 꽤 안전해질 거야."

"난 여기서도 안전해, 친구. 가고 싶으면 너나 어서 가라구. 난 졸려."

"물이 여기까지 차면 어쩌려고 그래?"

"이층으로 가지."

"이층까지도 차면?"

"그럼 수영을 하고. 그럼 되는 거야."

"그렇담, 그래, 잘 있어, 모터 보트. 있지, 상황이 아주 안 좋아. 어쩌면 다시 못 만날지도 몰라. 넌 남자라면 꼭 곁에 두고 싶은 좋은 친구였어."

"잘 가, 티 케이크. 너도 여기서 눈을 좀더 붙여야 하는 건데, 참. 여길 떠날 이유가 어딨단 말야, 날 이렇게 두고."

"우리도 그러고 싶진 않아. 그러니까 우리랑 같이 가자. 물은 한밤중에 들이닥칠지도 몰라. 난 그래서 떠나려는 거라구. 같이 가자, 응."

"티 케이크. 난 자야겠어. 무슨 일이 있어도."

"그래, 그럼 잘 있어, 모터. 꼭 행운이 있길 빌게. 모든 것이 다 지나면 나소[16]로 여행 가기로 한 거 잊지 마."

"물론이지, 티 케이크. 우리 엄마의 집은 곧 네 집이나 다름없어."

그 집을 나와 얼마지 않아서 티 케이크와 재니는 큰물을 만났다. 이제는 상당한 거리를 헤엄쳐 가야만 했다. 그런데 재니는 한 번에 두세 번 이상은 팔 젓기를 계속하지 못했다. 그래서 티 케이크가 그녀를 지지해주며 헤엄을 쳐야 했다. 그러다 마침내 그들은 목표했던 그 둑길로 이어지는 한 능선에 가 닿았다. 둑에 올라 티 케이크는, 바람도 조금은 누그러진 것 같아서, 잠깐 숨을 태울 만한 자리를 계속 눈으로 찾았다. 기진맥진했던 것이다. 재니도 지치고 제대로 걷기 힘들었지만, 그러나 그녀는 그 소용돌이치는 물살 속에서 그처럼 고되게 헤엄을 치지는 않았기 때문에, 상태는 티 케이크가 훨씬 심했다. 그러나 그들은 멈출 수가 없었다. 둑에 도착한 것은 상당한 성과이긴 했지만 그것도 완벽한 안전을 보장하지는 못했기 때문이었다. 호수가 밀려오고 있었다. 그들은 그 식스마일 다리에까지 가야 했다. 그 높이면 어쩌면 안전할 수 있었다.

사람들이 둑을 따라 걷고 있었다. 바삐 서두르며, 몸을 질질 끌며, 넘어지며, 소리치며, 희망스레 또는 절망스레 이름들을 외쳐 부르며. 늙은이들 위에 또 갓난아이들 위에 비바람은 몰아치고. 티 케이크는 기진하여 한두 번은 앞으로 고꾸라지기까지 했다. 그러면 재니가 그를 부축했다. 그렇게 해서 그들은 식스마일밴드 다리에 도착했고 이젠 쉴 수 있으리라 생각했다.

하지만 그곳은 이미 사람들로 가득 차 있었다. 그 고지는 백인들에게 전적으로 독점이 되어 더 이상 재니와 티 케이크가 발 디딜 틈이 없었다. 그들이야 경사면 위쪽이든 아래쪽이든 더 찾아보면 될 것이라고 했다. 그게 다였다. 수마일을 더 걸어야 했다. 그러나 여전히 쉴 수는 없었다.

---

16 Nassau: 바하마 제도의 수도.

그들은 한 사내가 해먹 위에 앉은 채 죽어 있는 것을 보았다. 야생 동물과 뱀들에 빼곡이 둘러싸인 채. 함께 당한 위험이 함께하는 마음을 만들었다. 어떤 것도 다른 어떤 것 위에 짓밟고 서려고 하지 않았다.

어떤 남자 하나는 물 위로 솟은 한 작은 섬 위의 사이프러스 나무에 매달려 있었다. 나뭇가지에는 양철 지붕 하나가 전선에 얽혀 달려 있었는데, 이것이 바람에 앞뒤로 젖혀지면서 가공할 도끼처럼 하늘을 가르고 있었다. 남자는 이 거센 도끼 날에 몸이 두 동강 날까 무서워 그쪽으로는 한 발도 옮기지 못하고 있었다. 한편 그 반대쪽에는 머리만 곧추세운 채 온몸을 펴서 나무에 찰싹 붙어 있는 커다란 방울뱀이 있어서 남자는 그쪽으로도 한 발도 떼지 못하고 있었다. 섬과 둑 사이에는 물결이 한 갈래 흐르고 있었고, 남자는 나무에 매달린 채 도움을 외칠 뿐이었다.

"뱀은 물지 않을 거요." 티 케이크가 그에게 소리쳤다. "놈은 사리도 틀지 못하고 있어요. 바람에 날려갈 걸 두려워하는 거요. 그러니 그쪽에 한 발을 디딘 다음 다이빙을 해서 헤엄쳐봐요!"

그러고 나니 티 케이크는 더 이상은 걸을 수가 없었다. 적어도 당장은. 그래서 그는 둑의 세로 방향으로 쓰러져 누웠다. 그리고 재니가 그런 그와 바람 사이를 비집고 누웠다. 그는 눈을 감고 사지로부터 피곤이 녹아나가게 했다. 둑의 양편으로는, 두 개의 광활한 호수처럼, 물이 모든 것을 삼키고 있었다——산 것과 죽은 것들을. 물에 속하지 않은 것들을. 시선이 가 닿는 곳은 어디든지 물, 물, 그리고 그 위를 노엽게 몰아치는 바람뿐이었다. 그런데 그때 지붕을 덮었던 듯한 커다란 타르지 한 장이 바람에 날려서는 둑 기슭을 스치듯 쓸려오다가 한 나무에 가서 걸렸다. 재니는 가슴이 뛰었다. 티 케이크를 덮어줄 만한 바로 그런 물건이었던 것이다. 그녀는 그 나무를 짚고 그것을 끌어올 수 있을 것 같았다. 어쨌든 바람은 전처럼 세게 불지 않았다. 바로 저 물건인데. 가엾은 티 케이크!

재니는 두 손과 두 발로 기어서 마침내 타르지의 양끝을 쥐어 들었다. 그런데 그 순간 그녀는 바람에 몸이 붕 뜨면서 둑 오른편으로, 파도가 세차게 부딪는 물 위로 날아가는 것을 느꼈다. 그녀는 끔찍한 비명과 함께 타르지를 놓았다. 종이는 저만치 바람에 쓸려 날아가고 그녀는 물속으로 떨어졌다.

"티 케이크!" 티 케이크가 비명을 듣고 벌떡 일어났다. 재니가 물에 빠져 헤엄을 치려 애쓰고 있었다. 그러나 물살이 너무 급했다. 그때 그는 소 한 마리가 둑을 향해 사선 방향으로 서서히 헤엄쳐오는 것을 보았다. 몸을 비르르 떨며 낮게 그르렁거리는 댓십 사나운 개 한 마리를 어깨에 인 채. 소가 재니 근처로 접근하고 있었다. 한두 팔만 더 저어가면 닿을 수 있는 거리였다.

"그 소한테로 가서 꼬리를 잡아! 발은 쓰지 말고. 그냥 팔만 저으면 돼. 그렇지, 그래 조금만 더!"

재니는 마침내 소의 꼬리를 잡았고 그 엉덩이께서 물 밖으로 최대한 고개를 치켜들었다. 소는 가중된 무게로 몸이 조금 가라앉으면서 두려움 때문에 꼬리를 한 번 뿌리쳤다. 악어에 물린 것으로 생각하고. 그러나 그런 뒤에는 계속 헤엄을 쳐갔다. 그런데 이번엔 개가 벌떡 일어나서 사자처럼 으르렁거렸다. 온몸의 털을 곤추세우며 근육을 바짝 긴장시키고 새로 가중된 그 짐더미에 대한 노여움으로 이빨을 번득이며 낮게 울었다. 티 케이크는 칼을 빼들며 물에 뛰어들어서 한 마리 수달처럼 물살을 가르고 나아갔다. 개는 침입자를 향해 소의 등줄기를 따라 달려 내려왔고 재니는 비명을 지르며 꼬리의 훨씬 뒷부분으로 손을 고쳐 잡았다. 개의 사나운 입질의 반경에서 간신히 벗어난 거리였다. 개는 그녀에게로 곧장 뛰어들고 싶어하는 것 같았지만, 왠지 물 앞에서 몸을 사리는 듯했다. 이때 티 케이크가 물 밖으로 솟구쳐올라 개의 목을 덮쳤다. 그러나 개는 아주 힘이 셌고 티 케이크는 너무 피로해 있었다. 그래서 티 케이크는 예상했던 것처럼 단칼에 끝을 내지 못했다. 그러나 개 역시도 티 케이크를 떨쳐내지는 못했다. 티 케이크와 개는 서로 뒤엉켜 싸웠고 개는 용케 티 케이크의 광대뼈 부근을 한 입 물어뜯었다. 그러나 결국 티 케이크가 개의 숨통을 끊고 놈을 물 속으로 밀어 던졌다. 큰 짐을 던 소는 재니를 매단 채 무사히 둑에 가 닿았다. 티 케이크가 그 뒤를 헤엄쳐 따라와 다시 둑 위로 기신기신 올라왔다.

재니는 그의 상처를 보고 어쩔 줄 몰라했지만 그는 아무렇지도 않다고 했다. "하지만 놈이 한 치만 더 높이 눈을 덮쳤더라면 정말 일날 뻔했어. 눈은 가게에서 살 수 있는 물건도 아닌데, 그치." 이렇게 말하며 그는 폭풍 따위는 아랑곳없다는 듯 둑 가에 털썩 주저앉았다. "나 조금만 쉴게. 그리고 나서는 무슨 수를 써서라도 도시에 들어가야만 해."

그들이 팜비치에 도착한 것은 시간으로 치면 이튿날이었다. 그러나 그들의 몸은 여러 해가 지났다고 말하는 것 같았다. 고난과 역경의 겨울을 몇 고비나 지나온 것이다. 바퀴는 끊임없이 돌고 돌았다. 희망과, 절망과, 좌절로. 그러나 그들이 피난의 도시에 들어선 때쯤 해서는 폭풍우는 스스로를 소진하고 잦아들어 있었다.

참혹이 거기 커다랗게 아가리를 벌리고 널브러져 있었다. 그들이 떠나온 에버글레이즈에서는 바람이 호수와 수풀을 뒤엎고 다녔다. 그러나 이곳 도시에서 그것은 건물과 사람들 사이를 날뛰고 다녔던 것이다. 티 케이크와 재니는 그 한켠에 비켜서서 폐허를 바라다보았다.

"이 난리통에 당신을 보일 의사를 어떻게 찾지?" 재니가 울부짖었다.

"까짓, 의사가 무슨 소용이야. 우린 쉴 곳이나 찾자구."

그들은 매우 많은 돈과 인내를 들인 끝에 잠잘 장소를 찾았다. 더도 말고 덜도 말고 꼭 그런 장소였다. 결코 생활을 할 수는 없는 곳. 단지 잠을 잘 수 있을 뿐인. 티 케이크는 방 안 이곳저곳을 훑어본 뒤 무겁게 침대 가장자리에 걸터앉았다.

　　"당신──" 계면쩍은 얼굴로 그는 말했다. "나와 처음 사귈 땐 이런 곳까지 오게 될 거라고는 생각 못 했지, 안 그래?"

　　"옛날에는, 난 아무 생각도 못 하고 살았어, 티 케이크. 그땐 가만 서서 웃는 시늉만 하며 죽어가고 있었지. 그런데 당신이 와서 날 바꿔놓은 거야. 그러니 난 우리가 함께 지나온 그 어떤 것에 대해서도 당신에게 감사해."

　　"고마워, 여보."

　　"당신은 그 배로 고마워. 날 그 개로부터 구해줬잖아. 티 케이크, 당신은 그 개의 눈빛을 못 봤지. 그 개는 단순히 날 물고만 끝내지 않았을 거야. 날 아주 갈아먹고 싶어하는 눈이었어. 난 그 눈을 절대 못 잊을 거야. 그건 완전한 증오 그 자체였어. 그런 개가 대체 어디서 나왔을까?"

　　"나도 그 눈은 봤어. 정말 끔찍했지. 난 그런 증오를 타고 싶지 않았어. 그러니 놈이 내 손에 죽어야 했지. 칼을 빼들 때 느낌으로 알았어, 죽을 놈은 그놈이란 걸."

　　"세상에, 자기야, 자기가 없었으면 난 갈가리 찢어발겨졌을 거야."

　　"내가 없었으면 하는 말은 할 필요가 없어, 사랑하는 내 자기야. 왜냐면 난 여기 있으니까. 그리고 자기가 알아줬으면 하는 것은 여기 있는 이 사람은 남자라는 거야."

제 19 장

그리고 다시 사각 발가락의 그 존재는 자신의 집으로 돌아갔다. 그는 다시금 벽도 지붕도 없는 높고 평평한 자신의 집에 돌아가 비정한 그의 검을 세워 든 것이다. 물굽이를 뛰어넘고 땅 위를 지둥 치듯 달리던 그의 창백한 백마는 질주를 멈추었다. 죽음의 때는 지나갔다. 이제는 죽은 자를 땅에 묻을 때였다.

"재니, 이 구저분하고 별 볼일없는 데서 벌써 이틀을 지냈어. 너무 오래 있었어. 이젠 이 집에서 나가야지, 이 도시에서도. 난 진짜 여기가 맘에 안 들어."

"어디로, 티 케이크? 갈 데가 없어."

"어쩌면, 주의 북부로 다시 갈 수도 있어, 당신이 원한다면."

"난 그런 말은 한 적 없는데 하지만 만약 그게 당신이……"

"아니, 그런 건 절대 아냐. 난, 당신이 원하지 않는다면 어느 때라도 당신을 그 옛 집으로 돌려보내야 한다고 생각해서 그랬던 거야."

"혹시라도 내가 당신에게 방해가……"

"아니 이 아줌마 말씀하시는 것 좀 보게. 자기와 함께 있고 싶어서 아랫도리가 터질 지경인 남자 앞에서 고작 한다는 말이 —— 바늘로 입을 꿰매버릴까 보다!"

"좋아 그럼, 당신이 뭐든 말을 해. 그럼 우린 그대로 시도를 하는 거야. 부족한 대로 어떻게든 해볼 수는 있잖겠어."

"아무튼 이제 난 충분히 쉬었어. 여긴 빈대도 극성이고. 몸이 말이 아닐 땐 그것도 몰랐지. 이젠 밖에 나가서 좀 둘러보면서 우리가 할 수 있는 일이 뭐가 있나 알아볼 거야. 난 무슨 일이든 다 해보겠어."

"그런 거면 밖에 나가지 말고 여기서 좀더 쉬는 게 좋아, 티 케이크. 지금 밖엔 찾을 수 있는 일이 아무것도 없어."

"하지만 한번 둘러보고는 싶어, 재니. 어쩌면 내가 도울 수 있는 일이 있을지도 모르고."

"지금 바깥 사람들이 당신에게 노와수실 바라는 일은, 전혀 당신이 좋아할 종류의 일이 아니라구. 그 사람들은 지금 손에 잡히는 남자는 모두 끌어다가 시체 매장 일을 시키고 있어. 말은 자기들은 실업자들을 찾고 있다고 하는데, 실제로는 직장이 있고 없고를 별로 따지지도 않고 잡아가는 거야. 그러니 당신은 여기 그냥 있어. 그 밖의 다치고 병든 사람들을 위한 일이야 적십자에서 모두 맡아 하고 있으니까."

"난 돈을 갖고 있어, 재니. 그 사람들도 날 귀찮게 할 수 없어. 어쨌든 난 바깥 사정을 정확히 알고 싶다구. 글레이즈 친구들 소식도 궁금하고. 다들 어쩌면 무사할지도 몰라. 그렇지 못할 수도 있고."

티 케이크는 밖으로 나가서 이곳저곳을 돌아다녀보았다. 폭풍의 참화에서 비켜난 것은 아무것도 없었다. 지붕이 날아간 가옥들, 길바닥에 함부로 나뒹구는 지붕들. 나무토막처럼, 온통 바수어지고 짓뭉개진 돌과 쇠들. 악의의 여신이 인간을 조롱한 흔적들이었다.

티 케이크는 걸음을 멈추고 이것들을 바라보다가 어깨에 총을 멘 사내 둘이 그를 향해 걸어오는 것을 보았다. 백인들이었다. 순간 그는 재니의 말을 떠올리고 도망을 치려 했다. 그러나 곧 그는 그것이 아무 소용이 없으리라는 걸 깨달았다. 그들은 그를 봤고, 그는 그들의 사격권에 들어 있었던 것이다. 어쩌면 그냥 그를 지나치고 말 사람들인지도 몰랐다. 그리고 그가 지닌 돈을 보면 그들도 그가 뜨내기가 아니란 걸 깨달을지 몰랐다.

"어이 거기, 짐,¹⁷" 둘 중 더 키가 큰 사내가 소리쳤다. "우리 좀 보자."

"내 이름은 짐이 아닌데요." 티 케이크가 경계하는 태도로 말을 했다. "날 뭣 때문에 보잔 겁니까? 난 아무 짓도 안 했는데."

"바로 그래서 좀 보잔 거지 — 아무 일도 안 하니까. 어서 가서 여기 이 시체들 좀 땅에 묻자구. 일이 꽤 늦어지고 있어."

티 케이크는 자기 방어적으로 뒤로 한 발짝 물러서며 말했다. "그 일이 나와 무슨 상관인데요? 난 일하는 사람이고, 주머니에 돈도 있어요. 단지 폭풍우 때문에 글레이즈를 잠시 떠나온 거죠."

그러자 키 작은 다른 사내가 당장 총구를 겨누며 말했다. "거기서 냉큼 내려와, 이 자식아! 누가 널 땅에 묻는댔어! 빨랑 앞장을 서라니까, 짜식이!"

티 케이크는 공공 장소에 있는 잔해물들을 치우고 죽은 자들을 매장하는 소대에 투입되었다. 그들은 먼저 시체를 찾아내야 했고, 그것들을 일정한 장소에 수합해서 매장을 하였다. 시체들은 무너진 가옥 안에서만 발견되는 것이 아니었다. 그것들은 가옥 밑에 깔리고, 관목 더미에 엉키고, 물 위에 뜨고, 나무 꼭대기에 매달리거나, 난파물들 사이에 뒹굴고 있었다.

그 밖에도 글레이즈와 다른 외곽 지역으로부터, 예인망을 안감처럼

---

17 Jim: 미국의 흑인을 경멸적으로 Jim Crow라 불렀다.

댄 트럭들이 대당 스물다섯 구씩의 시체를 싣고 끊임없이 밀려들었다. 어떤 시체는 의복을 제대로 갖춰 입고 있었고, 어떤 것은 벌거벗었으며, 또 어떤 것들은 의복이 만신창이로 훼손되어 있었다. 어떤 사람은 고요한 얼굴에 손을 편안하게 하고 있는가 하면, 어떤 사람은 투지 깃들인 얼굴에 눈을 부릅뜬 모습이었다. 죽음은 애써 응시하는 그들 위로, 보이는 것 이상을 보려 하는 그들 위로 내리덮쳤던 것이다.

초라하고 언짢은 얼굴을 한, 감시를 받아 일하는 흑인 백인 남자들은 계속 시체를 수색하고 무덤을 파야 했다. 그들은 백인의 묘지터를 가로질러 큰 웅덩이를 파고 교회 텃밭에 낸 흑인의 묘지터에 큰 도랑을 팠다. 시체들은 접수하는 대로 곧장 생석회부터 넉넉히 씌워줘야 했나. 이미 매장할 시기를 넘긴 시체들이었다. 그래서 그들은 가능한 한 신속하게 시체들을 땅에 묻기 위해 갖은 노력을 다했다. 그런데 느닷없이 간수들이 일을 정지시켰다. 지시 사항이 있다는 것이다.

"어이, 거기, 너희 모두! 시체들을 구덩이에 그렇게 마구잡이로 내쏟으면 안 돼! 죽은 자가 흑인인지 백인인지 하나도 빠짐없이 가려내야 해."

"일을 그리 더디 하라구요? 원 세상에! 지금 이런 시체들을 두고 그걸 하나하나 조사해보라구요? 색깔이 무슨 상관이오? 검든 희든 이 시체들은 한시 바삐 땅에 묻어주는 게 필요하단 말이오."

"사령부의 지시야. 지금 위에선 백인 시체들을 넣을 관을 짜고 있는 중이야. 비록 값싼 소나무 널이지만, 아예 없는 것보단 그게 낫지. 그러니 백인 시체는 절대 그냥 그렇게 구덩이에 내던지면 안 돼."

"흑인은요? 흑인들 관도 짜고 있소?"

"아니, 흑인들한테까지 돌아갈 널은 못 구했어. 흑인은 생석회나 넉넉히 뿌려서 흙을 덮어주라구."

"빌어먹을! 어떻게 생겼는지 전혀 알아볼 수 없는 것도 있어요. 백인인지 흑인인지 구분이 안 간단 말이오."

간수들은 그 점에 대해 장시간의 토론을 벌였다. 그리고 나서 그들은 사내들에게 말했다. "정 분간이 안 되면 머리카락으로 결정해. 그리고 분명히 말하는데, 행여나 백인 송장을 함부로 내던지다 발각될 시엔, 그땐 아주 재미없어질 거야. 흑인 송장에 관을 허비해도 마찬가지고. 지금 관 구하기가 하늘의 별 따기야."

"저 사람들, 죽은 사람들이 심판대에 나아가는 절차로 엄청 까다롭게 구는구만." 티 케이크가 옆 사내에게 말했다. "설마 하느님이 짐 크로 법[18]도 모르실까."

몇 시간 동안 그렇게 일을 하고 난 티 케이크는 재니가 자기 걱정을 하고 있으리란 생각에 거의 필사적이 되었다. 그는 트럭 한 대가 시체를 부리기 위해 다가오는 틈을 타서 냅다 도망을 쳤다. 서지 않으면 쏜다는 간수들의 호령을 듣고도, 그는 계속 달음박질쳐서 그곳을 빠져나왔다. 재니는 그의 생각대로 슬피 울고 있었다. 그들은 그의 부재중의 일에 대해 서로를 위로하며 진정시켰고 그러다간 티 케이크가 다른 주제를 끄집어냈다.

"재니, 우린 이 집과 이 자들의 도시에서 빠져나가야 해. 난 더 이상 그런 식으로 일하고 싶지 않아."

"아니, 아냐, 티 케이크. 여기 있으면서 일이 다 끝날 때까지 기다리자. 그 사람들에게 얼굴만 보이지 않으면 그들도 당신을 귀찮게 굴지 않을 거야."

"아니 그건 안 그래. 그자들이 집집마다 뒤지고 다니면 어떡하게?

---

18 Jim Crow: 미국 남부 인종차별법의 통칭.

그러니 여기서 떠나는 거야, 오늘 밤."

"어디로, 티 케이크?"

"가장 빠른 길은 글레이즈로 돌아가는 거지. 그곳으로 다시 가자구. 이 도시는 문제가 많고 강제가 심해."

"하지만 티 케이크, 글레이즈도 폭풍이 쓸고 지나갔긴 마찬가지야. 그곳에도 매장할 시체는 많을 거라구."

"그래, 나도 알아, 재니. 하지만 거긴 결코 여기에 비할 바가 못 돼. 첫째로 오늘 하루 종일토록 그곳에서 시체들을 날라왔으니 이제 거긴 남은 시체가 그리 많지 않을 거야. 그리고 거긴 원래부터가 여기보다 사람이 적었고. 게다가, 재니, 그곳 백인들은 우릴 알고 있나구. 우리 흑인들이 낯선 백인과 있는 건 좋지 않아. 모두가 우릴 적대시하니까."

"그건 정말 그래. 백인이 아는 흑인은 선량한 유색인이고 백인이 모르는 흑인은 불량한 깜둥이지." 재니는 이렇게 말하고 웃었다. 티 케이크도 그녀를 따라 웃었다.

"재니, 난 그런 경우를 많이 보았어. 백인은 누구나 이 세상에 있는 모든 착한 깜둥이는 자기가 이미 알고 있다고 생각해. 그 밖의 흑인은 더 이상 알 필요도 없는 거라구. 그 밖의 흑인은 모조리 재판을 받고 미연방 옥외 변소에서 반년은 구린내에 푹 절어 보내야 한다고 생각하는 거야."

"미연방 옥외 변소?"

"그건 말이지, 당신도 알 듯이 양키들은 늘 모든 제일 크고 제일 좋은 것들을 자기들이 갖잖아. 그래서 그자들은 변소도 통합 수선된 신식 화장실이 아닌 재래식 옥외 변소는 정말 우스운 장소로 생각하는 거라구. 그러니 난 날 아는 백인들이 있는 곳으로 가려고 해. 여기선 난 엄마 없는 고아 같은 기분이야."

그들은 소지품을 챙겨 집 밖으로 몰래 빠져나와 도망을 쳤다. 그리고 다음날 아침 그들은 다시 습지에 와 있었다. 그들은 우선 그들이 살 집을 만들며 하루를 열심히 일했다. 당장 다음날부터 그가 일거리를 찾아나설 수 있도록 하기 위해서였다. 그리고 다음날 아침 일찍 티 케이크는 일에 대한 열정보다도 호기심에 더 충동질되어 밖으로 나갔다. 그는 종일 집에 들어오지 않더니 마침내 밤이 되자 얼굴 가득 미소를 띠고 나타났다.

"재니, 오늘 내가 누굴 만났게? 그걸 맞추면 천재지."

"뚱보 숍드버텀을 만났을 건 분명하고."

"그래. 그리고 스튜 비프, 도커리, 리아스, 또 쿠드메이와 부티니도 봤어. 그리고 또 누굴 봤을 것 같아?"

"글쎄…… 스터렛?"

"아니, 스터렛은 그만 급류에 휩쓸리고 말았대. 리아스가 팜비치에서 직접 스터렛을 묻었다는군. 그 밖에 또 누굴 만났겠어?"

"아휴 참, 그냥 말을 해줘, 티 케이크. 난 모르겠어. 설마 모터 보트일 리는 없고."

"바로 그놈을 만났다니까, 모터 보트를! 그 문둥이 같은 자식은 글쎄 그 집에 그대로 눌러앉아 잠만 잤는데, 호수가 와서 집을 떠메고 가는 것도 모르고 잠만 자다가 눈을 떠보니까 원 세상에 폭풍이 거진 그쳐 있더라는 거야."

"설마!"

"그렇다니까. 원 세상에 우리 같은 꼴통들은 위험을 피해 간다면서 거진 죽을 뻔했는데, 그 자식은 거기 편히 누워 잠이나 자면서 두둥실 물 위를 떠다녔다니."

"그러게 행운은 타고난다고 하는 말이 맞는 모양이지."

"그것도 맞는 말이야. 봐, 난 일자리를 얻었어. 우선은 이것저것 두루 정리를 하는 일을 할 거야. 그 다음엔 사람들이 분명 저 제방을 올려 쌓겠지. 그럼 그 터도 닦아야 할 거고. 일은 아주 많아. 사람이 부족할 정도야."

그래서 티 케이크는 매우 활기에 차서 3주를 지냈다. 그는 엽총과 권총을 한 정씩 더 사왔고 재니와 둘 중 누가 최고의 사수인지를 겨루었다. 엽총에 있어서는 재니가 항상 티 케이크를 앞섰다. 그녀는 소나무 가지에 앉은 말똥가리의 머리를 보기 좋게 쏘아 맞출 수 있었다. 그러면 티 케이크는 조금은 질투하면서, 그러나 제자의 솜씨를 몹시도 자랑스러워했다.

그리고 네번째 주가 되어서의 어느 날, 티 케이크는 머리가 아프다며 오후 일찍 집에 돌아왔다. 통증이 심했던 그는 한동안 자리에 누워 있었다. 그리고 배가 고파서 일어났다. 재니는 저녁 준비를 했다. 그런데 그는 막상 식탁 앞에 앉아서는 아무것도 먹고 싶지가 않다고 말을 바꿨다.

"아니 당신 방금 배고프다 해놓고선!" 걱정 때문에 재니의 언성이 높아졌다.

"나도 그땐 그런 것 같았어." 그는 매우 조용히 이렇게 말하고 고개를 떨구며 두 손으로 머리를 감쌌다.

"그래도 이건 당신 좋아하는 콩찜구이야."

"모두 맛있는 음식들인 건 나도 잘 알아. 하지만 지금은 통 손이 가지 않는걸. 어쨌든 고마워, 재니."

그는 다시 방으로 돌아갔다. 그리고 그날 밤 자정 무렵 그는 자신의 목을 죄어 누르는 적과 악몽처럼 몸부림하다 재니를 깨웠다. 그녀는 불을 켜고 그를 진정시켰다.

"왜, 왜 그러는 거야, 자기?" 그녀는 달래고 또 달랬다. "말을 해봐, 나도 알 수 있게. 나도 같이 아프게, 사랑하는 내 아기. 어디가 아픈 거야, 자기야?"

"잠을 자고 있는데 뭐가 자꾸 날 쫓아오더니, 재니." 그는 거의 울부짖었다. "내 목을 졸라서 날 죽이려고 했어. 당신이 아니었으면 난 죽었어."

"당신 정말 아까는 숨이 곧 넘어갈 사람처럼 몸부림을 치더라. 하지만 이젠 괜찮아, 자기야. 내가 여기 있으니까."

그는 다시 잠이 들었지만, 병까지 떨어내진 못했다. 아침에 그는 여전히 머리가 아팠다. 그는 그것을 무시하려 했다. 그러나 재니는 결코 그가 밖에 나가게 내버려둘 수 없었다.

"이번 주 일만 마치고." 그가 말했다.

"일은 당신이 태어나기 전에도 누군가 해왔고, 당신이 죽은 뒤에도 누군가 계속할 거야. 그러니 다시 자리에 누워, 티 케이크. 난 지금 가서 의사 선생님을 모셔올 거야."

"어휴, 뭐 그 정도로 심각한 건 아냐, 재니. 봐! 이렇게 멀쩡히 걸어 다닐 수가 있는데."

"하지만 아무렇지도 않다고 하기엔 당신 상태가 너무 안 좋아. 폭풍 뒤엔 열병을 앓는 사람도 얼마나 많았는데."

"그럼, 나가기 전에 물이나 한잔 갖다 주지."

재니가 유리잔에 물을 떠왔다. 티 케이크는 그것을 받아 한모금 물었으나 그만 끔찍한 구역질과 함께 입 안의 것을 다 토하며 컵을 방바닥에 내던졌다.

"물 마시다 말고 왜 이래, 티 케이크? 물을 갖다 달래놓고선."

"그 물이 좀 이상해. 꼭 숨막혀 죽는 줄 알았어. 어젯밤에도 뭔가 내 목에 올라타서 숨통을 죄더랬지. 당신은 내가 꿈을 꾸는 걸로 생각했지만."

"아 그래, 그렇담 마녀가 자기한테 덤볐던 건지도 모르겠네. 내 밖에 나가면 겨자씨도 한번 구해볼게. 하지만 의사 선생님은 꼭 모셔올 거야."

티 케이크는 그에 대해 이의를 달지 않았고 재니는 허둥지둥 길을 떠났다. 그녀에겐 그의 병이 폭풍우보다 더한 재난이었던 것이다. 그녀가 시야에서 사라지자마자 티 케이크는 자리에서 일어나 물동이를 비우고 그것을 깨끗이 씻었다. 그런 뒤 그는 어렵사리 옥외 개수대까지 가서 물을 다시 받았다. 재니에게 무슨 악의나 고의를 의심할 수는 없었다. 하지만 그녀는 칠칠치가 못한 것이다. 물동이도 다른 모든 것과 마찬가지로 매일같이 씻어둬야 한다는 것을 그녀는 알고 있어야 했다. 그녀가 돌아오면 그는 그 점을 분명히 인식시킬 참이었다. 도대체 그녀는 무슨 생각을 하고 있단 말인가? 이 점에 있어서 그는 몹시 화가 났다. 그는 양동이를 탁자 위에 올려놓고 물맛을 보기 전에 잠시 자리에 앉아 숨을 골랐다.

마침내 그는 물 한 모금을 떠 마셨다. 물맛이 그토록 시원하고 좋을 수가 없었다! 생각해보니, 어제 이래로 물을 한 모금도 마시지 않았었다. 바로 이 물이 그의 식욕도 돌려줄 것 같았다. 그는 물을 한껏 들이켜고 싶었다. 그래서 고개를 젖히며 급히 잔을 입으로 가져갔다. 하지만 악마는 여전히 그 자리에 있었다. 그의 목을 죄고 숨통을 끊어놓으려 하면서. 입 안의 물을 다 토해내고서야 꽉 막혔던 숨이 한결 풀리는 느낌이었다. 그는 다시 침대 위에 사지를 뻗고 누워 재니가 의사를 데리고 돌아올 때까지 몸을 떨며 기다렸다. 그 백인 의사는 이곳에 그토록 오래 살아와서 이젠 거의 이 습지의 일부가 되어 있었다. 그는 이곳 노동자들에게 투박하고 끈끈한 그들의 언어로 이야기를 했던 것이다. 그가 머리

의 왼쪽 뒤편으로 모자를 비스듬히 비껴 쓴 채 급히 집 안으로 걸어들어
왔다.

"어이, 티 케이크. 자네한테 병은 무슨 얼어죽을 병이야?"

"글쎄 저도 궁금해요, 시몬스 선생님. 하지만 제가 아픈 건 분명
해요."

"어림 반푼도 안 되는 소리. 세상에 쿤딕 한잔에 삼십육계 줄행랑
을 치지 않을 병이 있다면 어디 나와보라지. 자네 혹시 요즘 자네의 그
식이 음료를 충분히 섭취하지 않은 거 아냐, 응?" 그는 이렇게 말하며
티 케이크의 등을 탁 하고 호방하게 때렸다. 티 케이크는 의사가 기대하
는 대로 미소를 지어보려고 했으나 그게 쉽지가 않았다. 그러자 닥터 시
몬스는 가방을 열고 진찰을 시작했다.

"하긴 자네 얼굴이 좀 헬쑥해 보이기는 하구먼. 열도 있고, 맥박도
저조한 편이고. 요즘 무슨 특별한 일 한 거 있나?"

"뭐 별루요. 일하고 사냥 조금 다니고 그게 다예요, 선생님. 그런데
물이 통 받지를 않는 것 같아요."

"물이? 어떻게 말야?"

"물을 마실 수가 없어요, 조금도."

"또 다른 건?"

재니가 걱정이 가득한 얼굴로 침대 가로 다가왔다.

"선생님, 저 사람이 지금 말한 게 전부는 아녜요. 우린 이곳에서
그 태풍을 만났죠. 저 사람은 아주 오랫동안, 그것도 저까지 부축하고
헤엄치느라 몸이 곤죽이 됐어요. 또 그 폭풍우 속에서 몇 마일이나 걸어
야 했고요. 그리고 제대로 쉬기도 전에 이번엔 물에 빠진 절 구해야 했
죠. 사나운 늙은 개와 싸우기까지 하면서요. 개는 저 사람의 얼굴을 물
어뜯고 정말 굉장했어요. 저 사람이 진작 탈이 나지 않은 게 용할 지경

이에요."

"개가 물었다고, 말했나?"

"아 그건 별거 아니었어요, 선생님. 그거야 뭐 2, 3일 내에 깨끗이 나았는데요." 티 케이크가 참지 못하고 끼어들었다. "어쨌든, 그건 이미 한 달 전 일이에요. 이건 그것관 상관없이 생긴 일이구요, 선생님. 내 생각엔 물이 아직 깨끗해지질 않은 거 같아요. 그도 그럴 것이, 벌써 마실 만한 물을 얻기엔 너무 많은 사람이 죽은 거 아녜요. 내 생각엔 그게 문제 같아요."

"아 알겠네, 티 케이크. 내 자네한테 몇 가지 약을 주고 재니한테 몇몇 주의할 것들노 일러눔세. 그건 그렇고, 내가 달리 무슨 당부를 하기 전엔 난 자네가 혼자 지냈으면 하는데. 잠시간만 재니와 각방을 쓰란 말이야, 알겠지? 그럼 재니, 나하고 내 차까지 좀 같이 갈까. 티 케이크가 당장 복용해야 할 약을 줄 테니."

밖으로 나온 시몬스 박사는 가방 속을 더듬어 작은 알약이 몇 개 담긴 조그만 병을 꺼내서 재니에게 주었다.

"이건 진정제니까 매 시간마다 한 알씩 복용시키게, 재니. 그가 게 욱거리며 숨 넘어가는 발작을 일으킬 때는 자리를 피해 있고."

"아니 선생님, 티 케이크가 발작을 하는 건 어떻게 아셨어요? 그걸 말씀드리려고 따라나왔던 건데."

"재니, 자네 남편을 문 개는 미친 개였던 게 분명해. 지금에 와서 그 개를 찾아 확인할 도리는 없지만, 증상이 꼭 그렇단 말이지. 이렇게 시간이 오래 지나버린 것이 너무 안타깝네. 개에 물린 즉시 주사만 몇 방 맞았더라면 금세 나았을 병인데."

"그 말은—— 티 케이크가 죽을 수도 있다는 건가요, 선생님?"

"이제 그건 피할 수가 없게 됐네. 하지만 그보다 더 괴로운 건 운명하기 전에 아주 고약한 고통을 겪기 십상이라는 거지."

"선생님, 저 사람을 제 목숨만큼 사랑해요. 제가 할 수 있는 일을 말씀해주세요, 무엇이든 다 하겠어요."

"아마 재니가 할 수 있는 유일한 일은 그를 주립병원에 입원시키는 걸 거야. 거기선 그를 묶어놓고 돌볼 수가 있지."

"하지만 저 사람은 병원이라면 딱 질색을 하는데요. 아마 그렇게 하면 내가 자길 보살피기 싫어하는 줄로 알 거예요. 하늘에 맹세코 전 절대 그렇지 않은데도요. 저 사람을 미친 개처럼 묶어놓다니, 전 도저히 그렇게 못할 것 같아요."

"결국은 일이 그리 되기 쉬울 거야, 재니. 티 케이크는 나을 가망이 전무하다시피 한 데다, 다른 사람을 물 수도 있다구, 특히 재니 자네를. 그렇게 되면 자네도 똑같은 짝이 나고 마는 거지. 이거 참 무슨 말을 해야 할지."

"아무런 방법도 없는 건가요, 선생님? 우린 올란다에 돈도 많이 있어요. 저 사람을 구할 수 있는 특별한 처방이 없는지 제발 알아봐주세요. 돈이 얼마가 들든 상관없어요, 선생님. 그러니 제발, 선생님."

"내가 할 수 있는 일은 다 해보겠네. 팜비치에 곧 전화를 해서 티 케이크가 개에 물린 즉시 맞아야 했던 그 혈청액이 지금 있는지 알아보고. 티 케이크를 구할 수 있는 모든 방법을 다 알아보지. 하지만 너무 늦은 것 같아. 이런 환자들은, 재니도 알겠지만, 대부분 물을 넘기질 못하지. 그리고 또 한편으로는, 아주 끔찍해."

재니는 잠시 집 밖을 서성이며 시몬스 박사의 말이 사실이 아니라고 생각해보려 했다. 티 케이크의 병색 깊은 얼굴만 아니라면 정말이지 그녀는 지금의 그 모든 상황을 현실로 받아들이지 않았을 것이다. 그러니까, 그녀는 생각했다, 그 사나운 늙은 개의 증오에 결국 그녀는 죽임

226

을 당한 셈이었다. 차라리 그때 거기서 소의 꼬리를 놓아버렸다면, 그래서 거기서 물에 빠져 죽어버렸더라면. 이렇게 티 케이크를 통해 그녀를 죽이는 일은 너무 참기 힘든 고통이었다. 저녁 하늘에 뜬 태양의 아들인 티 케이크가 그녀를 사랑한 죄로 죽어야 했다. 그녀는 까마득히 하늘을 올려다보았다. 창공의 품 너머 어딘가에 그분이 앉아 계실 것이다. 그분은 지금 이곳에서 무슨 일이 일어나고 있는지 알고 계실까? 분명 그럴 것이다, 그분은 모르는 것이 없으시니까. 그렇다면 그분은 정말로 티 케이크와 그녀에게 이 일을 행하시려는 걸까? 이건 그녀가 싸워볼 수 있는 일이 아니었다. 그녀는 다만 아파하며 기다리는 수밖에 없었다. 혹시 그분은 지금 짓궂은 장난을 하고 계시는 것은 아닐까, 그래서 이 정도면 충분하다 싶을 때 그만 신호를 보내주시는 건 아닐까. 그녀는 눈을 크게 뜨고 하늘을 뚫어져라 쳐다보았다. 무슨 신호라도 떨어지지는 않을까. 혹, 한낮에 별이 뜨든지, 해가 소리를 지르든지, 천둥이라도 울어주지는 않을까. 그녀는 잠시 절망적으로 하늘을 향해 팔을 벌려 들었다. 그것은, 정확히 말하면, 탄원이 아니었다. 그것은 물음을 던지는 것이었다. 그러나 하늘은 초연히 푸르렀고, 그녀는 아무 대답도 듣지 못한 채 집 안으로 들어갔다. 신은 자신의 마음만큼 행동으로 드러내지는 않을 건가 보았다.

티 케이크는 눈을 감고 누워 있었고 재니는 그가 잠들었기를 바랐다. 그러나 사실은 그렇지 않았다. 그는 극심한 공포에 사로잡혀 있었다. 그의 머리에 불을 지르고, 강철의 손가락으로 그의 숨통을 죄어 비트는 이 존재의 정체는 무엇인가? 그것은 어디서 왔으며 무슨 이유로 자신의 주위를 맴도는 것인가? 그는 재니가 알아차리기 전에 이것이 사라져주길 바랐다. 그는 다시 한 번 물 마시기를 시도해보고 싶었다. 다만 실패하는 경우 그것을 재니에게 보이고 싶지 않았다. 그래서 그는 재니가 부엌에서 나가는 즉시 물동이로 가서 거부 반응 같은 게 일 새도 없이 단번에 물을 들이켜기로 했다. 재니까지 걱정시킬 필요는 없었다, 도저히 피할 수 없는 상황이 되기 전에는. 그는 재니가 스토브를 청소하는 소리를 듣고 그녀가 재를 털러 밖으로 나가는 것을 보았다. 그는 대번에 물동이까지 뛰어갔다. 그러나 이번엔 물을 한 번 보는 것만으로도 충분했다. 재니가 돌아왔을 때, 그는 극한 고통에 사로잡혀 바닥을 뒹굴고 있었다. 그녀는 그의 등을 토닥여주고, 가슴을 쓸어내려주며, 다시 침대로 부축해 갔다. 그녀는 팜비치에서 온다는 그 약이 어떻게 됐는지 가서 알아보기로 마음먹었다. 어쩌면 그녀를 팜비치까지 실어다줄 사람을 찾을 수 있을지도 몰랐다.

"이젠 좀 나아, 티 케이크? 우리 아기?"

"어, 조금."

"그럼, 난 앞마당 치우러 좀 나가봐야 할 것 같아. 사람들이 수숫대며 땅콩 껍질이며 온통 어질러놨잖아. 시몬스 선생님도 다시 오실 텐데. 그새 청소라도 해놔야지."

"너무 오래 있진 마, 재니. 아플 때 혼자 있고 싶지 않아."

그녀는 읍내까지 있는 힘을 다해 뛰어갔다. 그러다 도중에 숍드버텀과 도커리가 이쪽으로 오고 있는 것을 보았다.

"아, 재니, 티 케이크는 좀 어때요?"

"많이 안 좋아요. 난 지금 약을 알아보러 가는 중이에요."

"의사 선생님이 누군가한테 그 녀석이 아프다고 얘길 해줘서 우리도 지금 녀석을 찾아가던 길인데. 오늘 일을 나오질 않았길래 무슨 일이 있는 거구나 생각은 했었지만."

"내가 돌아올 때까지 다들 티 케이크와 함께 좀 있어줘요. 그 사람은 지금 곁에 친구들이 몹시 필요해요."

그녀는 남은 길을 숨 돌릴 겨를도 없이 내달려서 시몬스를 만났다. 그러게, 전화는 해봤는데, 그 사람들은 지금 혈청액이 없다는군. 하지만 벌써 마이애미에 전보로 약을 청구해뒀다고 하니, 그리 걱정할 건 없을 게야. 아마 내일 아침 일찍 여기 도착할 걸세. 그보다 더 빨랐으면 빨랐지 절대 늦지는 않을 거야. 이런 환자를 놓고 늦장을 피우는 법은 없으니까. 아니, 재니가 직접 거기까지 가는 건 별로 좋은 생각 같지 않아. 그냥 집에 가서 기다리도록 하지. 그게 다였다. 그리고 재니가 집에 돌아오자 문병객들은 돌아가려고 자리에서 일어났다.

그들 둘만 남게 되었을 때 티 케이크는 재니의 무릎에 머리를 얹고 그녀에게 자신의 아픈 곳을 이야기하며 그녀가 엄마처럼 포근히 위로해주는 말을 들었으면 하고 바랐다. 그러나 숍이 하고 간 그 말만 생각하면, 그의 혀는 입 속에서 죽은 도마뱀처럼 차갑게 얼어붙고 마는 것이다. 하필 터너 부인의 동생이 습지에 돌아온 이런 때 이런 기이한 병을 앓다니. 사람은 공연히 이런 병에 걸리는 게 아닌데.

"재니, 그 터너네 여자의 남동생은 여기 와서 뭘 하는 거래?"

"글쎄 잘 모르겠는데, 티 케이크. 난 그 사람이 돌아왔단 얘기도 지금 당신한테 처음 듣는 거야."

"왜, 당신 이미 알고 있었던 거 아냐. 그럼 좀 전엔 뭐 하러 나갔다 왔어?"

"티 케이크, 난 당신이 그런 말 하는 거 싫어. 도대체 얼마나 몸이 아프면 그런 생각을 다 하지. 당신 지금 나에 대해 전혀 근거 없는 질투를 하고 있어."

"그럼 왜 어디 간다는 말 한마디 없이 나갔다 온 거냐구. 전엔 한 번도 안 그러더니."

"그야 당신을 걱정시키지 않고 싶어서였지. 시몬스 선생님이 당신

약을 몇 가지 더 주문해놓은 게 있어서, 그게 도착했는지 알아보려고 다녀온 거야."

티 케이크가 울음을 터뜨렸고 재니는 그를 아이처럼 품안에 끌어안았다. 그녀는 침대 가에 앉은 채 요람에 태운 듯 그를 흔들어 달랬다.

"티 케이크, 질투할 필요 없어. 첫째로 난 당신말고는 아무도 사랑할 수가 없고, 둘째로 당신말고 어떤 남자도 나처럼 늙은 여자를 원하지 않을 거니까."

"아냐 그렇지 않아. 당신은 나이를 귀로 듣는다면 모를까, 실제로 눈으로 보면 어떤 남자와도 어울릴 만큼 젊어. 거짓말이 아냐. 당신을 아내로 맞아들이고 그 영광을 위해 열심히 일할 남자들이 얼마나 많다고. 그 사람들이 하는 얘길 내가 직접 들었어."

"어쩌면 그럴지도 몰라, 티 케이크. 난 그런 건 궁금했던 적이 없으니까. 난 단지 하느님이 당신을 통해 날 불구덩이에서 건져주셨다는 것만 알아. 그리고 난 당신을 사랑하고 그게 행복하다는 거."

"고마워, 여보. 하지만 당신이 늙었다는 둥 하는 말은 마. 당신은 언제까지나 작은 소녀라구. 하느님이 당신을 그렇게 만드신 거야. 늙은 시절은 다른 남자와 보내고 나와는 소녀 시절을 함께 보내도록."

"나도 그런 것 같아, 티 케이크. 그리고 그렇게 말해줘서 고마워."

"사실이 그런 걸 그렇다고 말하는 건데 뭐. 당신은 정말 예뻐, 맘씨만 좋은 게 아니고."

"어휴 이젠 그만 해, 티 케이크."

"정말이야. 난 장미나 다른 꽃들이 저희들이 예쁘다고 뽐내고 있는 걸 보면 너네들도 언제 한번 내 재니를 봐야 하는데 하고 말하는걸. 당신 가끔은 꽃들에게 당신 얼굴을 보여줘야 하는 거야, 알았지, 재니?"

"어디 언제까지 그렇게 말하나 보고. 그런 다음에 믿을게." 재니는 장난스레 말을 받은 뒤 그를 침대에 편안히 눕혔다. 베개 밑에 권총이 놓여 있는 것을 그녀가 안 것은 바로 그때였다. 순간 그녀의 심장은 사납고 빠르게 고동쳤으나, 그가 먼저 말하지 않은 이상 그것에 대해 묻고 싶지는 않았다. 베개 밑에 총을 두고 잠을 자는 일은 전엔 한 번도 없던 일이었다. "마당 쓰는 일 따윈 신경 쓸 거 없어." 자리를 편하게 고쳐주고 허리를 펴는 재니에게 그가 말했다. "내가 볼 수 있는 곳에 있어."

"그래, 여보. 당신 말대로 할게."

"그리고 만약, 그 터너네 숫다리 녀석이 근처를 얼쩡거리거든, 내가 이 집엔 한 발짝도 못 들어오게 했다고 말해. 그 무슨 건수를 바라고 기다려도 다 쓸모 없다고."

"그런 말은 할 일이 없을 거야, 왜냐면 그 사람을 볼 일이 없을 테니까."

그날 밤 티 케이크는 두 번의 심한 발작을 일으켰다. 재니는 그의 얼굴이 변하는 것을 보았다. 티 케이크는 사라지고, 다른 그 무엇이 그의 얼굴을 통해 내다보고 있었다. 그녀는 날이 밝는 대로 곧 시몬스 선생을 찾아나서야겠다고 마음먹었다. 그래서 그가 해뜨기 직전에 잠깐 든 잠에서 깨어났을 때 그녀는 자리에서 일어나 옷을 차려 입은 상태였다. 그녀가 밖에 나갈 차림인 것을 보고 그는 거의 물어박지를 듯이 외쳤다.

"어디 가, 재니?"

"의사 선생님한테 가, 티 케이크. 의사 선생님도 없이 이 집에서 혼자 지내기엔 당신이 너무 많이 아픈 것 같아. 당신을 병원에 입원시켜야 하는 건 아닌지 모르겠어."

"병원엔 안 가, 아무데도. 그 따위 생각일랑 애저녁에 집어치워. 왜, 내 시중을 들고 간호하는 게 지겨워졌나보지. 난 당신한테 그렇게 하지 않았는데. 난 항상 당신한테 더 못 해준 것만 생각했어."

"티 케이크, 당신 지금 많이 아픈 거야. 모든 걸 내 생각과 다르게 해석하고 있잖아. 당신을 보살피기가 지겨워지다니, 내가 어떻게 그럴 수 있다고. 난 단지 당신이 너무 아파서, 나 혼자 병간호를 감당할 수 없을까 봐, 그게 두려운 것뿐이야. 당신이 어서 회복하기를 바라는 것뿐이라구, 그게 다야."

그는 이를 데 없이 잔인한 얼굴로 그녀를 노려보더니 목구멍에서 낮게 그르렁거리는 소리를 냈다. 그녀는 그가 몸을 일으켜 세우고는, 그녀가 움직이는 동작 하나하나를 감시하며 앉은 채로 그도 따라 움직이는 것을 보았다. 이제 그녀는 티 케이크 안에 웅크리고 있는 그 낯선 존재가 두려워지기 시작했다. 그래서 그가 용변을 보러 밖에 나가자, 침대까지 한걸음에 내달아 총에 실탄이 재워져 있는지 확인했다. 그것은 6탄 권총으로 그 중 약실 세 개가 장전되어 있었다. 그녀는 곧 탄알을 빼내려 했다. 하지만 그가 탄창을 열어보고 그녀가 손댄 것을 알게 될 것이 걱정이었다. 그러잖아도 분열된 그의 정신은 그 일로 더더욱 자극을 받을 것이다. 아 그 혈청액만 와준다면! 그녀는 탄창을 회전시켜 그가 그녀에게 총질을 하더라도 세 번은 헛방질을 하도록 구멍을 맞춰놓았다. 그러면 적어도 그만큼의 시간은 벌 수 있는 것이다. 도망을 가거나 너무 늦기 전에 그로부터 총을 뺏어볼 수 있는 시간을. 어쨌든, 티 케이크가 그녀를 쏠 리는 없는 것이다. 그는 단지 질투가 나서 그녀를 위협하고자 하는 것뿐이었다. 그녀는 평상시처럼 그냥 부엌일을 할 것이며 아무런 내색도 하지 않을 작정이었다. 그가 다 낫고 나면 그들은 웃으며 이 일을 이야기할 수 있을 것이다. 그러나, 그녀는 탄약통을 찾아 내용물을 비워버렸다. 그리고 기왕 이럴 바엔 침대 머리 뒤에 세워둔 엽총을 꺼내두는 것이 더 나을 것 같았다. 그녀는 그 총을 꺾고 탄알을 꺼내서

앞치마 주머니에 넣은 다음 총은 부엌 귀퉁이의 스토브 뒤편에 눈에 잘 띄지 않게 세워놓았다. 설사 그가 칼을 든다 하더라도, 그녀가 그보다 더 빠를 것이다. 물론 이런 생각들이 다 지나친 노파심의 소산이라는 건 알고 있었지만, 그래도 만전을 기해서 해될 건 없는 것이다. 가엾은 티 케이크. 자기가 그런 일을 했다는 걸 정신을 차려 깨닫게 되면 아마 미쳐버리고 말 텐데. 그런 일을 그가 저지르도록 내버려둘 수는 없었다.

그가 권투 선수처럼 괴상한 스텝을 밟으며 돌아오는 것이 보였다. 고개를 연신 좌우로 돌려 꺾고 어울리지 않게 이를 앙다문 채였다. 이건 정말 너무 끔찍해! 시몬스 선생님은 약을 갖고 대체 어디쯤 오는 걸까? 그녀는 자기가 여기서 그를 돌보고 있는 것이 다행이라고 생각했다. 만약 사람들이 티 케이크의 이런 발작하는 모습을 봤다면 그녀의 티 케이크에게 무슨 짓을 할지 몰랐다. 그들은 그를 마치 미친 개 다루듯 할 것이다. 세상에 티 케이크만큼 마음 착한 사람은 다시 없는데도. 의사 선생님만 그 약을 가지고 와준다면, 그러면 티 케이크는 더는 문제가 없을 것이다. 집 안으로 돌아온 그는 아무 말 없이—사실 그는 그녀가 거기 있다는 것도 알아차리지 못하는 것 같았다—침대에 털썩 몸을 내던지더니 이내 잠이 들었다. 그가 낯설고 차가운 목소리로 그녀에게 말을 걸어온 것은 그녀가 스토브 곁에서 설거지를 하고 있을 때였다.

"재니, 당신 왜 이젠 나랑 한 침대에서 안 자는 거야?"

"의사 선생님이 당신 혼자 자야 한다고 하셨잖아, 티 케이크. 어제 선생님이 말씀하신 거 생각 안 나?"

"나와 침대에서 안 자고 맨바닥에 담요 한 장을 깔고 자는 이유가 뭐냐고." 그때 그녀는 길게 늘어뜨린 그의 손에 권총이 쥐어져 있는 것을 보았다. "내 질문에 대답을 해."

"티 케이크, 티 케이크, 자기야! 가서 자리에 누워! 의사 선생님만 허락하시면 나도 당장 뛰어가서 당신 곁에 눕고 싶어. 제발 가서 자리에 누워. 이제 조금만 더 있으면 선생님이 새 약을 가지고 오실 거야."

"재니, 당신한테 잘 해주려고 난 모든 걸 다 했는데, 그런데 이런 대접을 받다니 정말 가슴이 아프군."

그의 총구가 불안스레, 그러나 신속히 그녀의 가슴에 겨눠졌다. 정신착란 상태임에도 불구하고, 그녀는 그가 정확히 조준하고 있다는 것을 알 수 있었다. 이건 그냥 위협을 해보는 것일 수도 있어, 그래 그 이상은 아닐 거야.

찰카닥, 헛방이 한 번 울렸다. 반사적으로 재니는 손을 뒤로 날려 엽총을 끄집어냈다. 이렇게 하면 분명 그도 놀라 멈추겠지. 제발 의사 선생님만 와준다면! 다른 아무라도 와주기만 한다면! 두번째 총이 철컥거리는 것을 듣고 재니는 재빨리 탄창을 열고 총알을 밀어넣었다. 지금 열에 들뜬 그의 뇌는 그녀를 쏴 죽이라고 충동질하는 것이다.

"티 케이크, 그 총 놓고 침대로 돌아가!" 재니가 그에게 외쳤고 한순간 그의 손이 흔들리는 듯했다.

그가 문설주에 몸을 버티고 섰다. 재니는 당장 그리 뛰어가 그의 팔을 부축하려 했지만, 그가 재빨리 재조준하는 것을 보았다. 그리고 세번째 총이 철컥이는 소리를 들었다. 그녀는 그의 사나운 눈빛을 보고, 그때의 그 물 속에서처럼 공포심에 얼어붙었다. 그녀는 발작적인 희망과 공포 속에서 총신을 바짝 당겼다. 이걸 보면 그도 도망을 가리라는 희망과, 자신의 목숨에 대한 절망적인 공포 속에서. 하지만 티 케이크가 사리를 분별할 수 있었다면 그는 권총을 들고 거기 서 있지도 않았을 것이다. 두려움도 엽총도 그는 어떤 것도 의식을 하고 있지 않았다. 자신을 겨누고 있는 총 따위는 재니의 새끼손가락만큼도 유의하지 않고 있었다. 그는 다시 온몸을 긴장시키며 정조준 자세를 취했다. 그의 내부의 악마는 기어이 피를 보려고만 했고, 재니는 그의 앞에 있는 유일한 생명체였다.

권총과 엽총이 거의 동시에 울렸다. 다만 권총이 엽총에 메아리처럼 뒤따라 울렸을 따름이었다. 티케이크가 고꾸라졌고, 그가 쏜 총알은 재니의 머리 위편 들보에 가서 박혔다. 재니는 그의 얼굴 표정을 보고 앞으로 뛰어나갔다. 그가 그녀의 품 안으로 쓰러졌고, 그를 덮어 안는 그녀의 팔뚝을 그가 꽉 깨물었다. 그렇게 그들은 뒤엉켜 쓰러졌다. 재니가 간신히 일어나 앉아 숨진 티 케이크의 악물린 이 사이에서 팔을 꺼냈다.

그것은 영원의 시간 속에 참으로 작고 작은 한순간의 일이었다. 바로 일 분 전까지만도 그녀는 제 목숨을 지키기 위해 싸우는 공포에 질린 인간 존재 그것이었다. 그러나 이 순간 그녀는 생명도 내던져 헌신할 재니로서, 티 케이크를 자신의 무릎에 눕혀놓고 있었다. 그녀는 그토록 그가 살기를 원했지만, 그러나 그는 죽고 말았다. 어떤 순간도 영원하지 않았다, 하지만 거기에도 애통해할 권리는 있었다. 그녀는 그의 머리를 자신의 가슴에 끌어안고 울면서, 사랑의 의식의 기회를 준 데 대해 그에게 말없이 감사했다. 그는 이제 곧 떠날 것이다. 그녀는 그를 꼭 끌어안고, 마지막 인사를 했다. 그리고는 검은 슬픔이 그녀를 덮쳤다.

바로 그날로 그녀는 감옥에 갇혔다. 그리고 시몬스 박사가 보안관과 판사에게 자초지종을 고했을 때 그들은 이구동성으로 그날 해를 넘기지 말고 재판을 해야 한다고 했다. 재판 준비를 한답시고 하루라도 그녀를 감옥에 묶어두는 것은 너무 부당한 처사라고. 그리하여 그녀가 옥에 갇힌 지 세 시간 만에 재판정이 마련되었다. 준비 기간이 너무도 짧았음에도 불구하고, 법정에는 충분히 많은 방청객들이 모여 있었다. 많은 백인들이 이 기이한 사건을 구경하기 위해 나왔고, 수마일 반경 내의 모든 흑인이 다 모였다. 티 케이크와 재니의 사랑에 대해 알지 못하는 사람이 도대체 어디 있단 말인가?

재판이 개정되고 재니는 그녀와 티 케이크에 관한 이야기를 듣고자 위엄있는 법복을 두르고 앉은 재판관을 보았다. 그 밖에도 열두 명의 백인 남자들이 그녀와 티 케이크 사이의 일을 심리하고 그것의 옳고 그름을 판결하기 위해 하던 일들을 제쳐두고 법정에 나와 있었다. 그 역시 우습기는 마찬가지였다. 자신과 티 케이크 같은 사람들에 관해서는 도대체 아는 것이 전무한 낯선 남자 열둘이서 이 사건을 심리할 것이라니. 그녀를 보기 위해 나온 백인 여자도 여덟이나 열쯤 되었다. 좋은 옷을 입고, 좋은 식사가 주는 핑크빛 혈색을 한 그들. 그들은 결코 가난한 백인 친구들이 아니었다. 그런 그들이 무슨 이유로 윤택한 일상을 접어두고 작업복 차림의 그녀를 구경하러 왔단 말인가? 하지만 저 사람들이 여기 온 게 전혀 터무니없게만 보이지는 않아, 재니는 생각했다. 사내들 대신 저 사람들에게 진실을 이해시킬 수 있다면 좋을 텐데. 오, 그리고 그 장의사가 티 케이크의 시신 염습을 잘 해주고 있어야 할 텐데. 저들은 날 장례 준비에 보내줘야 해. 아, 그리고 그녀도 잘 아는 프레스콧 씨가 있었다. 그는 그 열두 남자들에게 티 케이크를 쏘아 죽인 죄로 그녀의 사형을 구형할 것이다. 그리고 그들에게 그녀를 사형시키지 말 것을 변론할 팜비치에서 온 낯선 남자가 하나 있었다. 그들 중 아무도 알지 못하는.

그리고 그녀는 흑인들은 모두 법정 뒤편에 물러서 있는 것을 보았다. 그들은 색깔만 훨씬 검다 뿐이지 꼭 박스 속에 빼곡이 들어찬 샐러리들 같아 보였다. 그녀는 알 수 있었다, 그들 모두가 그녀를 비난하고 있는 것을. 그녀를 비난하고 선 그들의 숫자가 얼마나 많든지 그들 한 사람 한 사람으로부터 뺨을 한 대씩만 맞아도 죽을 수 있을 것 같았다.

그녀를 파렴치한으로 단죄하는 따가운 시선들이 그녀에게 쏟아지고 있었다. 악담을 화살 삼고 혀끝을 활시위 삼아 팽팽히 잡아당기고 선 그들. 그것이 힘없는 자들에게 남겨진 유일한 실제적 무기였다. 백인들 앞에서 사용을 허락받은 단 하나의 살해 기구.

그렇게 얼마 안 가서 모든 준비가 완료되고, 그들은 재니 우즈, 이름만 남은 티 케이크의 재니에 대해 그들이 어떻게 판결하는 것이 옳은지 알 수 있도록 사람들이 말을 해주길 원한다고 했다. 분위기가 진지해지자 백인 진영은 침묵하는 반면, 흑인 진영은 바람이 휩쓸고 지나는 종려나무 숲처럼 크게 술렁거렸다. 그들은 갑자기 그리고 합창처럼 한목소리로 떠들며 박자를 맞추듯 상체를 흔들어냈다. 그들은 간수를 불러 프레스콧 검사에게 그들이 법정 증언을 하고 싶다고 전해달라고 했다. 티 케이크는 좋은 친구였습죠. 저 여자에게 얼마나 잘했는지 모릅니다. 어떤 흑인 여자도 그보다 더한 대접을 받아보지 못했을 겁니다. 아무렴요, 검사님! 그 친군 저 여자를 위해 개처럼 일했습니다. 폭풍우 속에서 저 여자를 구하려고 죽을 뻔한 적도 있지요. 그런데 그 친구가 물난리통에 가벼운 열병을 얻기 무섭게 저 여잔 다른 사내를 사귀었다구요. 그리고 먼데 사는 그자를 마을 안으로까지 불러들였습죠. 저 여자한텐 교수형도 과분합니다. 저희들에게 증언을 할 기회를 주십시오. 간수가 앞으로 나아갔고, 보안관과 재판관과 경찰서장과 변호사 들이 모두 모여서 잠시 이야기를 듣더니 곧 자기 자리로 흩어졌다. 그리고 보안관이 증언대에 서서, 재니가 의사와 함께 자기에게 찾아온 경위와 그가 그녀의 집에 차를 몰고 갔을 때 집 안의 상태가 어땠는지를 설명하였다.

그리고 나서 그들은 시몬스 박사를 증언석에 세웠고, 그는 티 케이크의 병세와 그것이 재니와 마을 전체 사람들에게 얼마나 위험한 것이었던가, 그리고 자신이 재니의 신변을 얼마나 걱정했으며, 해서 티 케이크를 격리 수용하고자 했던 점에 대해 증언했다. 그러나 그는 재니의 지극한 정성을 보고는 티 케이크를 가둬둘 생각을 접고 말았다고 했다. 또한 그는 자신이 재니의 집에 도착해서 목격한 것들, 한쪽 팔이 피투성이가 된 채 마루에 앉아 티 케이크의 머리를 쓰다듬고 있던 재니와, 티 케이크의 손 언저리에 나뒹굴고 있던 권총에 대해 이야기했다. 그리고 증언대에서 내려왔다.

"그 밖에 제시할 증거가 더 있습니까, 프레스콧 검사?" 판사가 물었다.

"없습니다, 재판장님. 이상입니다."

그러자 법정 뒤편의 흑인 무리 가운데 다시 소란이 일었다. 그들은 증언을 해야만 했다. 그전에는 판결을 내려서는 안 되는 것이다.

"검사 선생님, 저도 말을 하게 해주십쇼." 익명의 집단 속에서 정체를 드러내지 않고 숍드버텀이 외쳤다.

홀 안의 모든 사람이 목소리의 임자를 보기 위해 뒤를 돌아다보았다.

"자기 신상을 걱정한다면, 우리가 말하라고 하기 전에는 입 다무는 게 좋아." 프레스콧 검사가 차갑게 내쏘았다.

"알겠습니다, 검사님."

"이 사건을 처리하는 건 우리야. 너희들 가운데서 다시 한마디만 새어나오면, 너희 껌둥이 중에 누구 하나라도 입만 뻥긋하면, 그땐 너희들 모두를 묶어서 법정에 세울 줄 알아."

"알겠습니다."

백인 여자들이 가볍게 박수를 쳤고 프레스콧 검사는 흑인 무리를 매섭게 노려본 뒤 단상에서 내려섰다. 그리고 재니를 변호할 그 낯선 백인 남자가 단상 위로 올라섰다. 그는 서기와 잠시 귓속말을 주고받은 뒤 재니를 단 위로 불러세웠다. 그는 그녀에게 몇 가지 간단한 질문을 하고 나서, 단지 어떤 일이 일어났던가를 진실하게, 어느 하나도 빠뜨림 없이 그러나 오직 진실만을 이야기해줄 것을 요구했다. 신께서 그녀를 굽어 살피시길.

그들은 모두 몸을 바짝 앞으로 잡아당긴 채 그녀가 하는 이야기를 들었다. 그녀는 무엇보다 지금 자신이 자기 집에 와 있는 것이 아니라는 것을 명심해야 했다. 그녀는 지금 법정에서 힘든 싸움을 하고 있었으며 그 싸움의 대상은 죽음이 아니었다. 그것은 그보다 더한 것, 거짓 생각 이었다. 그녀는 먼저 아주 예전으로까지 거슬러 올라가 자신과 티 케이 크가 함께 어떻게 지내왔는지를 이야기하고 그로써 자신이 결코 티 케 이크를 고의로 쏘아 죽일 수가 없다는 사실을 그들이 납득하게 했다.

그리고 그녀는 그들에게 티 케이크와 자신이 얼마나 막다른 골목에 직면해 있었는지, 즉 티 케이크는 자기 안에 있는 미친 개를 죽이지 않 고는 자기 정신으로 돌아올 수 없었으나 그 개를 죽이고 그는 살아남을 방법이 없었다는 점을 이해시키기 위해 노력했다. 그 개의 악령에서 벗 어나기 위해서는 그가 죽어야 했다. 그러나 그녀는 그가 죽기를 바란 적 이 없었다. 사냥꾼이 그 사냥감을 죽이기 위해서는 자기 자신이 죽어야 만 하는 때, 그는 참으로 어려운 짐승을 만난 것이다. 그녀는 그들에게 그녀가 그를 없애고 싶어했다고 말하는 것이 도대체 얼마만한 언어도단 인지를 이해시켰다. 그녀는 누구에게도 애원하지 않았다. 그녀는 그냥 거기 앉아서 진술을 하고 그것이 끝난 뒤에는 그만 입을 다물었다. 판사 와 변호사와 그리고 그외의 사람들 모두는 한동안 이야기가 끝났다는 것도 의식하지 못하는 것 같았다. 그러나 그녀는 변호사가 내려와도 좋 다는 말을 하기까지 그대로 자리에 앉아 있었다.

"변호를 마칩니다." 그녀의 변호사가 말했다. 그와 프레스콧은 낮 은 목소리로 이야기를 주고받은 뒤 저 높은 자리에 앉아 있는 판사에게 비밀스레 말을 건넸다. 그리고 그들은 자리에 돌아와 앉았다.

"배심원 여러분, 이제 여러분이 결정해주십시오. 과연 피고가 극악무도한 살인을 저지른 것인지, 아니면 피고 또한 상처입은 가여운 존재로서 어쩔 수 없는 불행한 상황 속에서 남편의 가슴에 총구를 댐으로써 곧 커다란 자비를 베푼 한 헌신적인 아내였는지를 말입니다. 피고가 무자비한 살인범이라고 판단되면 여러분은 일급 사형 판결을 내리십시오. 그러나 그럴 만한 근거가 없다고 판단되면 여러분은 피고를 석방해야 합니다. 그외의 중도적 판결은 있을 수 없습니다."

배심원들이 줄지어 퇴장하고, 법정은 여기저기 느리고 단조로운 말소리들로 웅웅거리며 몇 사람은 자리에서 일어나 돌아다니기도 했다. 그러나 재니는 단단한 흙덩어리처럼 묵묵히 자리에 앉아 기다렸다. 죽음이 두려운 게 아니었다. 두려운 건 오해였다. 만약 그들이 그녀가 그를 원하지 않았으며 그가 죽기를 바랐다는 판결을 내린다면, 그것이야말로 진정한 죄이며 수치였다. 그것은 살인보다도 더 몹쓸 죄였다. 이윽고 배심원들이 다시 자리에 돌아왔다. 시계는 5분이 흘렀음을 알리고 있었다.

"우리는 버저블 우즈의 죽음이 의심의 여지 없는 사고사였으며 피고 재니 우즈에게는 어떤 죄도 물을 수 없다고 결정하였습니다."

그렇게 그녀는 무죄를 인정받았고, 판사와 재판석에 배석한 모든 이들은 그녀에게 미소하며 손을 잡고 인사했다. 그리고 백인 여자들이 탄성을 지르며 보호성처럼 그녀를 에워싸는 한편으로, 흑인들은 고개를 숙인 채 발을 길게 끌며 사라졌다. 해가 서쪽으로 기울고 있었다. 그날 아침 그 해가 떠오르던 무렵 재니의 사랑은 거친 파도를 타고 있었다. 그 뒤 그녀는 티 케이크를 쏘았고, 감옥에 갇혔으며, 목숨이 걸린 재판을 받고 이제 석방이 되었다. 남은 짧은 시간 동안은 그녀의 마음을 이해했던 친절한 백인 친구들을 방문해 감사 인사를 하는 것 외에 달리 할 일이 없었다. 그렇게 해는 졌다.

그리고 그날 밤을 그녀는 여인숙에서 나야 했고, 거기 남자들이 현관에 모여 서서 하는 이야기를 듣게 되었다.

"뻔하지 뭐, 저리 반반한 여자를 백인 남자들이 벌을 줄 리 만무하잖아."

"어쨌거나 백인 남잘 죽인 건 아니니까, 안 그래? 뭐, 백인 남자만 아니면 깜둥이들이야 얼마든 쏴 죽여도 무방한 거지."

"아무렴, 깜둥이 여잔 제가 원하는 누구나 다 죽일 수 있어. 하지만 깜둥이 남자는 그래선 안 되지. 그랬단 당장 목이 날아날걸."

"왜 그런 말 있잖아, 세상에 제일 자유로운 게 백인 남자와 깜둥이 여자라고. 그 두 인종은 뭐든 자기 하고 싶은 대로 다 하지."

재니는 티 케이크를 팜비치에 묻었다. 그녀도 그가 글레이즈를 사랑한 것은 알고 있었지만, 그러나 글레이즈는 그를 눕히기엔 너무 지대가 낮았다. 큰물이 날 때마다 매번 물에 쓸려서는 안 되었던 것이다. 어쨌거나, 티 케이크가 죽은 것도 글레이즈와 그 물난리 때문이 아니었던가. 그녀는 그를 폭풍우가 침범하지 못할 장소에 묻고 싶었다. 그래서 웨스트팜비치 공동묘지에 튼튼한 묘를 하나 세웠다. 그녀는 그의 장례를 치르기 위해 올란도에 전보를 쳐서 돈을 찾았다. 티 케이크는 저녁 하늘에 뜬 태양의 아들이었다. 어떤 것도 그에게는 충분치 않은 것 같았다. 장의사가 아주 일을 훌륭하게 해주어서 티 케이크는 왕족처럼 흰 비단 침대 위 그녀의 장미 사이에 누웠다. 금방이라도 미소를 터뜨릴 것 같은 얼굴이었다. 재니는 최신형 기타를 사서 그의 손에 쥐어줬다. 그녀가 그를 다시 만나게 될 때, 그는 아마도 그녀에게 들려줄 신곡을 구상하고 있을 것이다.

숍과 그의 친구들은 그녀에게 해코지를 하려 했지만, 그러나 그것은 그들이 티 케이크를 사랑하고 또 이해가 부족한 때문이라는 것을 그녀는 알고 있었다. 그녀는 숍에게 전갈을 보내고 다른 친구들에게도 알려주기를 부탁했다. 그래서 그들은 티 케이크의 장례식 날 뉘우침과 사과의 표정을 하고 찾아왔다. 그들은 그녀가 깨끗이 용서해주기를 원했다. 그리고 그들은 재니가 세낸 세단 열 대에 나누어 타고 미처 차에 다 못 탄 사람들은 차를 더 얻어서 장례 행렬에 참여했다. 마침내 악단이 장송곡을 연주하고, 티 케이크는 파라오처럼 무덤까지 행차를 시작했다. 이 장례식을 위해 재니는 값비싼 베일이며 옷 따위를 준비하지 않았다. 그녀는 그녀의 작업복 차림 그대로였다. 슬픈 외양을 갖추는 데 신경을 쓰기에는 마음의 슬픔이 너무 큰 때문이었다.

제 20 장

그것은 그들이 재니를 사랑하지 않아서가 아니라 티 케이크를 너무 사랑한 나머지 일어난 일이었으므로, 그리고 그들은 자신들을 위로하고 싶었으므로, 그들은 재니가 적대적이었던 자신들의 태도를 잊어주기를 바랐다. 그래서 그들은 그 모든 것을 터너 부인의 동생 탓으로 돌리고 다시 그를 습지에서 내쫓았다. 그들은 그가 그곳에 돌아와 잘난 체하며 남의 아녀자들의 관심을 끄는 행동을 하고 다니는 것이 어떤 대가를 부르는지 분명히 보여주고자 했다. 티 케이크의 죽음이 그와 직접적인 관련이 있는 것은 아니라 하더라도, 그가 오해를 일으킬 만한 소지를 제공한 것은 분명했던 것이다.

"아니, 난 이제 재니한테 화난 거 없어." 마을을 돌아다니며 숍이 변명하는 내용은 이러했다. "티 케이크가 정신이 아주 나가버렸던 거야. 그러니 재니가 자기 목숨을 부지하려고 한 일을 갖고 탓할 순 없잖아. 재니가 그 녀석을 얼마나 좋아했는데. 거 장례 준비한 것 좀 보라구. 나한텐 이제 재니에 대한 유감이 손톱만큼도 없어. 원래부터 난 재니를 의심하고 싶진 않았는데, 아 그놈의 숫다리 깜둥이 새끼가 일자릴 구한답시고 여기 돌아온 바로 그날로 날 찾아와서 우즈네는 어떻게 지내느냐고 물어보는 바람에 말야 글쎄. 그건 그 자식이 뭔 꿍꿍이속이 있다는 얘기가 아니냐고."

"그래서 그 자식이 스튜 비프와 부티니 따위에게 내쫓겨서 나한테 살려달라고 왔길래 내 말했지. 머리카락 휘날리며 나한테 도망와봤자 아무 소용이 없다, 왜냐, 난 네놈을 당장 내쫓을 것이니까 하고 말이지. 그리고 난 아주 확실하게 놈을 쫓아보냈어. 에이 그 망할 놈의 똥강아지 같은 자식!" 그 정도면 충분했다. 그들은 그를 몰매를 때려 습지에서 내쫓음으로써 불편한 마음을 해소해버렸다. 그리고 어쨌든, 재니에 대한 분은 꼬박 이틀을 갔는데, 이틀이란 기간은 뭔가를 계속 기억하고 있기엔 너무 긴 시간이었던 것이다. 그건 그들에게 너무 피곤한 노릇이었다.

그들은 재니에게 자기들과 함께 살자고 간곡히 권유를 했고 그런 성의를 무시할 수가 없던 재니는 그들과 함께 몇 주를 지냈다. 그러나 그녀에게 습지는 곧 티 케이크를 의미하는 것이었다. 그래서 티 케이크가 없는 지금 습지는 그녀에게 허허로운 검은 진흙땅 이상의 의미를 가질 수 없었다. 그동안 그녀는 그들의 작은 집에 두었던 물건들을 꽃씨 한 봉지만 제외하고 모두 처분했다. 꽃씨는 티 케이크가 사둔 것이다. 음력 파종기를 기다리던 중에 병이 나서, 차마 뿌리지 못하고 간 것이다. 그것은 다른 무엇보다 더 티 케이크를 생각나게 했다. 그는 그렇게도 땅에 무엇을 심기를 좋아했던 것이다. 그녀는 장례를 치르고 집에 들어오던 길에 부엌 선반 위에서 그것을 발견했고 잃어버리지 않게 가슴 속주머니에 잘 넣어두었다. 그리고 이제 그녀는 고향 집에 왔으므로, 그를 기념하여 그 씨를 심을 작정이었다.

재니는 우람한 발을 세숫물에 흔들었다. 피곤은 간데 없었다. 그녀는 수건으로 발을 닦았다.

"그래, 그렇게 됐던 거야, 퍼비. 방금 말한 대로. 그렇게 해서 난 집에 돌아왔고, 그리고 그 점에 대해 지금 만족하고 있지. 난 수평선까지 나가봤고 또 돌아왔으니 이젠 여기 내 집에 앉아서 그것들을 견주어보며 살 수가 있어. 이 집도 티 케이크를 만나기 전처럼 그렇게 허전하진 않고. 추억이 가득해, 특히 저 침실은."

"저 엉덩이 무거운 입방아꾼들은 우리가 무슨 이야기를 했나 알고 싶어서 창자가 기탓줄이 되도록 애들을 끓이겠지. 난 뭐 괜찮아, 퍼비. 그네들에게 가서 얘기해줘. 그럼 아마 그 사람들 혀를 내두를걸, 내 사랑은 자기들의 것과 같지 않으니까. 만약 그네들도 사랑을 해보기나 했다면 말야. 그럼 꼭 이렇게 말해줘, 사랑은 어디서나 같은 모양이고 무엇을 만나든 같은 일을 하는 그런 맷돌 같은 게 아니라고. 사랑은 바다와 같아. 살아 움직이는 거지. 그러면서도 그건 가 닿는 해안을 따라 제 나름의 모양을 만들어. 그리고 모든 해안은 모양이 다 다르지."

"세상에나!" 퍼비가 숨을 크게 몰아쉬었다. "네 얘기를 듣는 것만으로도 난 키가 열 자는 더 자란 것 같아, 재니. 나도 이제 전처럼 살고 싶지 않아. 이제부턴 샘더러 날 낚시에도 데려가고 하라고 해야겠어. 그리고 누가 내 앞에서 네 흉이라도 보면 가만 두지 않겠어."

"아냐, 퍼비, 그 사람들을 그렇게 나쁘게만 보지는 마. 그 사람들은 알지 못해서 마음이 옹색하게 쪼그라든 것뿐이야. 거죽만 남은 그들은 살아 있는 행세를 하기 위해선 그렇게 떠들기라도 해야 하는 거지. 그러니 말로라도 자기 위로를 하게 해주라구. 물론, 행동으로 옮기지 못하면 말만 하는 것은 콩으로 언덕을 쌓는 것만큼이나 공허한 짓이야. 그리고 그런 말을 듣고 있는 건 달빛을 마신다고 입을 크게 벌리고 서 있는 거나 다름이 없고. 어떤 장소를 알고 싶으면 그곳에 직접 가봐야 하는 건 누구나 다 아는 사실이잖아. 네 어머니도 아버지도 다른 어떤 사람도 그걸 알려주고 보여줄 순 없어. 모든 사람은 이 두 가지는 혼자

해내야 하지. 하느님을 찾아가는 것과, 자기 자신의 삶을 사는 법을 발견하는 것."

마침내 그녀는 완전히 입을 다물었고 그래서 그들은 처음으로 솔이파리들이 바람에 쓸리는 소리를 들을 수 있었다. 그제서야 퍼비는 샘이 자신을 기다리며 안달하고 있을 것이 생각났다. 그리고 재니는 2층의 그 방, 그녀의 침실을 생각했다. 퍼비는 재니의 어깨를 힘껏 안아준 다음 어둠을 가르고 뛰어갔다.

이윽고 재니는 아래층의 모든 문들을 닫아걸었다. 그리고 등을 밝혀들고 계단을 올라갔다. 그녀 손 안의 그 등불 빛은 태양의 불티처럼 빛나며 그녀의 얼굴을 붉게 비추었다. 그녀의 그림자는 등뒤로 검고 길게 곤두박질쳤다. 드디어, 그녀의 침실이었다. 그곳의 공기도 산뜻해져 있었다. 열린 창으로 들어온 바람이 비질을 하듯이 부재와 허무의 퀴퀴함을 쓸어가버린 것이다. 그녀는 창문을 닫고 자리에 앉았다. 머리에 엉킨 먼지를 빗어내면서. 생각에 잠긴 채로.

그날의 총성과, 피범벅이 된 시체와, 재판정의 기억들이 하나하나 그녀를 찾아들더니 방 안 구석구석, 모든 의자와 가구들에서 흐느끼듯 한숨 섞인 노래를 자아내기 시작했다. 그것들은 노래였다가, 흐느낌과 한숨이었다가, 다시 노래가 되고 흐느낌이 되었다. 그런데 그때 티 케이크가 나타나 그녀의 주위를 그 크고 활발한 걸음으로 맴돌았다. 그러자 한숨의 노래는 창 밖으로 날아가 먼 소나무 꼭대기에서 반짝였다. 티 케이크였다, 태양의 후광을 두른. 물론 그는 죽은 게 아니었다. 재니 그녀가 생각하고 느끼는 것을 멈추기 전에는 그는 결코 죽을 수가 없는 것이다. 그의 기억에 입맞추는 순간 그녀 앞에는 사랑과 빛의 영상들이 펼쳐졌다. 여기 평화가 있었다. 그녀는 거대한 어망처럼, 그녀의 수평선을 거두어들였다. 세상의 허리로부터 그것을 거두어들이고 숄처럼 그녀의 어깨 위에 감아 둘렀다. 그물 눈 하나하나에 얼마만한 삶이 배어 있는지! 그녀는 자신의 영혼에게도 어서 와보라고 손짓을 했다.

열정의 삶, 이중의 벽을 넘어서

1

　　조라 닐 허스턴 Zora Neale Hurston(1891/1901?~1960)은 1920년
대 미국 할렘 르네상스기부터 1950년대에 이르는 시기에 활동했던 흑인
여성 작가이다. 그러나 그녀의 작품이 빛을 보기 시작한 것은, 1970년대
에 와서 흑인 여성 및 기타 소수 인종 문학가들을 중심으로 종래의 '문
학 정전(正典)canon'의 범주에 의문을 제기하고 문단에서 소외되어왔
던 작가들을 재발굴하는 움직임이 활발해지면서부터였다. 그리고 앨리
스 워커 Alice Walker의 그녀에 대한 재평가 작업을 그 본격적인 출발점
으로 하여, 허스턴은 마침내 미국 흑인 여성 문학의 어머니라는 이름을
얻게 되었다.

　　할렘 르네상스기는 미국 사회에서 흑인이 최초로 주인된 자세로 자
신의 삶을 노래한 시기였다. 남북 전쟁 이전에도 노예제에 대한 항의의
목소리를 높인 작품들, 가령 『프레더릭 더글라스의 생애 *Narrative of the
Life of Frederick Douglass*』 같은 노예 설화가 있었고, 이후에도 그러한
전통을 따른 몇몇 작품들이 발표되긴 했지만, 20세기 초반에 이르기까
지 흑인이 쓴 문학 작품의 대다수는 백인 중산층의 흥미에 맞춰진, 다소

감상적인 사랑 노래이거나 혹은 과거 남부 흑인의 삶을 '행복했던 인간적 남부'라는 인식의 틀에 담아 그려 보이는 것들이었다. 이러한 사정에 변화가 오기 시작한 것은 1890년대 이후, 특히 제1차 세계 대전의 전쟁 특수로 호황을 맞은 미국 경제에 노동력 수요가 급증하여 남부의 흑인 노동력이 대거 북부로 유입되면서부터였다. 뉴욕의 할렘은 이때 형성되었다. 이곳에서 흑인들은 여전한 인종 편견과 그러한 박해의 구조를 재생산하는 빈곤·교육의 부재 및 범죄에 집단적으로 노출되면서도, 한편으로 선진적인 지식인들과의 교류를 통하여 자신들의 삶의 경험을 주체적으로 작품화해내는 다수의 흑인 작가들을 배출하게 되었는데, 그 대표적인 작가는 두 보이스W. E. B. Du Bois, 랭스턴 휴스Langston Hughes, 카운티 컬렌Countee Cullen, 클로드 매케이Claude McKay 그리고 조라 닐 허스턴 등이었다. 이러한 흑인 작가들은 다시 두 갈래로 대별되는데, 백인 앞에 내세워도 부끄럽지 않은 '존경받을 만한' 흑인을 내세움으로써 그들의 긍지를 살리고자 한 흐름이 그 하나요, 철저하게 흑인 대중에 초점을 맞추어 가난하고 억압받는 그들의 삶과 기도와 울음과 노래를 그린 흐름이 다른 하나였다.

그러나 허스턴의 입지는 후자의 작가 및 비평가들 사이에서 다소 애매한 것이다. 이는 그녀가 도시화·산업화되어가는 현대 사회에서의 엄혹한 인종 차별의 현실을 그리기보다 민속 전통이 남아 있는 남부의 시골을 배경으로 하여 결핍 없고 인간적인, 매우 낙천적인 흑인상을 주로 그려 보였기 때문이다. 특히 당대의 흑인 남성 비평가들은 허스턴의 작품이 사회 현실을 제대로 다루는 데 실패했으며 이를 직접 혹은 간접적으로 백인의 구미에 영합한 결과로 보았다. 흑인 예술이 흑인 민중의 권리 획득을 위한 선전과 사회 개혁을 위한 수단이 되어야 한다는 그들의 문학관에 비추어 그것은 중대한 약점이었다.

2

허스턴은 1901년 미국 최초의 흑인 자치 도시인 플로리다 주 이튼 빌에서 태어났다. 아버지 존 허스턴John Hurston은 소작인이자 목수, 그리고 침례교회의 임시 설교사로서, 이 도시의 헌법 초안을 마련하는 데 참여했다. 흑인들 스스로 세운 흑인들만의 도시인 이 이튼빌에서 허 스턴은 자기 긍정의 정신과, 독립적이고 자긍심 있는 흑인 공동체와의 일체감을 배우며 자랐다고 앨리스 워커는 평한다. 그리고 이때의 경험이 이후 허스턴의 삶과 작품 세계의 독특한 정신에 중대한 영향을 미친다.

아홉 살 때 어머니의 죽음으로 급격한 단절감을 맛본 허스턴은 열 네 살이 되던 해에 유랑 오페라 극단 소프라노 배우의 수행원이 되어 단 신으로 고향을 떠났다. 그후 나이트클럽 웨이트리스, 이발소 매니큐어 미용사 등을 전전하며, 볼티모어의 모건 아카데미Morgan Academy에 서부터 하워드 대학Howard University과 바나드 대학Barnard College 을 모두 고학으로 졸업하였다. 대학에서 그녀가 주로 연구한 분야는 문 학보다는 인류학 쪽이었다. 그러나 하워드 대학의 문예지였던 『스타일 러스 The Stylus』에 「존 레딩 바다로 가다John Redding Goes to Sea」를 발표한 것이 인연이 되어 당시 『기회: 흑인 삶의 기록 Opportunity: A Journal of Negro Life』의 편집을 맡고 있던 찰스 존슨Charles S. Johnson 의 관심을 사게 되었고, 그의 권유로 뉴욕으로 이주하여 같은 잡지에 몇 몇 단편들을 발표하였다. 그녀의 나이 스물넷의 일이었다.

인류학자로서 그녀는 당시 흑인의 삶과 그들의 의식(儀式)을 미개 하고 조야한 문명의 산물로 치부하던 백인 중심의 학풍에 반발하고, 흑 인 민속이 학문적으로 연구할 가치가 있는 인류 문화의 한 중요한 자산

임을 대중들에게 인식시킨 공을 인정받고 있다. 특히 흑인 민속을 기록 보전한 그녀의 작업은 다수의 남부 흑인이 북부 도시로 이주해가면서 미국 흑인의 삶이 빠른 속도로 도시화되던 시점에서 이루어졌다는 점에서 그 의의가 더욱 컸다. 작가로서 그녀는 네 편의 장편과 서른여섯 편의 단편, 그리고 한 편의 희곡과 자서전 한 편을 발표하였다. 물론 이 작품들은 발표 당시 문단으로부터 별다른 주목을 받지 못하였다. 이후로도 그 사정에는 큰 변화가 없었다. 미국 문학의 대표적 입문서들, 가령 『미국 문학의 전통 *The American Tradition in Literature*』(1956)에는 허스턴이 거명조차 되지 않았다. 그러나 1970년대 들어 흑인의 삶에 대한 좀더 개방적인 고찰이 시도되고 오랫동안 금기시되어온 흑인 중산층 내부의 갈등, 특히 남성과 여성의 갈등이 본격적으로 분석되기 시작하면서부터 흑인 여성 문학이 하나의 뚜렷한 비평적 흐름을 형성하게 되었다. 그에 힘입어 허스턴의 이름은 앨리스 워커와 토니 모리슨Toni Morrison, 그리고 토니 케이드 밤바라Toni Cade Bambara로 이어지는 흑인 여성 문학의 전통에서 선구적 위치에 자리매김된다. 그리고 1990년대에 들어서면서 그녀의 작품은 미국 대학의 교양 필독서 중 하나로 꼽히게 된다.

그녀의 대표작으로는 플로리다 및 카리브 해 지역의 민속 연구집인 『노새와 사람들 *Mules and Men*』(1935)과, 아이티와 자메이카의 전통 의식을 연구·기록한 『내 말에게 전하라 *Tell My Horse*』(1938), 그리고 고향 이튼빌에서의 그녀의 부모님의 삶을 소재로 한 첫 장편소설 『요나의 박넝쿨 *Jonah's Gourd Vine*』(1934)과 여기 소개하는 『그들의 눈은 신을 보고 있었다 *Their Eyes Were Watching God*』(1937)가 꼽힌다.

3

　『그들의 눈은 신을 보고 있었다』는 재니라는 한 흑인 여성의 삶의 역정을 잘 보여준다. 파란만장한 재니의 삶은 재니 자신의 시각으로 서술됨으로써 그녀의 개성이 매우 강렬하게 부각되며, 그 개성은 작품 전체를 구축해내는 하나의 구심점이 된다. 이는 이 작품이 흑인 여성이 자신을 자신의 삶의 주인으로서 분명하게 인식한 최초의 흑인 여성 소설이라고 말할 수 있게 한다.

　재니의 삶에는 여러 대에 걸쳐 이어온 흑인 여성의 삶의 조건이 유전되어 있다. 그러나 앞선 세대의 흑인 여성들과 달리 재니는 그러한 조건들에 의해 완전히 해체되지 않는 자기 중심을 지니고 있다. 재니의 할머니 내니와 어머니 리피는 모두 남성에게 성을 유린당하는 삶을 살았다. 재니의 첫 경험 역시, 비록 상대가 남편이긴 하지만, "그 사람만 좋은 대로" 이루어지는 관계였던 점에서 그러한 혐의를 씌울 만하다. 여성적 주체로서 눈이 뜨이기도 전에 무참히 짓밟히고 마는 그녀 가계의 이 거듭되는 비극은, 엄밀히 말하면 노예제라는 과거의 역사에까지 그 뿌리가 닿아 있다. 흑인은 인간으로서 신체적이고 경제적인 자유를 보장받을 수 없었다. 그러나 흑인 여자는 흑인 남자와는 달리 백인 주인에게 성마저 유린당하며 그 가장 깊은 의식까지 능멸당한 채 뼛속까지 노예로 살아야 했던 것이다. 인간으로서의 권리를 철저히 박탈당한 흑인 여성의 이러한 처지는 노예 해방 후에도 정도의 차이는 있을지언정 크게 달라지지 않았다. 사회에는 여전히 백인과 흑인의 차별이 존재했으며 흑인 중에서도 직업을 얻어 궁핍한 가계를 책임져나간 것은, 20세기 초반까지만 해도, 주로 흑인 여자들이었다. 그들이 얻은 직업이란 대부분 백인 가정의 잡역부 역할이었다. 한편 흑인 남자들은 흑인 여자를 지적으로 열등한 존재로 취급하였다. 흑인 여성은 이 사회에서 이중으로 억압받는 계층이었으며, 일꾼으로서가 아니면 성적 쾌락의 대상에 머물렀다.

노예 시절 내니는 백인 주인에게 "시키시는 대로" 몸을 내주고 그 안주인으로부터 생명에 대한 위협을 받아야 했다. 해방이 되고 나서도 그녀는 흔히 집안에서 폭력을 휘두르는 남자들로부터 어린 딸을 보호하기 위하여 평생을 홀로 지냈다. 그런데 그렇게 키운 딸은 열일곱 어린 나이에 흑인 학교 선생님으로부터 강간을 당하고 말았다. 흑인 남자도 내니에겐 안식처가 되지 못했던 것이다.

"〔……〕 아가, 이 할미가 알고 있는 한에는 백인이 이 세상의 지배자다. 〔……〕 백인은 자기 짐을 팽개치며 흑인에게 그걸 주워들라고 한다. 다른 수가 없는 흑인은 그걸 주워들지. 하지만 자기가 그걸 져나르진 않아. 자기 여자한테 넘겨버리지. 내가 아는 한 흑인 여자는 이 세상의 노새다. 네게는 사정이 달라지길 그렇게 기도했는데. 주여, 주여, 주여!" (pp. 25~26)

악몽과도 같은 이러한 삶을 살면서 내니는 백인 마나님처럼 높은 자리에 올라앉고 싶은 꿈을 갖게 되었다. 이것은 그 어떤 강파른 지배욕이나 기름진 체면 의식과도 구별되는, 고단한 삶을 '살아내기' 위해 벼려진 비명 같은 의식이었다. 그러나 결국 이것은 차별된 세상의 논리에 적응해들어간 것일 뿐, 자신의 존재 자체에 대한 반성(反省)을 담은 주체적인 대응이었다고 할 수 없다.

비록 내니가 세상의 노새에 불과한 흑인 여성의 삶의 현실에 대하

여 눈을 떴다고는 하지만 그 현실 이외의 다른 삶의 가능성을 탐색하지
못하고 그것의 가치 체계를 내면화했다면, 재니는 그 바깥 현실을 견디
면서 동시에 그 불평등 구조를 읽어낼 수 있는 내면적 구심력을 지니고
있다. 그리고 그 중심에 자리잡은 것은 그녀가 이미 유년에 경험한 자신
의 존재에 대한 소리 없는 자각이다. 그녀가 결국 그녀의 처음 두 남편
이 자신을 한갓 삶의 유용한 도구나 보조물쯤으로 취급하고 있다는 것,
그리고 그녀의 할머니가 끝내 삶의 더 넓은 가능성에 대해 인색했다는
것에 대한 분명한 인식에 도달하게 되는 것은 바로 이 자기 의식을 재확
인하는 과정과 일치한다.

　그녀는 열여섯이 되던 어느 봄날 만발한 배꽃 아래서 처음으로 삶
에 대한 비의적인 인식에 이르는 경험을 하게 된다. 많은 평자들이 허스
턴의 시적 표현력에 아낌없는 찬사를 보냈거니와 특히 이 장면에서 그
인상은 강렬하다.

　　꽃송이는 한 신비를 구경하라고 재니에게 손짓했다. 메마른 갈
　색 꽃자루에서 파릇파릇 잎이 트고, 그 속에서 눈같이 순결한 꽃송
　이가 피어나는 것이다. 그녀의 영혼은 아찔한 파문에 감싸였다. 어
　떻게? 왜? 그건 마치 존재 저 깊숙한 곳에 잠겨 있던 플루트 선율
　이 의식 속에 되살아오는 것과도 같았다. 이건 무엇이며 어떻게, 왜
　이렇게 되는 것일까? 소리 없는 그 노래를 그녀는 들었다. 세상의
　장미가 향기를 퍼뜨리고 있었다. 그것은 그녀가 깨어 있는 매순간
　그녀를 따라다녔고, 잠든 그녀의 살을 어루만졌다. 그것은 자각되
　지 않은 채 그녀를 강타하며 살 속으로 파고들던 아련한 느낌들에
　가 닿았고, 이제 그 느낌들이 살아나 그녀의 의식의 문을 두드렸
　다. (p. 21)

재니의 존재 저 깊은 곳으로부터 감각과 느낌과 어렴풋한 기억들이 혼성 화음으로 어우러지며 하나의 의식이 일어서는 순간을 허스턴은 적확하게 포착하고 유감 없이 표현했다. 재니의 의식의 원체험이라고도 할 수 있을, 아직은 '소리 없는' 그 음성이 그녀에게 각인시켜준 것은 완전한 만남에 대한 비전이다.

그녀는 보았다. 꽃가루를 몸에 바른 벌이 꽃송이의 깊숙한 방으로 내려가는 것과, 수천의 꽃받침들이 몸을 한껏 오므리며 이 사랑의 행위를 감싸는 것을. 그리고 저 깊은 뿌리에서 여린 가지까지 행복에 겨운 온몸의 떨림이 모든 꽃송이로 흘러들며 환희에 전율하는 것을. 그래 이게 결혼이야! (p. 21)

이후 그녀는 삶이 위기에 봉착하는 순간마다 이때의 근본적 자기의식으로 돌아가 삶을 반성하고 선택하며, 또한 자기 의식의 폭과 깊이를 확장한다. 인생의 중요한 고비마다 그녀는 유년의 비의적 경험을 통하여 자신의 존재의 고갱이를 확인하고 결단하며 행동하는 것이다. 그녀가 강렬한 개성적 존재로 살아나고 그녀의 파란 많은 삶이 끝내 독자의 관심을 사로잡는 것은 바로 이 중심의 힘에 기인한 것이다. 이것은 암담한 삶의 기록이지만 그로부터 끝내 초연한, 오롯한 정신의 증언인 것이다.

이제 갓 성에 눈뜬 재니를 늙은 홀아비 로건 킬릭스에게 재취로 보내는 "끔찍"한 선택을 할 때 할머니 내니가 염두에 둔 것은 그가 재니에게 거센 세파로부터 보호벽이 되어줄 것이라는 점이었다. "합법적인"

남편의 존재는 재니가 "이 기둥에서 저 말뚝으로" 나돌지 않도록 막아줄 것이었다. 더구나 로건은 재산가에 속했고 함부로 폭력을 휘두르는 남자도 아니었던 것이다. 그러나 바로 그 점에서 재니는 로건에게 "팔려간" 셈이었다. 그리고 로건이 재니에게 요구하는 것 역시 그 '거두어 준 대가'이다. 그가 재니에게 대가로 요구한 것은, 정도의 차이는 있을지언정 "노새"로서의 삶, 그것이다. 그는 아내도 장정처럼 장작을 패고 밭을 일구며, 집에서는 가사 노동에 씨감자 만드는 일까지 해내는 일꾼이어야 한다는 생각을 끝까지 포기하지 못하는 것이다. 한편 그가 자신의 이 생각을 고집스레 강요하는 데에는 "집도 아닌 한데서 태어"났으며, "어머니서부터 딸까지 모두 백인의 아래채에서 나고 자란" 그녀가 자기 앞에서 감히 당당할 수 없으리라는 심산이 작용하기도 한다. 노예제에서 비롯된 사회적 차별 의식이 그에게는 아내에게 말없는 복종을 강요하는 하나의 기제로 작용하는 것이다. 마침내 재니는 로건과 결별하고 "꽃가루와 봄볕 가득한 세상"을 향해 단호하게 걸음을 내딛는다.

> 그는 그녀의 어머니와 할머니, 그리고 그녀의 감정을 가지고 그녀를 비난하는 것이었고, 그 중 어느 하나에 대해서도 그녀가 할 수 있는 일은 없었다. 〔……〕 갑자기 그녀는 자신이 새로 태어난 듯 변신을 한 듯한 느낌에 전율했다. 그녀는 당장 대문을 걸어나와 남쪽을 향해 갔다. 설사 거기 조가 기다리고 있지 않다 하더라도, 이것은 그녀에게 더 나은 변화일 수밖에 없었다. (pp. 46~47)

그녀가 두번째 남편인 조 스탁스를 선택한 과정에는 첫번째 결혼 생활에 대한 그녀의 적극적 판단의 내용이 드러나 보인다. 조의 세련된 기호와 능란한 말솜씨 그리고 분명한 목표 의식과 빈틈없으며 자신에

256

찬 태도는 로건에게서는 그 의의를 인정받을 수 없었던 재니의 상상력과 자부심을 촉발시키는 바가 있었다. 무엇보다 그는 그녀를 '존중받는' 부인으로 만들어주겠노라 약속했던 것이다. 사실 그녀는 어떤 면에서 그가 "해돋이나 꽃가루, 꽃나무"의 이미지에 완전히 부합하지는 않는다고 느꼈다. 그러나 그녀는 자신의 그 "오랜 생각"에 걸맞는 "새로운" 언어가 만들어지고 말해질 필요가 있다는 판단을 했고, 그것을 이제 '존중받는' 삶이라는 언어로 구체화했던 것이다. 실제로 조는 시골 소도시 정도에서는 백인과도 맞먹을 만한 재산과 세력을 쌓음으로써 재니를 백인 못지않게 아름답고 고결한 부인으로 우러름받게 해주었다. 많은 흑인 여성들이 숨막히는 육체 노동에 시달리거나 성적인 희롱거리에 머물렀다면, 적어도 재니는 흑인 여성으로서 외적으로는 그 처지를 넘어선 선례가 된 것이다. 그러나 백인 중산층 가정의 삶을 그대로 모방해가는 이 결혼 생활에서 재니는 자신이 삶의 자잘한 기쁨들로부터 고립되고 소외되는 것을 느낀다. 무엇보다도 조가 재니를 뭇사람들로부터 구별되는 고결한 부인으로 만들어준 것은 지배자로서의 자신의 권위를 세상에 과시하고 싶은 욕구에서 기인한 것이었고, 오히려 자기 만족에 빠진 조는 재니에 대해서도 그의 뜻과 기대에 어긋나는 작은 행동도 용납하지 못하고 정신적이고 물리적인 폭력을 행사한다. 결국 그 역시도 진정한 의미에서 그녀를 동등한 인격체로서 존중하지 않았던 것이다. 다시금 그녀는 조와의 이 만남으로도 자신의 꽃송이 깊숙한 곳에 열매를 맺을 수 없음을 분명히 인식한다.

마침내 자신의 내면에서 무언가가 툭 굴러떨어지는 것이 느껴지기까지. 그 정체를 찾기 위해 그녀는 자신의 내면을 가만히 들여다보았다. 그것은 그녀가 조디에 대해 갖고 있던 상(像)이었다. 그

상이 땅에 떨어져 뒹굴고 있었다. 하지만 그것을 들여다보면서, 그녀는 그것이 결코 자신의 꿈에 나오는 그 살아 고동치는 형상이었던 적이 없다는 것을 깨달았다. 그것은 단지 그녀가 자신의 꿈에 무어라도 옷을 입혀보려고 그러쥐어본 어떤 것일 뿐이었다. 그녀는 부서져 뒹구는 파편 더미를 뒤로하고, 자신의 더 깊은 속을 들여다보았다. 그녀 안에는 더 이상 자기의 남자에게 꽃가루를 입히기 위해 잎을 활짝 벌린 꽃송이들이 존재하지 않았다. 그리고 꽃이 지고 난 자리에는 눈부신 어린 열매들이 맺혀 있지도 않았다. 대신 그곳엔 조에게 한 번도 발설한 적이 없는 무수한 생각과 그가 모르게 간직해온 한량없는 감정들이 존재하고 있었다. (pp. 95~96)

두 번의 실패 끝에 그녀가 마침내 세번째 선택한 남편 티 케이크는 그녀에게 덧입혀줄 사회적인 지위도 재산도 갖고 있지 않다. 그러나 그는 그녀 자신이 스스로의 아름다움과 힘을 발견하고 자기 감정에 따라 행동하며 또 스스로 하고 싶어서 일하도록 격려하고 북돋는다. 그는 그녀를 자기 자신으로서 살아가게 하고 그녀 자신을 위한 삶을 제안하였다. 이것은 재니에게서도 마찬가지로 발견되는 점인데, 그녀는 그의 즉흥적이고 유희적이며 일탈적인 그 모든 면모를 있는 그대로 받아들이고 사랑한다. 그들의 관계는 서로를 온전히 인정함으로써 '평등한' 관계이다.

　물론 이들의 관계에는 순간순간 위험과 긴장이 따른다. 티 케이크의 즉흥성은 때로는 무모한 면을 드러내기도 하며 그것이 두 사람의 관계를 시험대에 오르게도 한다. 그리고 티 케이크에 대한 재니의 태도에는 때로 자기연민적인 감상이 배어 있기도 하다. 그러나 전반적으로 보아 그러한 긴장은 이 두 사람 사이의 균형을 완전히 깨는 데까지 나아가지는 않으며, 두 사람은 오히려 서로간의 관계로 인해 발전해가는 모습을 보인다. 티 케이크는 좀더 책임 있는 가장(家長)으로 바뀌어가며, 특히 그들의 허를 찌르며 불어닥친 폭풍우 앞에서는 흔들림 없이 갈 길을 찾아 뚫고나가는 굳센 정신력의 소유자로 우뚝 서는 느낌이다. 재니 역시 자기 생각과 감정을 표현하는 목소리가 굵어지며, 마찬가지로 폭풍우를 지나면서는 죽음 같은 시련을 견디고 통과하는 강인한 정신력을 배우게 되는 것이다. 재니가 자신의 목숨을 위협하는 티 케이크에게 총을 겨누게 되는 두 사람의 최후 상황은 너무도 비극적이긴 하지만, 그러나 그 속에서 재니는 빈틈없는 판단력과 행동을 보여준다.

두 사람이 이처럼 서로를 인정하며 만족된 관계를 이루어갈 때 그들은 또한 그들이 살아가는 더 넓은 사회의 제반 조건들에 대해서도 눈떠간다. 이 작품은 엄혹한 흑백 차별의 사회상을 전면적으로 분석하거나 그에 대한 강도 높은 저항의 목소리를 내고 있지는 않다. 흑백 차별의 현실은 어디까지나 재니의 직접적 가해자인 남자들의 의식 구조에 중요한 영향을 끼치는 배경으로서 암시되거나, 혹은 에버글레이즈 농장 노동자들의 삶의 조건에 대한 작가의 지나가는 언급들과 그들이 스스로의 삶에 대해 내던지는 자조 섞인 우스갯소리를 통해 간간이 내비치는 정도이다. 그러나 배경으로서 그것은 엄연히 현실로 존재하고 있는 것이며, 주인공들의 시선 역시도 궁극에는 현실의 깊은 곳, 그 차별된 구조의 실상에까지 가 닿고 있다. 폭풍우 속에서의 다음 장면에서, 재니와 티 케이크는 백인의 '비인간적' 자기 중심성을 섬뜩하리만치 예리하게 꿰뚫어본다.

하지만 그곳은 이미 사람들로 가득 차 있었다. 그 고지는 백인들에게 전적으로 독점이 되어 더 이상 재니와 티 케이크가 발 디딜

틈이 없었다. 그들이야 경사면 위쪽이든 아래쪽이든 더 찾아보면
될 것이라고 했다. 그게 다였다. 수마일을 더 걸어야 했다. 그러나
여전히 쉴 수는 없었다.

　그들은 한 사내가 해먹 위에 앉은 채 죽어 있는 것을 보았다.
야생 동물과 뱀들에 빼곡이 둘러싸인 채. 함께 당한 위험이 함께하
는 마음을 만들었다. 어떤 것도 다른 어떤 것 위에 짓밟고 서려고
하지 않았다. (pp. 209~10)

　작가는 여기서 백인 중심 사회의 배타적 이기주의와 위계적 불평등
성을 자연에서의 평등한 공존성이라는 대조적 상황을 통해 극명히 부각
시키고 있으며, 티 케이크와 재니는 이 지점에서 의식이 전환하는 한 중
요한 계기를 맞는다. 물론 작품에서는 끝내 이것이 주인공들의 어떤 적
극적인 의사 표명이나 행위 표출로 발전되지는 않는다. 그러나 적어도
여기서는 백인들의 생리를 폐부까지 찌르고 들어간 힘이 느껴지는 것이
다. 그리고 이것은 지속된다. 그 뒤 가난한 흑인과 백인들이 무차별적으
로 피해 복구 사업에 징집당하는 과정을 겪으면서 재니는 흑인으로서의
자신의 처지를 새롭게 인식하는 것이다. 어려서 그녀는 자신이 흑인인
줄도 모르고 자랐다. 그녀가 기억하는 한 백인 주인은 '친절'하고 의지
가 되는 존재였다. 그러나 이제 그녀는 자상한 백인 주인의 존재가 "백
인이 아는 흑인은 선량한 유색인이고 그가 모르는 흑인은 불량한 깜둥
이"인 현실의 한 측면에 불과한 것임을 깨닫는 것이다.
　재판정에서 재니가 응시하고 선 것은 성적·인종적 차별의 이중의
벽이다. 그녀는 누구보다 동료 흑인들이 자신에게 적대적인 태도를 취
하고 있음을 인식한다. 그녀는 감히 제 남편 몰래 바람을 피웠고 그를
죽이기까지 한 용서할 수 없는 죄인인 것이다. 그러나 그녀는 그들의 증

오에 찬 비방보다 더 무서운 실제적인 무기는 백인들의 손에 있음을 알고 있다. 사실 흑인 남자들은 사회에서 자신들의 박탈당한 처지에 위기감을 느끼고 더더욱 그녀에게 공격적인 제스처를 취했던 것이다. 그래서 재판정에서 그녀의 모습은 시종일관 "단단한 흙덩어리처럼" 고립된 모습으로 그려져 있다. 다행히 그녀는 무죄를 선고받는다. 그러나 그것이 그 자체로서 그녀에게 진정한 문제의 극복이 되지 못한 것은 물론이다. 과연 백인들은 그녀에게 "친절"하게 대우해주었지만, 그러나 재니가 진정으로 원했던 것은 목숨을 부지하는 일 그 자체라기보다 자신과 티 케이크가 함께 일군 삶의 진정을 이해받는 것이었음을 생각할 때, 백인들이 무죄 확정 판결이 벌어짐과 동시에 "탄성을 지르며" 환호한 것은 소중한 삶의 반려를 잃고 만 그녀의 현재의 처지를 충분히 공감치 못한 행동이라고 할 수밖에 없다. 무엇보다 백인들은 이 상황에서 재니 개인에게 우호적 태도를 취하면서 동시에 흑인 전체에 대해서는 더더욱 적대적인 의식을 키운 것이다.

4

이 작품의 서술 구조는 다성적이며 역동적이다. 우선 이야기가 진행되어감에 따라 그것을 서술하는 주된 목소리에 변화가 있다. 대체적으로 보아 첫 서두에 전지적 화자가 등장하고 곧 이어 주인공 재니가 자신의 목소리로 친구 퍼비에게 지난 삶을 회고 정리해주는 대화 형식의 틀이 갖추어지며, 다시 전지적 화자가 재니가 회고하는 그 삶의 이야기를 자연스레 넘겨받아 끌고가는 구조로 되어 있다. 그런데 유심히 보면 전지적 화자가 서술하고 있는 문장들 역시 그 조직이 단선적이지 않은 것을 알 수 있다. 때로 전지적 화자는 인생에 대한 철학적 견해를 표명하기도 하고 또 어떤 때는 마치 등장인물들과 겨루기라도 하듯 그들의 말과 행동을 한껏 패러디하는 우화를 섞어넣기도 하면서 자신의 개성을 작품 안에 강하게 드러내놓는다. 그러나 전반적으로 보아 그는 등장인물의 내면을 그리는 면에서 좀체로 그 인물의 의식 반경을 넘어서 설명하지 않는다. 뿐만 아니라 전지적 화자가 등장인물의 내적·외적 상황을 서술하는 부분에 상당한 정도로 그 인물 자신의 목소리가 침범한다. 이는 주로 그 인물이 쓸 법한 어휘나 말투가 튀어나오는 것에 의해 식별이 되는데, 이런 식으로 해서 우리는 전지적 화자와는 어쩌면 입장이 다를 수도 있는 등장인물 자신의 목소리를 엿듣게 된다. 반면 이 등장인물의 목소리는 전지적 화자의 더 큰 구문——가령 반어적 구문 등의——속에 삽입됨으로써 그에 대한 전지적 화자의 입장 역시 드러날 수 있다. 이는 마치 등장인물과 전지적 화자가 서로 대화하는 것처럼 묘한 긴장과 화음을 자아낸다. 이렇게 작품은 서로 다른 개성적 목소리들이 서로 상충하거나 서로 지지 확장하며 엮이는 구조로 되어 있다.

이러한 다성적이고 역동적인 특질은 작품에 재니와 퍼비 사이의 대화라는 구성적 틀을 도입한 데서도 확인된다. 퍼비는 막다른 상황에 직면해 침묵할 도리밖에 없었던 재니에게 믿음 깊은 경청의 태도를 보임으로써 재니로 하여금 그 속깊은 이야기를 털어놓을 이유와 용기를 갖게 한다. 그런가 하면 재니는 퍼비에게 이해할 수 있는 "쉽고 편한 말"을 골라 지난 삶을 그림처럼 보여줌으로써 퍼비로 하여금 앞으로 자신의 삶을 더 의미 있게 살아가고자 하는 의욕을 보이게 한다. 그들은 상대방에 대한 깊은 배려를 보이며 또 그 상대방으로 인해 자기 삶을 변화해가는 것이다. 이러한 다성적이고 역동적인 특질은 흑인 구전 전통을 현대 소설의 맥락에 성공적으로 접합한 괄목할 만한 성과로 보인다. 구전 문학의 본래적 특성인 '말하고 응답하는' 상호성의 특질이 작품의 깊은 구조에까지 반영되어 매우 긴장되고 박진감 있는 이야기를 짜나가는 것이다.

더불어 작품이 전달하는 메시지의 많은 부분이 생생한 자연 묘사를 통해 실감나게 전달되고 있는 것도 이 작품의 '구전적' 특색이자 장점의 하나이다. 재니가 완전한 만남에 대한 비전을 책이나 문자를 통해서가 아니라 만발한 배꽃 아래서의 경험을 통해 획득하는 것이나, 성적이고 인종적인 차별을 포함하는 인위적인 문명 제도의 취약성을 광포한 폭풍우를 겪으며 온몸으로 체득하는 것이 그 대표적 예들이다. 이러한 자연 묘사는 단순한 수사적 효과를 노린 비유적 매체로 머물기보다, 재니가 전존재로 체득하는 삶의 진실로서 생생하게 살아나고 있다. 그리고 그것은 자연에 대해 눈먼 백인 문명과 그것을 과신한 흑인 자신들에 대한 비판과 반성을 담고 있는 후반부에서의 문제 의식과도 잇닿아 있는 것이다.

무엇보다 이 작품은 흑인 공동체의 흥겨운 말잔치 자체를 다채롭게 그려 보임으로써 훌륭한 문화 유산으로서 흑인 구전 전통을 기념하고 있다. 하루 해가 질 무렵 이튼빌과 습지의 온 마을 사람들은 한데 모여 저마다 생각의 그림을 거칠게 그려 보인다. 그것은 당면한 일상의 문제에 관한 것일 수도 있고 전설상의 인물에 관한 것일 수도 있으며 별 의미 없는 허풍스런 말장난일 수도 있다. 그러나 이러한 말로 쓴 풍속화들을 통해 우리는 한편으로 세상살이에 대한 그들의 옹색한 편견과 순박한 무지를 엿보며 또 다른 한편으로 그들의 유희적이고 낙천적인 삶의 태도와 삶에 대한 원망(願望)들을 하나하나 짚어보게 되는 것이다.

흑인의 모습을 이처럼 깊이있고 생생하게 살려낸 데에는 허스턴이 남부 흑인 방언을 유감없이 구사해낸 공이 컸다는 점을 지적하지 않을 수 없다. 그러나 여기서, 허스턴의 실감나는 방언 구사에도 불구하고 바로 그것을 우리말로 실감나게 옮겨내지 못하였음을 고백하지 않을 수 없다. 비록 흑인 방언의 어휘와 발음과 파격적 문법의 느낌을 하나하나 살려내지는 못했지만, 자연스런 우리말 구어체로 옮기고자 노력했음을 밝혀둔다.

번역의 텍스트는 *Their Eyes Were Watching God*(Harper & Row, 1990)를 사용하였다.

■ 작가 연보

1891/1901? 1월 7일 미국 최초의 흑인 자치 도시인 플로리다 이튼빌 출생. 아
버지 손 허스턴John Hurston은 목수이자 침례교 목사로서 세 차례에
걸쳐 이 도시의 시장직을 맡았다. 어머니 루시 포츠 허스턴Lucy Potts
Hurston은 전직 교사. (허스턴의 정확한 출생 연도에 대해서는 이견
이 많다. 그녀의 출생에 관한 기록이 전무한 데다 그녀 스스로 자신의
생년을 여러 곳에서 서로 다르게 말해──1898, 1899, 1900, 1901,
1902, 1903 등으로──왔기 때문이다. 그녀의 가족 중 한 사람은 그녀
가 1891년에 태어난 것으로 기억한다. 학자들은 그녀가 뒤늦게 공부
를 시작한 데 대한 자의식 때문──그녀가 1891년에 태어났다면 그녀
는 스물일곱 살에야 비로소 대학 공부를 시작한 것이 된다──에 자신
의 나이를 10년쯤 어리게 말한 것으로 생각하기도 한다. 그녀의 전기
작가 로버트 허먼웨이Robert E. Hemenway는 이러한 해석의 가능성
을 충분히 인정하면서도, 그녀의 삶을 구성하는 다른 사건들의 연대
기와 비교적 무난하게 일치하고 그녀 자신이 가장 많이 주장한 연도
이기도 한 1901년을 그녀의 생년으로 삼고 있다.)

1915 길버트 설리번Gilbert and Sullivan 유랑 극단에 의상 담당 및 잡역부

로 고용되어 고향을 떠남. 극단을 따라 메릴랜드의 볼티모어에 오게 됨. 볼티모어 모건 아카데미Morgan Academy에서 고등학교 교과과정 이수.

1918   수도 워싱턴의 하워드 대학Howard University에 입학. 영문학 전공. 이곳에서 할렘 르네상스기의 『새로운 흑인상 *The New Negro*』을 편찬 한 흑인 문학 비평가 얼레인 로크Alain Locke에게 발탁되고 지도를 받음. 학비 충당을 위해 나이트클럽 종업원과 이발관의 매니큐어 미 용사 등을 전전함.

1920   하워드 대학 졸업장 수여.

1921   하워드 대학 문예지 『스타일러스 *The Stylus*』에 첫 단편 「존 레딩 바다 로 가다 John Redding Goes to Sea」 발표.

1924   찰스 존슨Charles S. Johnson이 주간하는 잡지 『기회 *Opportunity*』에 단편 「햇빛에 흠뻑 젖어 Drenched in Light」 발표.

1925   『기회』에 단편 「스펑크 Spunk」 발표. 뉴욕 바나드 대학 Barnard College에 장학생으로 입학. 처음으로 학비 조달의 부담 없이 학업에 몰두하게 됨. 이후 뉴욕의 할렘 르네상스 문인들과 교류하는 한편, 저 명한 인류학자 프란츠 보아스 Franz Boas의 지도 아래 문화인류학 연 구에 몰두.

1926   랭스턴 휴스Langston Hughes, 월러스 서먼Wallace Thurman 등과

전위적 혹인 문예지 『불꽃 Fire!』을 창간. 이들은 당시 미국 혹인 작가의 최우선의 본분으로서 혹백 차별의 현실 고발을 앞세우는 두 보이스W. E. B. Du Bois 및 얼레인 로크식의 문학관에 반기를 들고, "그 의도와 착안에 있어 온전히 예술적인," 그리고 다수의 평범한 혹인 대중의 삶을 담아내는 작업에 전념할 것을 선언. 허스턴은 그 창간호에 단편 「땀 Sweat」을 발표. 그러나 『불꽃!』은 창간호를 마지막으로 폐간됨.

1927 2~10월 프란츠 보아스의 주선으로 '혹인의 삶과 역사 연구회 Association for the Study of Negro Life and History'의 후원을 얻어 플로리다에 첫 민속 취재 답사. 5월 허버트 신Herbert Sheen과 결혼. 9월에는 제2차 답사 여행 경비를 보조받기 위해 백인 후원가 루푸스 오즈굿 메이슨 여사Mrs. Rufus Osgood Mason를 첫 방문. 12월 메이슨 여사로부터 보조금 지급을 약속받고 플로리다로 귀환. 메이슨은 이후 1932년까지 허스턴의 플로리다, 앨라배마, 루이지애나, 서인도 제도 등지의 답사 여행을 후원하고, 그에 대한 대가로 그 연구 결과의 이용에 관한 전권을 주장함. 희곡 『굉장한 날 Great Day』 발표.

1928 1월 허버트 신과 별거. 바나드 대학 졸업. 5월 「내가 혹인이라는 것은 어떤 느낌인가 How It Feels to Be Colored Me」 발표.

1930 5월 랭스턴 휴스와 희곡 『노새의 뼈 Mule Bone』 공동 창작에 착수.

1931 「미국에서의 후두 의식 Hoodoo in America」 발표. 『노새의 뼈』의 저작권 논쟁으로 랭스턴 휴스와 불화를 빚고 마침내 결별. 7월에는 허버

트 신과 이혼.

1932 희곡 『굉장한 날』을 정통 흑인 민속 뮤지컬로 각색하고 브로드웨이 존 골든 극장에서 초연. 플로리다 윈터파크의 롤린스 대학Rollins College 문예창작과와 연계하여 흑인 음악 공연 기획.

1934 베순쿠크먼 대학Bethune-Cookman College으로부터 "순수한 흑인적 표현에 기초한" 흑인연극학교 설립 사업에 초청받으나, 학교측의 미숙한 여건 때문에 중도 포기.

1934 로젠월드Rosenwald 장학생으로 컬럼비아 대학Columbia University 문화인류학 박사과정에 진학했으나 중도 탈퇴. 허스턴은 로젠월드에 보내는 지원 신청서에서 "(민속) 자료를 학문 연구자들의 서가 위에 얹어놓을 목적으로 수집한다는 것은 거의 무익한 일"이라고 지적하기도 했지만, 이후 1939년에 이르기까지 자신의 인류학 지식과 흑인적 삶의 경험을 좀더 개성적이고 주체적인 형식으로 다루고자 노력한다. 그녀는 소설 창작에 박차를 가하여 자신의 대표적 장편을 모두 이 기간에 발표하며, 이때 발표한 인류학 저서들 역시도 가장 기술적인 자료들조차 개성적이고 창의적으로 해석·제시한 것으로 평가받는다. 첫 장편 『요나의 박넝쿨Jonah's Gourd Vine』 발표.

1935 미국 흑인 민속 연구집 『노새와 사람들 Mules and Men』 발표. 흑인 학자가 쓴 흑인 민속 연구서로서는 처음으로 대중적 관심을 불러일으킨 것으로 인정받음.

1936 구겐하임Guggenheim 기금을 받아 서인도제도 민속 답사.

1937 아이티 체재 중 『그들의 눈은 신을 보고 있었다 *Their Eeys Were Watching God*』 탈고, 9월에 발표.

1938 아이티와 자메이카의 답사기 『내 말에게 전하라 *Tell My Horse*』 발표. 카리브 해 지역 민속에 관한 최초의 주요한 연구서.

1939 모건 아카데미 명예 문학박사. 당시 23세의 앨버트 프라이스 3세 Albert Price III와 결혼. 같은 해 11월 『산사람, 모세 *Moses, Man of the Mountain*』 발표.

1940 프라이스와의 이혼 소송 제기. 같은 해 여름 사우스캐롤라이나 민담 수집 여행.

1942 자서전 『길 위의 바퀴자국들 *Dust Tracks on a Road*』 발표.

1943 프라이스와 이혼.

1943~46 중앙아메리카 지역 민속 연구 답사 경비를 지원받는 데 실패. 담낭 및 결장염이 만성화되면서 생계 부양에 어려움 가중.

1947 장편 『스와니의 천사 *Seraph on the Suwanee*』에 대한 선불금을 받아 중앙아메리카로 답사 여행.

1948   10월『스와니의 천사』발표. 한편 9월에는 아동에 대한 성희롱 혐의로 기소당함. 이듬해 3월에 무고 판결을 받았으나 여러 신문들, 특히 흑인 신문들은 이 사건을 선정적으로 다룸.

1950~60 『백인 편집자들이 출판하려 하지 않는 것』발표(1950). 경제적 파산. 백인 가정의 가정부(1950), 도서관 사서(1956), 학교 보조 교사(1958) 등을 전전하는 한편 마지막 순간까지 작품 창작에 매달리지만 자신의 본령인 흑인 민중의 삶에 더 이상 천착하는 작품은 내지 못하며 그 중 단 한 권의 책도 출판하지 못함. 1959년 심장 발작을 일으키고 플로리다의 세인트 루시 카운티 복지원 St. Lucie County Welfare Home에 수용. 1960년 1월 28일 같은 곳에서 고혈압성 심장병으로 사망.

'대산세계문학총서'를 펴내며

근대 문학 100년을 넘어 새로운 세기가 펼쳐지고 있지만, 이 땅의 '세계 문학'은 아직 너무도 초라하다. 몇몇 의미있었던 시노에노 불구하고, 전체적으로는 나태하고 편협한 지적 풍토와 빈곤한 번역 소개 여건 및 출판 역량으로 인해, 늘 읽어온 '간판' 작품들이 쓸데없이 중간되거나 천박한 '상업주의적' 작품들만이 신간되는 등, 세계 문학의 수용이 답보 상태에 머물러 있었음을 부인하기 힘들다. 분명한 자각과 사명감이 절실한 단계에 이른 것이다.

세계 문학의 수용 문제는, 그 올바른 이해와 향유 없이, 다시 말해 세계 문학과의 참다운 교류 없이 한국 문학의 세계 시민화가 불가능하다는 의미에서, 보다 근본적으로, 우리의 문화적 시야 및 터전의 확대와 그 질적 성숙에 관련되어 있다. 요컨대 이것은, 후미에 간힌 우리의 좁은 인식론적 전망의 틀을 깨고 세계 전체를 통찰하는 눈으로 진정한 '문화적 이종 교배'의 토양을 가꾸는 작업이며, 그럼으로써 인간 그 자체를 더 깊게 탐색하기 위해 '미로의 실타래'를 풀며 존재의 심연으로 침잠하는 작업이라 할 수 있다.

우리의 현실을 둘러볼 때, 그 실천을 위한 인문학적 토대는 어느 정도 갖추어진 듯이 보인다. 다양한 언어권의 다양한 영역에서 문학 전공

자들이 고루 등장하여 굳은 전통이나 헛된 유행에 기대지 않고 나름의 가치있는 작가와 작품을 파고들고 있으며, 독자들 또한 진부한 도식을 벗어나 풍요로운 문학적 체험을 원하고 있다. 새롭게 변화한 한국어의 질감 속에서 그 체험이 이루어지기를 바라는 요청 역시 크다. 그러므로 필요한 것은 어쩌면 물적 토대뿐일지도 모른다는 판단이 우리를 안타깝게 해왔다.

이러한 시점에서, 대산문화재단의 과감한 지원 사업과 문학과지성사의 신뢰성 높은 출판을 통해 그 현실화의 첫발을 내딛게 된 것은 우리 문화계의 큰 즐거움이 아닐 수 없다. 오늘의 문학적 지성에 주어진 이 과제가 충실한 결실을 맺을 수 있도록, 우리는 모든 성실을 기울일 것이다.

'대산세계문학총서' 기획위원회